MÛR POUR LA PAGAILLE

(Roman à Suspense en Vignoble Toscan, tome 3)

FIONA GRACE

Fiona Grace

L'auteure débutante Fiona Grace est l'auteure de la série LES HISTOIRES À SUSPENSE DE LACEY DOYLE, qui comporte neuf tomes (pour l'instant), de la série des ROMANS À SUSPENSE EN VIGNOBLE TOSCAN, qui comporte quatre tomes (pour l'instant), de la série des ROMANS À SUSPENSE DE LA SORCIÈRE SUSPECTE, qui comporte trois tomes (pour l'instant) et de la série des ROMANS À SUSPENSE DE LA BOULANGERIE DE LA PLAGE, qui comporte trois tomes (pour l'instant).

Comme Fiona aimerait communiquer avec vous, allez sur www.fionagraceauthor.com et vous aurez droit à des livres électroniques gratuits, vous apprendrez les dernières nouvelles et vous resterez en contact avec elle.

.

PAR FIONA GRACE

LES ROMANS POLICIERS DE LACEY DOYLE
MEURTRE AU MANOIR (Tome 1)
LA MORT ET LE CHIEN (Tome 2)
CRIME AU CAFÉ (Tome 3)
UNE VISITE CONTRARIANTE (Tome 4)
TUÉ PAR UN BAISER (Tome 5)

ROMAN À SUSPENSE EN VIGNOBLE TOSCAN
MÛR POUR LE MEURTRE (Tome 1)
MÛR POUR LA MORT (Tome 2)
MÛR POUR LA PAGAILLE (Tome 3)

CHAPITRE PREMIER

— Cher Marcello, écrivit Olivia Glass au début de son courriel, je suis vraiment désolée de ce qui s'est passé.

Olivia rédigeait son courrier d'excuses assise dans un fauteuil confortable dans le salon douillet de sa ferme toscane. En panne d'inspiration, elle leva les yeux et contempla la pluie qui frappait les carreaux assombris de la fenêtre.

Ce n'était pas comme cela qu'elle avait prévu de commencer sa toute première lettre à son beau patron aux yeux bleus, qui était aussi le propriétaire de l'exploitation viticole.

Elle avait rêvé en secret que son message à Marcello pourrait commencer par : « Merci pour notre premier rendez-vous hier soir. Ce fut un moment merveilleux ! Le dîner, le vin et, bien sûr, votre compagnie ont été un vrai bonheur ».

Olivia poussa un soupir d'agacement. Après l'erreur terrible qu'elle avait commise, plus aucun rendez-vous ne serait envisageable. Elle aurait de la chance si elle avait encore un travail !

De plus, cela n'avait pas été une erreur. Si elle le prétendait, elle minimiserait la gravité de ce qu'elle avait fait. Elle avait délibérément provoqué un désastre et il fallait qu'elle reconnaisse sa faute avant que Marcello ne le découvre.

Écartant une mèche de cheveux blonds, elle se remit au travail.

— Je me rends compte que je vous ai coûté beaucoup d'argent, dont vous aviez vraiment besoin, et que j'ai également gâché des raisins précieux que vous ne pourrez jamais récupérer. C'était irresponsable et je n'aurais jamais dû le faire.

Que devait-elle dire ensuite ?

Olivia se serra le front. À ce moment critique, elle était à court d'inspiration.

Cette panne d'inspiration n'aurait pas été possible dans son travail précédent, où elle avait été gestionnaire de compte d'agence de publicité à Chicago. Il avait fallu lancer les campagnes en temps et en

1

heure, même si elle avait dû pour cela boire des quantités de tasses de café, se coucher à des heures impossibles et piquer des crises de nerfs.

Au début de l'été, Olivia avait démissionné de son travail stressant mais bien payé après que son petit copain Matt avait rompu avec elle. Elle avait rejoint son amie Charlotte en vacances et, sur un coup de tête, elle avait postulé pour le poste de sommelier à La Leggenda, une des exploitations viticoles les plus célèbres de Toscane. À sa grande surprise, Marcello l'avait embauchée et Olivia s'était lancée dans sa nouvelle vie.

Se comportant de manière encore plus irréfléchie, elle avait vendu son confortable appartement de Chicago et dépensé les économies de toute sa vie pour acheter cette ferme sur la colline en espérant qu'elle pourrait un jour réaliser son rêve de produire son propre vin.

Elle avait trente-quatre ans et, comme sa mère n'arrêtait jamais de le lui dire, elle était beaucoup trop âgée pour changer de vie de manière aussi radicale. Olivia n'arrêtait pas de rappeler à sa mère qu'elle avait déjà franchi le pas, mais Mme Glass semblait convaincue que, si elle se répétait assez souvent, elle pourrait remonter le temps et effacer les effets des actions irréfléchies de sa fille.

Remonter le temps ! Olivia gémit et se souvint encore de son terrible écart de conduite. Pourrait-elle jamais se faire pardonner par Marcello ? Lui accorderait-il à nouveau sa confiance ? Elle aurait aimé pouvoir reculer de quelques semaines pour effacer les conséquences funestes de ce qu'elle avait fait.

Se souvenant que le temps passait, Olivia jeta un coup d'œil à la pendule qui était fixée au mur. Horrifiée, elle se releva d'un bond. Elle avait été tellement concentrée sur la rédaction de son message qu'elle avait oublié ses corvées du soir. Il fallait qu'elle vérifie si ses vignes naissantes résistaient aux vents tempétueux qui soufflaient actuellement. De plus, il fallait qu'elle s'occupe d'une chèvre imprévisible qui aurait pu se promener partout pour trouver un en-cas nocturne ! Dans l'orage, qui devenait de plus en plus violent, Olivia n'aurait aucun espoir de trouver Erba si elle avait perdu patience et décidé d'aller se chercher à manger toute seule.

Se précipitant vers les vêtements posés sur la table du hall, elle se mit un imperméable. Alors, après quelque réflexion, elle y ajouta des bottes en caoutchouc et des gants de ski.

Finalement, non sans difficulté, car elle aurait dû le faire avant de se mettre les gants, elle se cala un chapeau imperméable sur la tête en l'enfonçant autant que possible.

— Prête, dit-elle en jetant un coup d'œil inquiet à la fenêtre noire comme le jais.

L'averse ne s'était pas calmée. En fait, elle empirait.

Olivia n'avait pas prévu que les orages seraient aussi effrayants et aussi violents en Toscane, aussi — aussi horizontaux. Chaque orage était accompagné par des bourrasques qui menaçaient de la faire tomber. Elle aurait aimé qu'on l'en avertisse. Elle avait acheté la ferme au cœur de l'été et, dans le contrat de vente, rein n'avait suggéré que, dès que viendrait l'automne, l'apocalypse s'abattrait sur les lieux.

Olivia repensa à son appartement de Chicago avec une pointe de regret. Cet appartement moderne avait été bien isolé, avec le double vitrage et une porte d'entrée qui donnait sur un couloir. On pouvait descendre jusqu'en bas et monter dans un taxi sans se prendre la moindre goutte d'eau sur les chaussures. Certaines années, elle avait tout juste remarqué que c'était l'hiver. Le temps avait été un concept abstrait, une chose qui arrivait de l'autre côté des fenêtres.

Ces jours étaient terminés. À présent, elle s'était engagée à devenir vigneronne quoi qu'il en coûte.

Olivia jeta un coup d'œil triste au parapluie abîmé qui se trouvait dans le coin. Il avait suffi à un orage méditerranéen de souffler deux secondes pour le retourner.

— Bon, ça ne va pas s'améliorer, dit-elle à voix haute.

Le plus vite elle commencerait sa mission, le plus vite elle pourrait rentrer.

Elle ouvrit la porte d'entrée.

Le vent lui gifla immédiatement le visage.

— Merde, dit Olivia.

C'était plus dur que la fois d'avant, parce que de la pluie était tombée à l'intérieur et que ses chaussures dérapaient dans les flaques d'eau.

Olivia réussit à ouvrir un peu la porte et y coinça sa botte en crachant de l'eau de pluie et en clignant des yeux pour en chasser les gouttes.

— OK, on y va !

Elle était dehors. La porte claqua derrière elle. Poussée de côté par la bourrasque, Olivia partit accomplir sa mission importante, ou plutôt essentielle.

Glissant et dérapant sur la pente pierreuse du sentier qu'elle ne voyait pas dans le noir, Olivia réussit d'une façon ou d'une autre à se rendre aux alentours de sa vigne la plus proche.

Elle retira un de ses gants et plongea la main à l'intérieur de son imperméable pour y prendre son téléphone, dont elle alluma la lampe avec des doigts déjà engourdis.

Olivia sentit son cœur se réchauffer sous l'effet du soulagement et de la fierté.

Les pousses de vigne étaient coriaces et elles résistaient aux pluies torrentielles. En fait, elles semblaient se porter très bien, même si elles se balançaient dans la bourrasque pendant que leurs petites feuilles brillaient d'un vert vif dans la lumière de la lampe. Il était gratifiant de se dire que le sol était maintenant en train d'absorber le compost et l'engrais qu'elle avait si soigneusement ajoutés aux lits de semences et qui allaient nourrir les racines qui s'étendaient.

Contrairement à Olivia, sa première récolte de raisins semblait parfaitement adaptée pour survivre à l'hiver toscan qui approchait.

Soupirant, ou plutôt crachotant de soulagement, Olivia rangea son téléphone dans sa poche et se détourna. La deuxième partie de sa mission en extérieur était encore plus importante que la première. Serrant les dents, elle s'enfonça dans la tempête et se dirigea vers la silhouette presque invisible de la grande grange.

Quand elle l'atteignit, elle était trempée et elle frissonnait. Quand elle passa l'entrée ouverte de la grange et se retrouva dans l'intérieur silencieux qui dégageait une odeur de renfermé, elle se sentit soulagée. Alors qu'elle n'avait pas encore fait installer de portes pour l'énorme embrasure ouverte du bâtiment vieux mais solide, elle était étonnée que la grange reste aussi sèche. Celui qui l'avait construite avait su où les vents les plus forts soufflaient et s'était assuré de protéger l'entrée de la grange.

Longtemps auparavant, cette grange au toit élevé avait été un bâtiment viticole et Olivia tenait à ce qu'elle le redevienne mais, avant cela, il faudrait qu'elle dégage le tas énorme de gravats qui trônait au milieu et achète une double porte grande et forte pour la sécuriser.

Toutefois, pour l'instant, la grange avait une autre fonction.

De ses doigts engourdis, Olivia ralluma la lampe de son téléphone.

Le rayon de lumière tremblante éclaira un tas de paille qui avait été placé dans le coin de la grange pour constituer un lit sec, chaud et à l'abri des intempéries.

Le lit était vide.

Où était Erba ?

Olivia se mordit la lèvre inférieure. Elle ne savait pas du tout où sa chèvre à l'esprit indépendant pouvait se trouver. Faudrait-il qu'elle la cherche dans toute la ferme ?

Alors, du coin de l'œil, elle perçut un mouvement au-dessus de sa tête.

Quand elle leva le regard, elle vit Erba qui la contemplait du haut de la pile de ballots de foin. Il était clair qu'elle avait considéré que ce perchoir élevé et apparemment inconfortable était beaucoup plus attractif que le nid de paille qu'Olivia lui avait préparé avec amour.

— Erba ! Que fais-tu là-haut ?

Olivia bougea d'un pied sur l'autre en claquant des dents. Erba la contempla calmement pendant que l'imperméable trempé d'Olivia gouttait en formant des flaques d'eau.

— Il faut que tu descendes. Je sais que je t'apporte ton dîner en retard, mais c'est l'heure, maintenant !

À côté des ballots de foin, il y avait un seau d'eau rose et un grand coffre en acier qu'Olivia avait achetés. Elle vérifia qu'Erba ait encore de l'eau puis ouvrit le coffre et sortit un gros morceau de luzerne du ballot caché à l'intérieur. Elle avait été obligée d'acheter le coffre parce qu'Erba aimait beaucoup trop la luzerne. Olivia avait été amusée d'apprendre que, en italien, « luzerne » se disait en fait « *erba medica* ». Comme c'était approprié !

Olivia plaça le tas de feuilles vert profond sur le lit de paille et, admirative, regarda Erba descendre la pile de ballots de foin avec des bonds agiles, se diriger impatiemment vers son dîner et commencer à le manger.

Olivia se pencha en avant et gratta la tête à la chèvre. Sa fourrure lui parut douce, chaude et sèche.

Olivia dut admettre qu'elle avait très bien transformé son établissement viticole encore imaginaire en étable à chèvre. Elle n'était pas sûre d'avoir les épaules assez larges pour devenir propriétaire de vignoble, mais elle était excellente en élevage de chèvre. Erba ne manquait de rien.

À ce moment, son téléphone sonna.

— Bonjour, Olivia ! C'est Bianca. Comment ça va, chez toi ?

Les lèvres engourdies d'Olivia formèrent un sourire.

Bianca avait été son assistante à l'agence de publicité et elle y travaillait encore. En fait, quelque temps auparavant, elle avait envoyé un courriel à Olivia pour lui annoncer qu'elle avait été promue gestionnaire de compte débutante.

— C'est un plaisir de t'entendre !

Elle était ravie que Bianca ait trouvé un moment pour l'appeler. Elle supposa qu'on était en milieu de matinée, à Chicago. Donc, Bianca devait être au travail.

Il y avait un seul problème. Si Olivia continuait à parler à Bianca là où elle était, elle mourrait de froid avant la fin de leur conversation.

— Peux-tu me laisser un moment ? Il faut que je reparte à la ferme. Je suis dans la grange, pour l'instant.

— Dans la grange ! répéta Bianca avec admiration, comme si c'était la destination la plus exotique qu'elle ait jamais imaginée.

— Il y a un orage et il fait très froid. Donc, il faut que je rentre.

— Hein ? C'est l'hiver, là-bas ?

Bianca avait l'air confuse, comme si elle avait cru que c'était toujours l'été en Toscane. En fait, honnêtement, Olivia l'avait cru elle aussi, pendant quelque temps.

— C'est la fin de l'automne, mais on a eu une période inhabituellement froide. Le temps doit être aussi en train de changer, là où tu es, non ?

Bianca réfléchit.

— Je ne sais pas. Les rideaux de mon bureau sont tirés.

Si elle n'avait pas été en train de frissonner si fort, Olivia aurait éclaté de rire.

— Donne-moi une minute. Bonne nuit, Erba, dit-elle à la chèvre.

Alors, Olivia sortit de la grange en courant et en baissant la tête sous la pluie battante.

Elle entra à toute vitesse, dérapa dans une flaque qu'elle avait oubliée et traversa le hall en aquaplaning en agitant les bras comme une folle.

Heureusement, quand elle atteignit la cuisine, elle avait ralenti et elle put attraper l'encadrement de la porte et entrer dans la cuisine en trébuchant.

Elle poussa un soupir, soulagée de se retrouver à l'endroit où elle se sentait le mieux.

Il y régnait une température douillette grâce au feu qui brûlait dans l'âtre. Les rideaux, fabriqués en tissu vert et blanc épais, étaient tirés pour cacher l'orage. Olivia avait passé beaucoup de temps à concevoir les plans de travail et avait finalement choisi une teinte claire de Caesarstone vert citron. Elle adorait l'atmosphère lumineuse et fraîche que cette teinte donnait à la pièce. Quand les rideaux étaient ouverts, le vert de ses plans de travail semblait refléter la couleur des collines lointaines et Olivia se sentait reliée à l'environnement naturel.

Elle retira sa veste et ses gants, quitta ses bottes et se dirigea vers le tapis duveteux qui se trouvait devant la cheminée. Elle s'assit en tailleur à côté de son chat noir et blanc semi-domestiqué, Pirate, qui était roulé en boule sur un coin du tapis, profondément endormi.

— Je suis à l'intérieur, dit-elle à Bianca.

— Comment progresse ta production de vin ? demanda son ex-assistant. Est-ce que tes vins sont disponibles ? Puis-je commander une bouteille ?

— Eh bien, les vignes que j'ai commandées sont encore des bébés, expliqua Olivia. Elles ne produiront des raisins que l'année prochaine au plus tôt. J'ai même de la chance qu'elles aient germé avant l'hiver ! Il y a des vignes sauvages sur ma propriété et j'en découvre toujours de nouvelles à chaque fois que je vais me promener, mais je n'ai pas encore cueilli leurs raisins.

Olivia se souvint du premier frisson de joie qu'elle avait ressenti quand elle avait découvert la première vigne sauvage qui poussait sur sa ferme. C'était à ce moment qu'elle s'était rendu compte que les raisins pouvaient très bien pousser sur un sol rocailleux. Depuis, elle avait appris que sa propriété avait été une exploitation viticole longtemps auparavant, avant qu'elle ne tombe en ruine. Quelques-unes des vignes avaient survécu, mais Olivia savait qu'il faudrait crapahuter une journée entière dans les huit hectares de collines pour trouver tous les pieds qui, disséminés çà et là, étaient maintenant chargés de raisins mûrs. Elle n'avait pas encore eu le temps de le faire mais, si elle voulait produire un peu de vin cette année, elle serait forcée de partir à la recherche de ses vignes sauvages.

— Et ton travail ? demanda Bianca. Travailles-tu encore pour l'exploitation viticole ?

Olivia remua sur le tapis, mal à l'aise.

Les paroles de Bianca lui rappelaient ses problèmes de manière désagréable.

— En fait, j'ai quelques ennuis au travail, avoua-t-elle en imaginant comment Bianca allait froncer les sourcils, consternée par ses mots.

— Qu'est-il arrivé ? demanda-t-elle.

Maintenant, Olivia l'imaginait se ronger les ongles. Quand elle était soumise à du stress, elle le faisait toujours.

Olivia décida de se confier à son ex-assistante. C'était sa chance d'avouer la folie qu'elle avait commise.

CHAPITRE DEUX

— On m'a laissée sans surveillance dans le bâtiment de vinification et j'ai mal compris ce que j'avais le droit d'y faire. J'ai utilisé tout un lot de raisins qui ne m'étaient pas du tout destinés, avoua Olivia à Bianca.

Elle rougit de honte en se souvenant de l'assurance, non, de l'arrogance avec laquelle elle était entrée dans le bâtiment. Son cerveau de débutante avait débordé d'idées idiotes et impraticables de vins imbuvables.

— C'est terrible ! Pourquoi t'ont-ils laissée sans surveillance ? Ils savent que tu n'as pas d'expérience, dit Bianca d'un ton stupéfait qui n'aida pas du tout Olivia à se sentir mieux.

— C'était la fin de la saison de pousse et Nadia, la vigneronne, travaillait à notre autre exploitation viticole pendant quelques semaines avant de partir en vacances. Elle avait dit qu'il restait un excédent de vin dans quelques-uns des tonneaux et que je pouvais m'entraîner avec pour apprendre à effectuer des assemblages.

— OK. Et après, que s'est-il passé ? demanda Bianca, apparemment intriguée.

— Alors, les quelques dernières vendanges sont arrivées. Elles étaient prévues pour des vins spécifiques qui faisaient partie du plan de production annuel du vignoble. Tout le monde savait quoi faire avec eux mais, parce que j'étais là, ils ont cru que j'étais en charge et m'ont écoutée à la place des autres.

Olivia se souvint de la joie intense qu'elle avait ressentie quand les raisins récemment cueillis (les derniers de la vendange d'automne) avaient été livrés. Elle avait cru, à tort, qu'ils étaient aussi disponibles pour son propre usage et elle avait eu une idée de génie.

En fait, reconnut-elle, cela avait plutôt été une idée désastreuse. Ces raisins avaient tous été destinés à un usage spécifique. Les raisins de Merlot servaient à faire du merlot. La dernière et précieuse récolte de sangiovese, qui avait été réduite cette année, devait être utilisée pour faire du sangiovese. Les raisins nebbiolo devaient servir à produire du barolo.

Et ainsi de suite. Olivia se couvrit le visage avec les mains quand elle se souvint de l'audace avec laquelle elle avait agi. Quelle idiote elle avait été.

— J'ai fait quelque chose de stupide. Je les ai tous utilisés. Pour mener mon expérience ridicule, j'ai gaspillé les raisins qui auraient dû servir à produire des centaines de bouteilles de vin onéreuses.

— Oh, mon Dieu ! s'exclama Bianca d'un air inquiet.

— Je ne m'en suis rendu compte que cet après-midi, quand Antonio, le cadet des trois Vescovi, est entré pour rédiger un rapport pour Nadia avant de partir lui-même en vacances. Il était horrifié. Il a failli s'enfuir quand il a découvert ce que j'avais fait. Nadia a très mauvais caractère. C'est sa sœur aînée.

— Moi aussi, j'aurais eu peur, convint Bianca.

— J'ai essayé de rédiger un courriel pour Marcello mais, depuis qu'on en parle, je commence à me demander si une excuse en personne ne serait pas plus indiquée.

— Je suis d'accord. Ce serait beaucoup mieux. Il faut que tu en parles avec lui. Ça me paraît être la meilleure idée, dit Bianca.

— Comment ça va, au travail ?

Olivia espéra que les dernières péripéties de la vie quotidienne à l'agence de publicité la distrairaient assez pour lui permettre d'oublier la tâche inquiétante qui l'attendait mais, pendant qu'elle bavardait avec Bianca, elle se rendit compte qu'elle repensait constamment au face à face effrayant qui occupait maintenant la plus grande partie de son avenir proche.

Elle redoutait la déception qu'elle verrait dans les yeux de Marcello quand elle lui avouerait ses actions irréfléchies.

*

Le lendemain matin, l'orage s'était calmé. Un soleil frais et brillant entrait par la fenêtre de la chambre d'Olivia. Elle sortit discrètement de son lit pour ne pas déranger Pirate, qui dormait à côté de ses pieds, et contempla la vue.

Les derniers nuages gris se dissipaient et le ciel de début de matinée avait à nouveau l'air bleu et bienveillant. Olivia aimait la façon dont les rayons les plus bas donnaient un air plus dramatique au paysage, assombrissaient et allongeaient les ombres des arbres et approfondissaient et vivifiaient le vert des collines et des champs. Ce n'était que maintenant qu'elle se rendait compte que le paysage avait été très sec à la fin de l'été, poussiéreux et marron doré, encore privé des pluies nourricières que l'hiver apporterait.

Olivia décida de se mettre au travail tôt pour pouvoir aller retrouver Marcello avant que Nadia n'arrive. Comme ça, il comprendrait à quel point elle était désolée et avec quel empressement elle voulait réparer sa faute.

Quand Nadia se serait calmée, Olivia s'en tirerait peut-être avec un avertissement et une baisse de salaire correspondant aux coûts des dégâts qu'elle avait causés.

Elle consulta la météo. Il ne devait pas pleuvoir aujourd'hui, ce qui signifiait qu'elle et Erba allaient pouvoir se rendre au travail à pied et qu'Olivia ne serait pas obligée d'utiliser son vieux pick-up gris Fiat, qui était garé sur le côté de la ferme.

Olivia ouvrit l'armoire en bois qu'elle avait achetée dans un magasin d'occasion et avait passé un week-end à poncer et à vernir. Les tons chauds du bois naturel allaient parfaitement bien avec la nuance crème qu'elle avait choisie pour les murs de la chambre et avec les rideaux jaunes. Cette palette de couleurs donnait à la chambre une atmosphère joyeuse et douillette qui correspondait elle aussi à l'atmosphère de la ferme.

Olivia choisit une tenue stylée mais commode pour sa journée de travail : un pantalon beige, des bottes marron et un haut à manches longues en une nuance magnifique de vert citron. Alors, elle sortit sa jolie veste verte et dorée de l'armoire et descendit.

Erba était déjà perchée sur le rebord de la fenêtre de la cuisine, où elle attendait ses carottes matinales. Après les avoir servies à la chèvre dans la cour, le long de laquelle Olivia avait planté des parterres d'herbes médicinales, Olivia se prépara rapidement une tasse de café. Alors, il fut l'heure qu'elle se rende au travail, accompagnée par Erba qui trottait derrière elle avec enthousiasme.

Les bâtiments en pierre élégants de La Leggenda, nettoyés par la pluie et débarrassés de leur poussière estivale, luisaient d'un éclat bronze doré dans le soleil matinal. Quand Olivia remonta l'allée pavée, elle admira la plantation de vignes la plus proche, qui s'étendait sur le coteau pentu. Elle se sentit fière d'avoir travaillé ici quand ces vignes avaient été plantées. Maintenant, ces vignes, visiblement robustes et à croissance rapide, étaient saines et fortes. Elles aussi, elles semblaient avoir prospéré et donnaient l'impression d'avoir poussé à toute vitesse après l'orage de la veille.

Avant d'approcher de l'entrée cintrée de la salle de dégustation, Olivia risqua un coup d'œil dans le bâtiment de vinification.

Il n'y avait aucun signe de Nadia.

Elle ne reviendrait peut-être travailler que le lendemain. Parfois, il y avait des miracles, n'est-ce pas ?

Ce qui l'inquiétait plus, c'était que la voiture de Marcello n'était pas dans le parking. Cela signifiait que, ce matin, il était peut-être en train d'inspecter les vignobles, ou même en train de travailler dans l'autre exploitation viticole près de Pise. Olivia allait devoir attendre, vérifier s'il arrivait et être prête à s'excuser dès le moment où il apparaîtrait.

Quand Olivia entra dans la salle de dégustation, elle écarquilla les yeux. On aurait dit qu'un pugilat était en train de s'y dérouler.

— *Non, non, non !* cria une voix passionnée à l'accent français. Comment pouvez-vous autoriser ce genre de chose ? C'est mal, mal, vraiment mal. Inacceptable !

Olivia reconnut les tons distinctifs de Jean-Pierre Pelletier, son tout nouvel assistant sommelier.

Avec qui se disputait-il de si bon matin ? se demanda Olivia.

Elle se précipita à l'intérieur pour essayer de calmer la diatribe de Jean-Pierre, mais elle s'arrêta brusquement quand elle entendit la réponse stridente.

— J'autorise ce que je veux. Je suis en charge, ici, et je refuse de recevoir des ordres d'un homme jeune, ignare et encore inexpérimenté !

Olivia reconnut les tons furieux aux accents italiens de Gabriella, la directrice du restaurant.

Il se trouvait que Gabriella était aussi l'ex-petite amie de Marcello. Comme Olivia s'était immédiatement sentie attirée par Marcello quand elle l'avait rencontré et comme elle avait senti qu'il était attiré lui aussi, elle pensait que c'était pour cela que Gabriella avait ressenti de l'aversion pour elle dès le premier jour. En fait, ce n'était pas de l'aversion mais une haine malveillante. Gabriella avait essayé de son mieux de faire renvoyer Olivia de l'exploitation viticole.

Eh bien, si Jean-Pierre l'exaspérait, c'était dommage, n'est-ce pas ?

Olivia ralentit le pas et, avançant nonchalamment, entra sans se presser et écouta non sans plaisir la dispute se poursuivre avec moult hurlements.

— Ignare ? Mon père a travaillé dix ans dans un des restaurants de Paris les plus décorés par Michelin et il m'a appris qu'on devait placer le verre de vin rouge à gauche du verre de vin blanc pour un arrangement formel de table.

Quand Olivia s'arrêta à mi-course pour redresser une des fiches de dégustation placées sur le long comptoir en bois, elle se rendit compte que Jean-Pierre n'avait pas l'air agressif. Il avait juste l'air passionné, comme s'il ne pouvait pas supporter que Gabriella se trompe à ce point.

— Dans notre restaurant, nous faisons autrement, répliqua sèchement Gabriella.

Olivia entendit à sa voix qu'elle était sur la défensive. Elle savait que cela signifiait que Gabriella avait perdu et qu'elle ne ripostait que pour avoir le dernier mot.

— Eh bien, vous le faites de manière incorrecte ! s'écria Jean-Pierre.

Olivia entendit à son ton qu'il était vraiment exaspéré.

— Bonjour, Jean-Pierre. Sommes-nous prêts à commencer la journée ? demanda-t-elle, décidant que, si elle intervenait à ce moment-là, cela permettrait à Jean-Pierre d'avoir le dernier mot et de gâcher complètement la journée de Gabriella.

Jean-Pierre repartit rapidement dans la salle de dégustation en laissant Gabriella chercher une réponse appropriée, frustrée et bouche bée.

Mince, les cheveux foncés et âgé d'à peine vingt-et-un ans, Jean-Pierre était le candidat qu'elle avait embauché parmi les cinq qui avaient été impatients de commencer une carrière dans le monde du vin.

Elle avait choisi ce jeune homme pour sa passion évidente et pour sa nature éloquente. Quand il s'était excité pendant l'entretien, la façon dont il avait agité les bras avait rappelé Nadia à Olivia. Elle avait pensé qu'il s'adapterait bien à l'atmosphère italienne de l'exploitation viticole et que, avec son enthousiasme, il irait loin.

Jusque-là, les instincts d'Olivia avaient fait mouche mais, à l'origine, elle ne s'était pas rendu compte qu'elle serait obligée de passer autant de temps à gérer ses crises de colère.

— Bonjour, Olivia. Tout est prêt pour l'arrivée des touristes. J'essayais d'aider à préparer les tables d'à côté, expliqua-t-il en adressant à Olivia un coup d'œil anxieux.

— La salle de dégustation a l'air parfaite, dit Olivia pour le complimenter.

Quand elle contempla la salle spacieuse, elle se sentit fière. Le long comptoir de dégustation brillait et la rangée de tonneaux en bois portant le logo de l'exploitation viticole constituait un décor parfait pour les clients. La chaleur rayonnante des lettres dorées symbolisait la gentillesse de l'accueil et l'expérience de dégustation que les clients appréciaient.

Des posters encadrés permettant de découvrir l'histoire de La Leggenda et ses vins étaient disposés le long des murs. De plus, sur les tables, il y avait des dépliants en papier glacé tout nouveaux pour les clients qui désiraient avoir plus d'informations.

Olivia était fière de ces dépliants, parce que c'était elle qui les avait créés. Elle avait récemment pris la direction du marketing de l'exploitation viticole en plus de son travail en salle de dégustation et les brochures étaient une des manières qu'elle avait de mettre en valeur la présence de la marque « La Leggenda ».

— Si vous remarquez que quelque chose ne va pas dans le restaurant, n'hésitez jamais à le dire à Gabriella. Après tout, il faut que nous respections les niveaux d'excellence les plus élevés qui soient dans toute l'entreprise, ajouta-t-elle.

En parlant, elle avait élevé la voix juste au cas où Gabriella l'aurait écoutée. Elle était sûre qu'elle l'avait écoutée et elle se sentait heureuse de l'avoir contrariée à nouveau. Cela faisait longtemps qu'elle n'en avait plus eu l'occasion.

Quand Marcello lui avait demandé d'embaucher un nouvel assistant sommelier, Olivia avait commencé par recommander Paolo, un serveur du restaurant qui aimait aider dans la salle de dégustation pendant les pics d'activité.

Gabriella l'avait déjouée en promouvant immédiatement Paolo au poste de serveur en chef. C'était une grande opportunité pour ce beau jeune étudiant, car cela signifiait qu'il allait gagner plus et qu'il n'aurait plus besoin de polir les verres, tâche qu'il n'aimait pas.

Olivia avait été déçue et en avait conclu à raison que Gabriella l'avait fait rien que pour l'agacer.

Maintenant, elle était contente que Jean-Pierre, qui avait été embauché parce que Paolo n'était plus disponible, semble avoir des talents remarquables pour énerver Gabriella. Ce n'était pas la première fois qu'ils se disputaient. Olivia ne pouvait s'empêcher de se sentir

14

satisfaite à chaque fois qu'elle les entendait élever la voix. Elle espérait que cela montrait à Gabriella que les actions mesquines pouvaient avoir des conséquences imprévues.

— Nous proposons une offre spéciale aux clients pendant les prochaines semaines, dit-elle à Jean-Pierre. S'ils prennent le menu de dégustation complet, ils pourront goûter le tout premier vin pétillant Metodo Classico de La Leggenda.

Les yeux de Jean-Pierre s'illuminèrent. Olivia avait déjà découvert que le vin pétillant, et surtout le champagne français, était sa boisson préférée.

— Excellent. Je trouve que ce vin pétillant est exceptionnel, dit-il avec enthousiasme. Je sais que les clients l'aimeront.

— C'est un bijou de vinification, convint Olivia.

La mention de la vinification la fit frissonner d'inquiétude en lui rappelant que tout un monde d'ennuis l'attendait.

Or, à ce moment, un cri perçant résonna de l'extérieur de la salle de dégustation.

— Olivia ! Où est Olivia ? Je veux lui parler immédiatement.

Olivia sentit le découragement l'envahir. Du coin de l'œil, elle vit Gabriella s'attarder à l'entrée du restaurant avec une expression intéressée, comme si elle avait senti qu'Olivia allait avoir des ennuis.

Nadia était arrivée.

Elle n'avait pas encore pu s'excuser auprès de Marcello et, maintenant, elle ne le pourrait plus. Elle serait obligée de supporter toute la furie de Nadia et sa terrible erreur serait dévoilée à toute l'exploitation viticole.

CHAPITRE TROIS

— Olivia ! Te voilà !

Nadia entra brusquement dans la salle de dégustation.

Elle tenait une carafe remplie d'un liquide rose éclatant à la main droite. Elle gesticulait frénétiquement avec la gauche.

Olivia sentit une poussée d'angoisse. Le vin était d'une couleur magnifique, presque comme un bijou. Il était tragique qu'une chose d'une beauté aussi éclatante soit celle qui allait causer sa chute.

— Où est Marcello ? Est-il ici ? demanda Nadia.

Olivia déglutit. C'était pire que ce qu'elle avait imaginé. Si Nadia exigeait que Marcello soit présent, cela signifiait que ce qu'Olivia avait fait était impardonnable.

— Je ne sais pas où il est. Je le cherche parce que — euh —

Elle ne termina pas sa phrase. L'excuse sincère qu'elle avait prévu de formuler était maintenant inutile.

Nadia grimaça.

— Quel dommage. Eh bien, j'imagine qu'il va falloir qu'on en discute à deux, dans ce cas. Avec Jean-Pierre, bien sûr.

Son visage s'illumina, comme si elle était heureuse de trouver un public plus grand.

Olivia la contempla, stupéfaite, consternée.

Jean-Pierre ? Pourquoi fallait-il l'impliquer dans cette affaire ? Est-ce que Nadia allait la licencier et demander à Jean-Pierre de la remplacer ?

Risquant un coup d'œil vers le restaurant, Olivia vit l'expression de joie malsaine de Gabriella. La restauratrice les observait depuis la porte et se délectait de l'épreuve que traversait Olivia.

— Jean-Pierre, *mon beau chéri*.

Nadia lui adressa un grand sourire. Elle s'était immédiatement entichée du Français mince et spontané. Ces deux-là semblaient être des âmes-sœurs qui avaient tout de suite reconnu leurs traits de personnalité principaux chez l'autre.

— Va nous chercher des verres, *merci beaucoup, jeune, petit, beau, grand homme.*

Comment l'appelait-elle ? Beau jeune homme petit et grand ? Comme Olivia n'avait qu'une connaissance limitée du français, elle ne pouvait dire si ce fatras de mots était ne serait-ce que correctement conjugué. Elle ne pensait pas que Nadia le savait mieux qu'elle. La vigneronne semblait aimer pratiquer son français exécrable à l'oral et, même si Jean-Pierre grimaçait parfois à cause de l'accent de Nadia, il trouvait amusant d'entendre sa langue déformée par inadvertance.

Même si Olivia travaillait dur pour améliorer son italien et même si elle le comprenait mieux jour après jour, elle était beaucoup trop timide pour le parler et ne pouvait qu'admirer la bravade dont Nadia faisait preuve quand elle tentait de parler une langue étrangère.

Perplexe, Olivia regarda Jean-Pierre tendre le bras par-dessus le comptoir et sortir trois verres de dégustation d'un geste élégant.

Souriant fièrement, Nadia versa du vin dans chaque verre.

— Jean-Pierre, goûte ça. C'est le tout premier rosé de La Leggenda et c'est ta patronne qui l'a conçu !

Elle fit un grand sourire à Olivia qui, choquée, faillit laisser tomber son verre. La situation n'évoluait pas comme elle l'avait prévu.

— C'est encore un très jeune vin, mais il correspond idéalement à sa raison d'être : nous le vendrons et nos clients le boiront l'été prochain. Comme ça, il n'aura pas besoin de trop mûrir avant d'être mis en bouteille. Comme tu t'en rends compte, c'est une merveille absolue. Il est plus qu'excellent : il est magnifique. Olivia, je crois que, avec ton expérience, tu as créé un autre Miracolo, un vin qui n'aurait pas dû fonctionner mais qui a fonctionné quand même et qui rapportera un succès et des louanges extraordinaires à notre exploitation viticole.

Nadia sirota le vin, apparemment passionnée.

Olivia se pencha contre le comptoir. Elle était reconnaissante de pouvoir s'appuyer contre lui à cause de ses jambes flageolantes.

Nadia aimait son vin ? Où étaient les ennuis qu'elle avait anticipés ? La vigneronne ne semblait pas du tout être en colère qu'Olivia ait utilisé les raisins. L'espace d'un instant, elle se demanda si elle n'était pas encore endormie dans son lit et si tout cela n'était pas un rêve étrange.

Elle remua un pied pour vérifier.

Non, elle n'était pas endormie. Si elle l'avait été, Pirate lui aurait griffé un orteil et elle se serait réveillée. De toute façon, Jean-Pierre et Nadia étaient encore en train de parler de sa création.

— C'est délicieux, convint Jean-Pierre. J'adore le bon rosé. C'est un bon exemple de vin très moderne. Il a un goût subtil, complexe et il est très facile à boire.

— Exactement, dit Nadia en claquant la paume de la main sur le comptoir. En ce qui concerne les ventes, le rosé est le type de vin qui se vend le mieux, surtout sur le marché américain.

— Pourquoi ? demanda Jean-Pierre.

Olivia voyait qu'il était prêt à retenir ce que dirait Nadia pour améliorer sa connaissance du vin.

— Certaines personnes pensent que c'est parce qu'il plaît à la génération Y, qui l'adore, mais d'autres pensent que c'est parce qu'on produit beaucoup de rosés de bonne qualité de nos jours, expliqua Nadia. Il y a trente ans, les rosés étaient très mauvais et trop sucrés, du sirop pour la toux rose vif, pas mieux. De nos jours, la plupart des rosés sont secs ou demi-secs et d'une qualité largement supérieure. De plus, leur belle couleur est un argument de vente supplémentaire.

Finalement, Olivia osa goûter son vin. Elle inspira son arôme floral frais avec une nuance de melon. Elle avait adoré son bouquet distinctif et charmant. Maintenant qu'elle pouvait le réévaluer, elle décida que son goût était riche en cerise, en fraise et en herbes sauvages, avec une saveur piquante d'agrumes qui apportait une finition agréablement sèche.

— Comment fabrique-t-on du rosé ? demanda Jean-Pierre. Est-ce qu'on mélange du vin rouge à du vin blanc ?

Nadia leva les yeux au ciel et le contempla affectueusement.

— C'est mal vu, ou même exclu. Traditionnellement, on fabrique le rosé avec des raisins rouges. Sa couleur étonnante s'obtient en laissant la peau sur les raisins pendant une période très brève du processus, un jour ou deux, pas plus.

Olivia hocha la tête. Elle avait laissé la peau en contact avec le vin pendant vingt-quatre heures.

— Avec le vin rouge, on laisse la peau beaucoup plus longtemps, poursuivit Nadia en gesticulant de manière éloquente pour accentuer l'importance de ses mots. Quand on laisse la peau sur les grains de raisin rouge très peu de temps, on obtient une teinte de rosé d'un rose magnifique et cela donne une saveur exquise, sans la lourdeur du rouge traditionnel, que certains n'aiment pas. Bien que les vins blancs soient plus spécifiquement associés à certains menus, le rosé est un vin beaucoup plus polyvalent et on peut l'apprécier avec toutes les nourritures. Voilà, c'était ta leçon de vin de la journée.

Elle leva son verre pour porter un toast à Olivia, qui était encore trop stupéfaite pour dire un seul mot.

— J'allais m'occuper du Projet Rosé l'année prochaine parce que je croyais que nous devrions fabriquer notre rosé surtout à base de raisins sangiovese, qu'on a en quantité insuffisante cette année, mais Olivia a utilisé un mélange créatif de raisins rouges. Elle a été très astucieuse ! dit Nadia en la contemplant avec admiration. Elle a mélangé et associé les dernières récoltes de la saison, dont un peu de raisins Colorino à peau foncée, et cela a donné au rosé une couleur brillante que je n'avais jamais vue.

Finalement, Olivia retrouva sa voix.

— Je suis vraiment soulagée que tu ne sois pas en colère contre moi. Je n'avais pas compris que tu voulais que j'utilise seulement ce qu'il y avait dans la salle de vinification, pas les nouvelles récoltes. Quand Antonio a dit que tu avais déjà réservé les nouveaux raisins pour des vins spécifiques, j'ai craint d'avoir des ennuis.

Nadia haussa les épaules.

— Indépendamment, ces petites récoltes finales n'auraient pas produit de grosses quantités de vin ; c'étaient seulement des ajouts. Combinées, elles ont produit des quantités suffisantes pour que nous puissions vendre ce rosé.

Jean-Pierre le sirota admirativement.

— Il est excellent. Je suis vraiment fier que ma patronne ait fabriqué ce vin.

Quand Olivia jeta un autre coup d'œil vers le restaurant, elle vit que Gabriella était furieuse. Quand elle tourna la tête, l'autre femme disparut de sa vue, visiblement déçue qu'Olivia n'ait été ni réprimandée ni licenciée.

Finalement, Olivia se permit d'admirer la couleur éclatante de sa toute première création de vin sans se sentir coupable.

— Le timing est parfait, expliqua Nadia. Le plus prestigieux des critiques de vin de Toscane, Raffaele di Maggio, va visiter notre exploitation viticole cette semaine pour goûter et noter nos nouveaux produits. Nous pourrons lui présenter ce rosé. Une évaluation favorable sur son site web toscan Wine Tourism aiderait énormément à lancer ce vin. Ce critique a beaucoup d'influence et son site est devenu extrêmement populaire.

— Je me souviens de son nom, dit Olivia.

Elle avait entendu des visiteurs le prononcer et elle savait que beaucoup de touristes consultaient son site, qui semblait avoir acquis énormément de notoriété ces derniers temps.

Elle se sentit un peu nerveuse et se rendit compte qu'elle était plus intimidée que flattée par cette nouvelle. Faire évaluer son rosé par un critique aussi renommé, cela l'effrayait. C'était déjà assez miraculeux que Nadia ait aimé sa nouvelle création, mais elle n'était pas prête à ce que son tout premier vin soit goûté par un expert renommé. Et s'il voyait les choses différemment et ne l'aimait pas du tout ?

*

Quelques heures de dur labeur plus tard, Olivia verrouilla la salle de dégustation et sortit. Il y avait une brise très fraîche et elle savait qu'elle apprécierait de pouvoir rentrer chez elle d'un pas rapide pour se réchauffer.

Alors, elle vit la voiture de Marcello monter l'allée sinueuse et oublia complètement qu'il faisait froid.

Le SUV se gara sous l'olivier aux grandes branches et Marcello en sortit, visiblement pressé. Olivia en fut déçue. Il semblait que, depuis la fin de l'été, quand ils s'étaient laissés aller à quelques délicieux moments de flirt et avaient même pris une journée pour aller visiter Pise, Marcello ait toujours eu de plus en plus de travail. Olivia avait cru que, avec l'approche de l'hiver, il pourrait se reposer un peu, mais cela ne semblait pas être le cas.

Elle avait espéré que, quand il ferait froid, ils pourraient passer des soirées à bavarder près du feu qui brûlait dans le vestibule de la salle de dégustation. Elle avait rêvé de plus encore !

Bien sûr, elle avait elle aussi travaillé beaucoup plus que prévu. En plus de ses tentatives de vinification, le travail qu'elle avait consacré au marketing de l'exploitation viticole l'avait obligée à passer des heures dans le bureau situé au fond de la réserve, isolée et avec son ordinateur portable pour seule compagnie.

Alors, quand il la vit, Marcello sourit, ses dents blanches étincelèrent dans son visage bronzé et ses yeux bleus se firent plus chaleureux.

Olivia pensa qu'il avait l'air content mais aussi embarrassé, comme s'il pensait lui aussi qu'il y avait des sujets qu'ils auraient dû aborder ensemble.

— Olivia, c'est un plaisir de te voir, dit-il. Nadia m'a appelé. Elle a dit que tu avais créé un rosé qui sera un cru unique et qui nous rapportera des récompenses. Je suis vraiment fier de toi.

Et dire que, la veille, Olivia avait rédigé une lettre d'excuses pour lui parce qu'elle avait cru qu'elle avait de gros ennuis ! La situation d'Olivia avait énormément changé et elle en avait la tête qui tournait.

— Merci, dit-elle. Je suis vraiment contente que ça ait bien marché, même si ce succès est dû à la chance du débutant.

Elle avait ajouté un tout petit peu de séduction à ses paroles. Après tout, si elle pouvait réussir au-delà de ses rêves les plus fous dans une partie de sa vie, elle pourrait peut-être le refaire dans une autre !

— Pas du tout. C'est de la compétence, dit Marcello en insistant. Ne sous-estime pas tes talents. Je suis fier que nous ayons un nouveau vin délicieux à offrir à ce critique renommé le jour de son arrivée.

Olivia sentit son estomac se nouer à cette idée. Décidant de passer à un sujet moins effrayant, elle parla précipitamment.

— As-tu fini le travail pour la journée ? Tu as prévu quelque chose ce soir ?

Dès qu'Olivia eut prononcé ces mots, elle se dit qu'elle aurait aimé pouvoir les effacer parce qu'elle avait finalement donné l'impression d'être beaucoup trop impertinente. Elle avait presque demandé à Marcello s'il était libre ce soir. C'était foireux. Plusieurs mois auparavant, Olivia avait conclu que, pour qu'il y ait une histoire d'amour entre eux, il faudrait que ce soit son magnifique patron qui fasse le premier pas. Elle ne pouvait pas insister elle-même, car elle avait trop à perdre. Si leur histoire se passait mal, cela pourrait faire courir des risques à son emploi et à son avenir à l'exploitation viticole.

— Plus tard ce soir, j'ai une conférence téléphonique avec un fournisseur des États-Unis, dit Marcello en levant un sourcil. Le nouveau rosé est une nouvelle passionnante dont je compte parler lors de cette discussion.

Déçue, Olivia se força à sourire poliment. Ce n'était pas ce qu'elle avait espéré l'entendre dire.

Cependant, quand il parla à nouveau, il le fit d'un ton charmeur.

— Mis à part ça, je préparerai des pâtes et je boirai un verre de vin rouge. Le plat que j'ai prévu pour ce soir est le Ragu al Cinghiale. C'est un plat toscan traditionnel et délicieux que l'on prépare avec du sanglier sauvage, actuellement en vente à la boucherie du village.

— Du sanglier sauvage ? demanda Olivia.

Marcello hocha la tête.

— Les sangliers sauvages se reproduisent de manière prolifique. Donc, tous les ans, des chasseurs déclarés en tuent un nombre limité dans cette région. Comme ça, les populations présentes dans les forêts restent saines et durables et les sangliers ne sont pas forcés de saccager les vignobles ou les fermes pour trouver à manger, ce qui pourrait bien sûr être dangereux.

— Vraiment ? demanda Olivia, fascinée.

Il y avait des sangliers sauvages dans les bois ? Elle ne l'avait jamais su !

— Je prépare ce plat délicieux pendant les mois les plus froids, pendant la saison où cette viande est disponible. Je crois que j'arrive à le préparer de façon quasi-parfaite. La prochaine fois, je pourrai peut-être t'inviter à essayer le résultat.

Olivia avait le vertige. C'était une invitation. Pas une invitation directe mais, au moins, il y avait du progrès.

— J'adorerais, dit-elle. Je ne suis pas une cuisinière exceptionnelle, mais je crois que ma plus grande réussite jusqu'ici a été le ragoût Pappa al Pomodoro à base de pain rassis, de haricots et de tomates. Quand je saurai bien préparer ce plat, je serai heureuse d'avoir ton opinion.

— Ce sera un plaisir, promit Marcello en inspirant profondément. Entre temps —

Olivia sentit son cœur bondir. Dans la manière dont il avait prononcé ces mots, il y avait du potentiel. Elle se sentit tout affolée par ce qui allait peut-être se passer.

Alors, le téléphone de Marcello sonna.

En fronçant les sourcils pour s'excuser, il vérifia l'identité de celui qui l'appelait puis répondit et se dirigea énergiquement vers son bureau.

Olivia le regarda partir, bouche bée, déçue.

Ils avaient été sur le point de se donner rendez-vous. Elle en était certaine. Maintenant, son attention avait encore été détournée, et qui savait pour combien de temps ? C'était terriblement frustrant et Olivia commençait à se demander si leur histoire d'amour naissante ne risquait pas de rester perpétuellement en suspension.

Avec un soupir frustré, elle se détourna et repartit sur l'allée. Alors, elle entendit un bruit familier de sabots. Erba l'avait rejointe.

Marcello n'avait personne d'autre, décida Olivia. Elle s'en était beaucoup inquiétée pendant les dernières semaines mais avait décidé qu'il n'avait personne. Il était préoccupé par son entreprise, qui était à court de liquidités à cause de son expansion récente. De plus, Olivia devinait qu'il avait peur de s'impliquer à nouveau, surtout avec une employée.

Après Gabriella, elle ne pouvait pas le lui reprocher, se dit Olivia avec ressentiment.

À sa grande surprise, quand elles furent rentrées, Erba ne partit pas directement vers la grange comme elle le faisait habituellement pour manger de la luzerne après sa promenade. Elle trotta jusqu'à l'énorme entrée obscure, jeta un coup d'œil à l'intérieur, recula comme si elle avait eu peur puis revint vers Olivia en sautillant.

— Que se passe-t-il ? demanda-t-elle à la chèvre, perplexe.

Alors, Olivia écarquilla les yeux quand elle entendit un grattement distant et un bruit sourd qui venait de l'intérieur de la grange.

Elle déglutit avec difficulté.

Il y avait quelqu'un — ou quelque chose — à l'intérieur et Erba l'avait senti.

Olivia approcha prudemment en se rappelant ce que Marcello avait dit sur le sanglier sauvage. Et si une de ces créatures agressives s'était aventurée hors des bois et installée dans son futur bâtiment de vinification ?

Olivia commença à se dire qu'il vaudrait mieux éviter d'aller voir. Ça pourrait être dangereux.

Elle se dit qu'elle devrait au moins avoir une arme. Heureusement, la pelle qu'elle avait utilisée pour planter des bulbes quelques jours auparavant était encore appuyée contre le mur. Pour une fois, être désordonnée s'avérait être une bénédiction.

Olivia prit la pelle et la tint des deux mains, comme une batte de base-ball.

Quand elle la remua pour l'essayer, un morceau de terre qui avait été collé à la partie métallique lui tomba sur la tête.

— Merde, marmonna Olivia quand des morceaux de terre lui tombèrent en cascade sur le visage et qu'une grande partie se logea dans ses cheveux.

Elle avait espéré passer une soirée tranquille. À l'heure qu'il était, elle aurait dû nourrir Erba et commencé à préparer son dîner. Au lieu de cela, elle était dans sa grange et elle se ramassait de la terre sur la tête pendant qu'elle tentait de se défendre contre un péril inconnu.

Olivia fit tomber la terre en secouant la tête et la sentit se répandre sur ses épaules. Alors, elle avança furtivement vers la grange.

Elle s'arrêta à l'entrée. Les bruits de grattement et d'écrasement s'étaient arrêtés. Était-ce une bonne ou une mauvaise nouvelle ? Elle ne savait pas.

Soudain, Olivia ne put plus supporter le suspense. Elle entra en bondissant, agita la pelle au-dessus de sa tête et cria :

— Dehors !

Alors, elle hurla de peur quand elle se retrouva face à une silhouette qui, vêtue de noir, portait un chapeau pointu violet et tenait elle-même une pelle.

CHAPITRE QUATRE

— Argh !

La silhouette cria de terreur, terrifiée, puis laissa tomber l'outil et agita les bras quand Olivia bondit en arrière. La pelle était glissante dans ses mains froides et humides et son cœur battait la chamade.

Cependant, quand ses yeux s'ajustèrent à l'obscurité, elle se rendit compte que ce n'était pas un intrus.

C'était son ami Danilo, qui habitait dans une ferme de l'autre côté du village.

Danilo contempla Olivia d'un air consterné.

— Olivia. Que fais-tu ? Il est assez tard et je venais te trouver.

Olivia baissa la pelle, embarrassée d'avoir soupçonné le pire.

Elle se souvint que, la dernière fois qu'ils avaient parlé, Danilo avait dit qu'il passerait l'aider à déblayer l'énorme tas de gravats de la grange quand il aurait le temps.

Il était venu. Il avait garé son pick-up dans la grange et c'était pour cela qu'elle ne l'avait pas vu devant la ferme.

— Je — je ne savais pas ce qu'était ce bruit, marmonna-t-elle.

Danilo hocha la tête d'un air approbateur.

— C'est bien de faire attention. La prochaine fois, je t'enverrai un message avant de venir.

Olivia soupçonnait qu'il essayait de cacher un sourire. Elle sentait qu'il trouvait ces retrouvailles extrêmement drôles, mais qu'il faisait de son mieux pour lui cacher son amusement.

Quand elle le regarda de plus près, elle vit que ses yeux foncés étaient gonflés par l'effort qu'il déployait pour se retenir de rire.

Quand ils s'étaient rencontrés, ils avaient mal commencé. Danilo avait franchement expliqué à Olivia qu'elle plantait mal ses vignes et Olivia l'avait mal pris. Elle les avait effectivement mal plantées, mais elle avait pensé qu'il aurait pu le dire avec plus de politesse.

Maintenant, elle supposait que Danilo essayait autant que possible de ne pas gâcher l'amitié détendue qu'ils avaient créée et de ne pas montrer à Olivia à quel point il avait envie de rire.

Elle se dit qu'il valait mieux qu'elle évite de rire, elle aussi, et elle serra les joues pour éviter d'éclater de rire. Il valait mieux traiter ce malentendu embarrassant avec le sérieux qu'il ne méritait pas, comme ils le pensaient tous les deux.

— Je vois que tu as les cheveux violets, dit Olivia en passant à un sujet plus sûr.

Danilo lui avait expliqué que sa nièce, qui étudiait la coiffure, l'utilisait comme mannequin, même si Danilo utilisait plus souvent le mot « victime » quand il précisait que sa nièce changeait constamment de couleur et de coupe et ne pratiquait que les plus tendance.

Olivia aimait les mèches violettes. Elles étaient vives, mais elles allaient bien à son teint olive et elles étaient coupées de près.

— Oui, répondit Danilo en grimaçant. J'imagine que c'est mieux que du rose.

Il regarda Olivia en fronçant les sourcils d'un air perplexe.

— Je vois que tu as du sable dans les cheveux ce soir.

Ils se turent tous les deux, comprenant que cela pourrait les remmener au sujet qu'ils avaient réussi à éviter.

— Si tu te penches en avant, je te l'enlève, proposa Danilo.

Olivia se pencha en avant avec gratitude pour qu'il puisse lui enlever le sable des cheveux.

— As-tu trouvé quelque chose d'intéressant ici ? demanda-t-elle.

— J'ai emmené ma voiture pour avoir de la lumière, expliqua Danilo. La grange est très sombre et je ne voulais pas rater quelque chose d'important.

Olivia soupira.

— Je commence à me dire que cette unique bouteille de vin rare que j'ai trouvée à la fin de l'été était le seul objet du tas et que, en passant le reste au peigne fin, nous n'allons récolter qu'une année de travail alors qu'une chargeuse à godet pourrait le faire en un jour.

La grange frustrait Olivia. Elle n'était pas patiente, même si elle savait que la viticulture lui apprendrait à l'être, par la force si nécessaire. Cependant, ces gravats l'obsédaient. Les fouiller lui semblait inutile. Une grange dégagée et propre correspondrait mieux à son rêve. Était-il possible que ce tas poussiéreux contienne des objets précieux ou est-ce qu'elle perdait son temps ?

— Je suis certain qu'il y a autre chose à découvrir, insista Danilo.

Olivia voyait que cette recherche le passionnait. La promesse peu crédible de ce tas poussiéreux avait peut-être réveillé le chasseur de trésor qui sommeillait en lui.

Personnellement, Olivia pensait plutôt que c'était la réserve fermée à clé, cachée dans les arbres au sommet de la colline dans une partie éloignée de la ferme de huit hectares, qui regorgeait de trésors.

Pourtant, elle n'avait pas appelé de serrurier ou essayé de forcer la porte mais avait décidé d'attendre de voir si elle pourrait trouver la clé d'origine. Ce qui se trouvait dans cette salle en pierre massive y était resté enfermé pendant des décennies et n'allait pas s'en aller tout seul. Quelques semaines de plus n'y changeraient rien.

De plus, Olivia se rendait compte qu'elle envisageait cet endroit secret comme une réserve de Schrödinger. Tant qu'elle restait fermée, elle était potentiellement pleine de trésors. Si on l'ouvrait, elle risquait de ne révéler que vide et déception.

Pour l'instant, il valait mieux s'attaquer au tas de gravats : il était gros et visible, il encombrait sa salle de vinification et il fallait l'enlever. Quand il ne serait plus là, Olivia décida qu'elle prendrait une décision sur la réserve. Au moins, si la clé était dans le tas, ils l'auraient trouvée à ce stade.

— Travaillons un peu plus longtemps, dit-elle, sachant que Danilo continuerait probablement quand même. Demain, c'est mon jour de congé, donc, ça ne me gêne pas de me salir et de me couvrir de poussière. De plus, il faut que je m'occupe, parce qu'un célèbre critique de vins local va visiter l'exploitation viticole le lendemain. Il possède un gros site web et il va tester mon nouveau rosé. Je me sens déjà nerveuse !

— Raffaele di Maggio va vous rendre visite ?

À la grande surprise d'Olivia, Danilo fronça les sourcils comme s'il ne pensait pas que ce soit une bonne nouvelle.

— Je suis sûr qu'il aimera ton rosé, ajouta-t-il avec emphase, mais Olivia soupçonnait qu'il essayait autant qu'elle de s'en convaincre.

Maintenant, elle fronçait les sourcils, elle aussi, perturbée par la réaction bizarre de Danilo. Elle se remonta les manches et commença à fouiller dans les gravats. C'était un travail de fourmi salissant, mais Olivia dut admettre que la lumière des phares leur facilitait la tâche.

— Ah ! s'écria-t-elle quand elle repéra un éclat lumineux de verre.

— Tu as trouvé quelque chose ? demanda Danilo, qui se précipita pour voir.

27

Olivia préleva soigneusement un gros morceau de verre du tas.

— C'est seulement un éclat de verre, dit-elle, déçue. L'espace d'un instant, j'avais cru que cela ressemblait à une bouteille entière. On voit que cet éclat a appartenu à une bouteille. Regarde cette forme bizarre. Il y a tout le goulot et une partie du côté.

Elle tint l'éclat de verre dans la lumière. Il venait d'une bouteille de forme inhabituelle avec une courbe large et évasée et il était d'un vert foncé tacheté.

— Il y en a peut-être d'autres enfouies ici, dit Danilo. Ce sera peut-être comme les pièces d'un puzzle.

Il fronça les sourcils d'un air songeur.

— À Florence, j'ai un ami qui est marchand de vin et expert en histoire locale. Il pourra peut-être nous fournir plus d'informations rien qu'avec ce morceau. Demain, je vais à Florence pour y récupérer des poignées de tiroir en bronze. Je pourrai lui en parler.

— Vraiment ? C'est très gentil de ta part, dit Olivia.

Alors qu'ils contemplaient la bouteille ensemble, Olivia se rendit compte que leurs têtes se touchaient presque. Ses cheveux blonds devaient chatouiller le visage à Danilo. Il ne semblait pas en être gêné, ou même le remarquer, et elle fut contente qu'ils aient atteint ce niveau de confiance mutuelle.

Même si leur relation avait mal commencé, Olivia était ravie qu'il soit un bon ami, maintenant. Il était très amusant. De plus, n'était-il pas rare d'avoir une relation détendue et platonique avec un membre du sexe opposé ? Elle avait l'impression d'avoir beaucoup de chance et elle espérait que Danilo le pensait lui aussi.

Elle ne lui avait pas encore demandé s'il avait quelqu'un de spécial dans sa vie. Olivia se rappela qu'il faudrait qu'elle le fasse quand il serait temps.

Danilo s'arrêta et s'épousseta les mains.

— Si tu es en congé demain, aimerais-tu venir avec moi ? Je suis sûr que l'expert en histoire du vin pourra t'apprendre quelque chose. De plus, on pourra aussi visiter la ville. Le temps doit être beau, demain. Pourquoi ne pas en profiter ?

Olivia se sentit très heureuse. Ces dernières semaines, elle n'avait plus eu le temps d'explorer les alentours. Comme elle avait dû s'occuper du marketing de l'exploitation viticole tout en travaillant dans la salle de dégustation, elle avait été très occupée et, à la ferme, sa liste de corvées semblait s'allonger en permanence. À chaque fois qu'elle arrivait à la porte d'entrée, elle remarquait qu'il fallait qu'elle s'occupe urgemment d'un nouveau détail. Rien que la veille, cela avait été la partie extérieure du cadre de la fenêtre du salon. Le bois avait pourri et tout le cadre, avec ses pots de fleurs, avait commencé à pencher de côté. Si Olivia ne l'avait pas calé avec des planches, la fenêtre aurait pu s'effondrer.

Passer un jour en compagnie d'un ami serait un plaisir. Non seulement ce serait merveilleux, mais cela aiderait aussi Olivia à penser à autre chose pendant les longues heures d'anxiété qui précéderaient la visite du critique. Elle était sûre que la journée passerait vite en compagnie de Danilo et qu'elle n'aurait pas le temps de s'inquiéter.

— J'adorerais ça ! convint-elle.

Quand Danilo entendit la réponse d'Olivia, son visage s'illumina de joie.

CHAPITRE CINQ

À neuf heures le lendemain matin, Danilo s'arrêta devant l'entrée de la ferme d'Olivia. Elle avait attendu son pick-up avec impatience et, dès qu'elle le vit, elle descendit à toute vitesse en disant au revoir à Erba, qui profitait du soleil matinal perchée sur l'encadrement de la fenêtre du salon.

En courant dans l'allée, Olivia se rendit compte que, si ce perchoir avait failli s'effondrer quelque temps auparavant, c'était peut-être parce qu'il était le préféré de sa chèvre. Il fallait qu'elle protège ses rebords de fenêtre et ses balcons contre sa chèvre. Peut-être Danilo, qui était charpentier et artisan du bois professionnel, pourrait-il entreprendre ce chantier quand il en aurait le temps.

— Bonjour, cria-t-elle quand Danilo ouvrit la porte.

Olivia monta dans le pick-up.

Elle avait emballé l'éclat de verre dans d'épaisses couches de papier journal avant de le mettre dans un sac en plastique. Elle plaça le sac sur le siège arrière du pick-up.

L'intérieur en cuir était d'une propreté irréprochable et remarquablement luxueux. Comme Danilo utilisait ce véhicule pour livrer ses meubles de rangement raffinés et ses autres créations faites main, Olivia avait supposé qu'il serait plein de sciure et de clous éparpillés. C'était complètement le contraire. Aujourd'hui, on la conduisait dans une voiture de luxe.

Danilo lui passa un café.

— Je les ai pris à la boulangerie, dit-il. Comment peut-on voyager sans café à emporter ?

— C'est essentiel, convint Olivia en sirotant son café dans le gobelet fumant.

Le café était excellent et ils allaient visiter la ville principale de la Toscane. Cette journée était bien partie pour être exceptionnelle, décida-t-elle en se détendant sur son siège et en admirant la campagne qui défilait de plus en plus vite à mesure que Danilo accélérait sur la route principale.

— Ma tante habite juste à l'extérieur de Florence, expliqua Danilo. Quand nous étions plus jeunes, ma sœur et moi, nous passions les week-ends chez elle et nous allions visiter le centre-ville. À chaque fois, nous changions d'itinéraire. C'est un des bons côtés de cette ville. Elle est beaucoup plus petite qu'on ne pourrait le croire.

— Peut-on la traverser à pied ? demanda Olivia, étonnée.

— Il faut moins d'une heure pour aller à pied d'un côté du centre-ville de Florence à l'autre. Bien sûr, ça prend plus finalement longtemps parce qu'il y a beaucoup à voir en route. Comme il y en a trop pour une journée, j'essaierai de me souvenir de ce que nous avons préféré. Que veux-tu voir, Olivia ?

— Le Ponte Vecchio a toujours été le premier sur ma liste, dit Olivia. De plus, bien que ce ne soit pas dans le centre-ville, cela fait longtemps que j'ai envie de visiter le Castello del Trebbio. Si nous pouvons voir ces deux endroits aujourd'hui, je l'annoncerai sur les médias sociaux et je posterai les photos en chemin.

Danilo sourit.

— C'est faisable. Ma sœur travaillait autrefois dans une bijouterie du Ponte Vecchio. Je te montrerai le magasin où elle travaillait l'été.

Olivia ne put s'empêcher de pousser un soupir de jalousie. Les Italiens savaient-ils même la chance qu'ils avaient d'habiter entourés par autant d'histoire ? Ce serait merveilleux de trouver un travail dans un magasin de quartier situé sur le pont le plus célèbre du monde.

— Je suis content que nous ayons échappé aux pires des embouteillages, dit Danilo en accélérant sur l'Autostrada. En général, avant neuf heures, cette autoroute est chaotique.

Danilo faufila son pick-up en expert entre quelques voitures plus lentes puis s'installa dans la voie rapide. Quelques minutes plus tard, ils aperçurent la ville. Olivia vit des tourelles et des tours qui luisaient d'un éclat doré dans le soleil matinal sur un fond majestueux de collines.

— Au nord de la ville, il y a Fiesole et Settignano, deux villes très pittoresques, dit Danilo en remarquant qu'Olivia était fascinée par le paysage qui arrivait devant eux. Comme elles sont sur des collines, elles te donnent toutes les deux une vue panoramique de Florence. Nous pourrons peut-être les visiter un autre jour.

— Je crois que je viens d'ajouter une excursion dans ces deux villes à ma liste d'endroits à visiter, dit Olivia.

Elle soupçonnait que cette liste risquait de s'allonger beaucoup plus au cours de la journée.

Quittant l'autoroute, Danilo se faufila dans un labyrinthe de rues toujours plus étroites.

— On va s'arrêter ici, annonça-t-il quelques minutes plus tard en se garant dans une place de parking juste après qu'un bus touristique l'avait libérée. Si on va plus loin en ville, on atteint la *zona a traffico limitato*, où on ne peut conduire que si on a un permis spécial.

Une fois la voiture garée, ils en descendirent. À l'arrière, Danilo prit une veste en cuir marron stylée. Quand il se la mit sur son tee-shirt blanc, Olivia ne put s'empêcher d'admirer ses bras, qui étaient tonifiés et musclés. Son ami était en excellente forme !

Bien sûr, comme leur amitié était platonique, elle n'avait aucune raison de continuer à le regarder. C'était seulement une observation désintéressée, se rappela Olivia, qui détourna le regard non sans difficulté, prit sa propre veste dans la voiture et se mit ses lunettes de soleil.

Il y avait énormément d'autres belles choses à voir. Le souffle coupé, Olivia admira la beauté des bâtiments en pierre qui l'entouraient et se rappela que Florence était considérée comme le lieu d'éclosion de la Renaissance. Or, ce n'était pas seulement à cause de la magnificence de son architecture, avec sa maçonnerie raffinée et ses tourelles et ses flèches spectaculaires, mais aussi à cause des trésors culturels que contenaient ces bâtiments.

— Voici un endroit où ils font d'excellents paninis pour le petit-déjeuner. Il faut qu'on se nourrisse pour faire nos visites, non ? dit Danilo en descendant dans la ruelle pavée.

— Absolument, acquiesça Olivia.

Elle n'avait pas prévu que Danilo s'avérerait être un compagnon de voyage de sensibilité aussi similaire à la sienne. Comme Olivia ne mangeait pas beaucoup le matin, quand Danilo avait garé la voiture à Florence, elle avait eu très faim.

Il l'emmena dans un restaurant minuscule, guère plus grand qu'une cabine d'essayage, avec quatre tabourets tout contre le comptoir.

— *Salve, salve*, dit-il pour saluer le propriétaire. Que veux-tu manger ? demanda-t-il à Olivia.

Olivia parcourut le menu, contente que son italien s'améliore. D'un coup d'œil, elle reconnut les mots pour artichauts, poulet, poivrons grillés et tomates séchées au soleil.

— Est-ce que tu te sens courageuse, aujourd'hui ? demanda Danilo avec un sourire de travers. Je vois qu'il y a des *panini di lampredotto* au menu. C'est un des plats les plus traditionnels de Florence, mais il faut que je t'avertisse : il est à base de panse de vache.

— De panse de — quoi ? demanda Olivia, alarmée.

— Le goût est délicieux. Tu peux me faire confiance. La viande est caoutchouteuse, mais elle a très bon goût.

— D'accord, convint Olivia sans grande conviction.

Elle commençait à se demander si elle avait bien choisi. Que ferait-elle si c'était immangeable ? Est-ce que Danilo serait offensé ?

Quand la nourriture fut servie, elle dut admettre que la viande, qui était dans un pain croustillant, n'avait pas l'air appétissante. Les morceaux triangulaires de viande pâle ne l'attiraient pas.

— Euh, dit-elle en se demandant comment refuser sans l'offenser.

— C'est un bon petit plat toscan, expliqua Danilo en adressant à Olivia un sourire encourageant. Dans notre histoire, il y avait beaucoup de pauvres en ville, donc, on utilisait toutes les parties de l'animal. Certains plats sont devenus des spécialités gastronomiques traditionnelles et ont survécu au temps. Sens ça. Vas-y.

Olivia renifla nerveusement et, à sa grande surprise, constata que l'arôme que dégageait ce panini à l'apparence étrange était appétissant.

Inspirant profondément, Olivia mordit courageusement dans le pain en espérant qu'elle ne projetterait pas de vomi sur tout le sol quand elle goûterait la viande. Cela serait une manière fâcheuse de commencer leur journée de visite.

Elle constata avec soulagement et surprise que la viande était caoutchouteuse mais délicieuse. Les goûts lui explosaient sur la langue, riches, consistants et différents de tout ce qu'elle avait mangé avant ce jour.

Elle imagina être une paysanne locale plusieurs siècles auparavant. Elle rentrait à la maison après une longue journée de travail et sentait cette viande qui cuisait lentement dans un pot. Elle comprit alors que ce plat avait dû être apprécié pour son goût et aussi parce qu'il était très nourrissant.

De toute façon, elle était contente de l'avoir essayé et n'eut aucune difficulté à le finir jusqu'à la dernière bouchée. Elle voyait que Danilo était ravi de sa témérité.

— Maintenant, suis-moi. Au bout de cette rue, il y a la Galleria dell'Accademia.

Descendant de sa chaise, Olivia quitta le minuscule restaurant et accompagna Danilo. Elle vit une petite file d'attente de gens qui attendaient une porte plus loin, mais elle ne savait pas ce qu'il y avait à l'intérieur. La rue était étroite, chose à laquelle Olivia s'habituait déjà dans cette ville, et un drapeau flottait devant la porte.

— C'est l'endroit où beaucoup des sculptures les plus célèbres de Florence sont conservées, dont le *David* de Michel-Ange, dit Danilo.

Olivia eut le souffle coupé. Jamais elle n'aurait cru qu'elle verrait cette statue en vrai. Elle avait oublié qu'elle était à Florence.

— Permets que j'achète les tickets, proposa-t-elle, car elle voulait vraiment contribuer à leur journée touristique.

Quand ils entrèrent, elle eut à nouveau le souffle coupé.

Devant elle, il y avait une statue. Elle reconnut *L'Enlèvement des Sabines*.

— C'est la Salle du Colosse, lui dit Danilo. Cette statue est le modèle en plâtre de la statue originale en marbre sculptée par Giambologna. Comme tu le saurais par cœur toi aussi si ta tante te l'avait dit vingt fois jusqu'à te donner envie de t'enfuir définitivement, c'était un exercice de sculpture. Le défi était de former un groupe de trois figures proches les unes des autres dans un seul grand bloc de marbre. C'était la première fois qu'on le faisait et cela a demandé des compétences énormes.

Hypnotisée par la poésie de leur mouvement, Olivia aurait pu admirer ces figures entremêlées pendant des heures, mais il y avait beaucoup d'autres choses à voir dans la salle. Des peintures de la Renaissance et des retables couvraient les murs et elle passa de l'un à l'autre, fascinée par les histoires que racontaient ces œuvres d'art et l'ouverture sur les siècles passés à laquelle leurs cadres extravagants donnaient accès.

— Le *Cassone Adimari* est une autre œuvre à voir absolument dans cette salle, dit Danilo en désignant une œuvre d'art richement illustrée. C'est une scène de mariage située dans le centre-ville de Florence, comme tu le vois grâce au Baptistère Saint-Jean que l'on voit à l'arrière-plan. C'est parce qu'il représente la vie de la Renaissance avec une telle abondance de détails que ce tableau est aussi célèbre.

— Les tenues sont étonnantes. Les broderies. Les chapeaux ! s'exclama Olivia en regardant de près les tenues raffinées des nobles représentés dans cette scène.

— Avant que nous n'arrivions à la Tribune, où l'on peut voir le *David de Michel-Ange*, nous allons traverser la Galerie des Captifs. Voici les célèbres *Esclaves* que Michel-Ange a sculptés, dit Danilo.

Avançant dans la longue salle avec enthousiasme, Olivia contempla avec fascination les sculptures inachevées. Elle devina que c'était pour cette raison que l'on avait appelé cette salle ainsi, car les figures avaient bien l'air prisonnières de leurs socles de marbre. Quand Olivia admira la sculpture, elle fut stupéfaite par le sens des proportions parfait de l'artiste et par la beauté qu'il transmettait à son œuvre, alors qu'elle était inachevée.

Bien sûr, le plus beau moment de la visite fut la célèbre statue du *David*. Olivia apprit que, à l'origine, cette sculpture avait été disposée à l'extérieur, mais qu'on l'avait amenée à l'intérieur en 1873 pour la protéger contre les dégâts et les intempéries. Même si Olivia l'avait vue de nombreuses fois sur des photos, elle pouvait maintenant admirer en réalité cette statue immaculée de cinq mètres, elle pouvait la contourner et la contempler sous tous les angles et cela comblait entièrement la liste de ce qu'Olivia avait voulu voir à Florence.

Elle aurait pu passer une journée entière à explorer ces lieux fascinants, mais Danilo l'avertit que, si elle voulait se rendre à une autre de ses destinations à ne pas rater, il était temps de quitter la Galleria dell'Accademia.

— Il faut que nous nous arrêtions à un autre endroit avant d'atteindre le Ponte Vecchio, car je crois qu'il y a un autre musée qui te plaira, dit Danilo.

Quand ils sortirent de la galerie, Olivia suivit Danilo avec enthousiasme. Danilo avait raison : cette ville était faite pour les piétons. D'ailleurs, les pieds s'avérèrent être le thème de leur prochaine destination.

Elle éclata de rire, stupéfaite, quand elle atteignit l'entrée du Museo Salvatore Ferragamo, dédié à l'histoire des chaussures et de la mode.

— Seulement en Italie, dit-elle en souriant.

Fascinée, elle apprit que le légendaire Salvatore Ferragamo, né dans une famille nombreuse et pauvre, avait fabriqué sa première paire de chaussures pour sa sœur à seulement neuf ans et avait ouvert son propre magasin de chaussures à treize ans. Après être parti aux États-Unis, où il était resté plus de dix ans et avait acquis le surnom de « Cordonnier des Stars », il était retourné à Florence et avait commencé à créer des chaussures pour les femmes les plus riches et les plus puissantes du monde.

L'intérieur du musée était encore plus attirant qu'elle l'avait imaginé. Présentées du point de vue du respect de l'environnement et de la durabilité, les chaussures anciennes présentes en vitrine étaient fascinantes et comprenaient des modèles de chaussures créées et possédées par Ferragamo de 1920 à 1960 et aussi des chaussures allant des années 1960 à l'époque actuelle.

Ce qui intrigua le plus Olivia, ce fut que, malgré sa célébrité, Ferragamo avait été insatisfait parce qu'il avait produit des chaussures qui étaient belles à regarder mais très inconfortables à porter. Donc, pendant son séjour aux États-Unis, il avait suivi des cours universitaires sur l'anatomie. Quand Olivia regarda les magnifiques chaussures produites sur mesure pour Marilyn Monroe, Greta Garbo et Audrey Hepburn, elle se demanda si elles avaient appartenu à la catégorie « qui font mal » ou « agréables à porter ». Comme elle ne le savait que trop bien elle-même, on ne pouvait pas le savoir rien qu'en les regardant.

Quand elle quitta le musée, Olivia pensa obsessionnellement à aller s'acheter des chaussures mais, heureusement pour son budget, elle n'en eut pas le temps parce que Danilo l'emmena dans une autre ruelle sinueuse et montra une chose qui s'étendait devant eux.

— Voici le Ponte Vecchio, dit-il.

Olivia contempla le pont avec étonnement. Ce pont pittoresque au charme suranné donnait l'impression qu'il était traversé par un train. Seulement, ce n'était pas un train, mais des rangées de boutiques agglutinées les unes contre les autres. Sur un pont !

— C'est le seul pont qui ait survécu à la Seconde Guerre Mondiale, expliqua Danilo.

Marchant sur la passerelle carrelée en pierre, Olivia eut l'impression qu'elle traversait l'histoire. Les rangées de boutiques disposées des deux côtés du pont ne laissaient pas entrer beaucoup de lumière naturelle, mais les fenêtres des boutiques étaient vivement éclairées et leurs trésors étincelaient. Quand Olivia leva les yeux, elle vit des rangées de lampes disposées sur toute la largeur de la bande étroite d'espace dégagé. La nuit, elles devaient transformer le pont en château de contes de fées, se dit-elle.

— Les prix n'ont pas l'air excessifs, dit-elle en regardant une chaîne en or délicate qui avait attiré son attention. C'est moins cher qu'aux États-Unis. J'imagine qu'on trouve ces articles pour moins cher ailleurs.

Elle contempla l'étiquette en fronçant les sourcils. Est-ce qu'elle convertissait correctement les euros en dollars ? Est-ce que ce serait une bonne affaire ou une escroquerie ? Cela faisait beaucoup d'argent. Elle ne pouvait pas vraiment se le permettre. Pourtant, cela faisait des années qu'elle avait envie de s'acheter une chaîne en or.

— Tu peux trouver les mêmes articles pour moins cher ailleurs, convint Danilo, mais tu ne les auras pas achetés sur le Ponte Vecchio. Du moins, c'est ce que ma sœur disait toujours aux touristes. Elle travaillait dans la boutique d'en face et vendait beaucoup de bijoux.

— J'en suis sûre, convint Olivia.

C'était d'une logique incontestable. Si elle achetait ce bracelet, elle se souviendrait toujours de ce jour spécial et de l'expérience extraordinaire d'avoir acheté son bracelet sur ce pont de pierre, entourée par l'agitation des touristes et fascinée par l'éclat des bijoux dans ces vitrines au scintillement alléchant.

— Il faut que je le fasse, décida Olivia en entrant dans la boutique.

Après tout, elle avait beaucoup économisé en ne s'achetant pas de chaussures.

— Bonne décision, convint Danilo en admirant la chaîne dans son élégante boîte en velours pendant qu'Olivia l'emmenait au comptoir. C'est du dix-huit carats, comme la plus grande partie de l'or que l'on vend ici. De la grande qualité.

Le cœur battant, Olivia effectua le paiement. C'était un gros investissement, mais comment pouvait-elle dire non à une chose dont elle rêvait depuis des années ?

— Félicitations !

Danilo lui passa un bras au tour de l'épaule et la serra quand ils quittèrent le magasin.

Olivia était sur un petit nuage. Quelle journée ! Elle avait vu des œuvres d'art dont elle se souviendrait toute sa vie et acheté un bijou qu'elle chérirait le restant de ses jours. De plus, ils n'étaient même pas encore arrivés à la véritable raison de leur venue en ces lieux. Le poids léger du sac de courses qu'elle portait au bras lui rappela pourquoi ils étaient venus ici.

— La boutique de mon ami est vers le sud, à quelques pâtés de maison de l'Arno, expliqua Danilo. Le magasin spécialisé qui fabrique les poignées en cuivre est dans la même rue. Donc, nous pourrons y aller juste après. Veux-tu qu'on s'y rende à pied ? Quand nous aurons récupéré les poignées de tiroir, nous pourrons prendre un taxi pour repartir là où nous sommes garés.

— Je veux bien marcher, dit Olivia.

Avec enthousiasme, elle suivit Danilo dans le labyrinthe de passages piétons. Elle remarqua que, quand ils quittèrent l'épicentre de la ville, ils quittèrent aussi la zone touristique. Soudain, les rues redevinrent silencieuses. Contournant un parc herbeux, ils se dirigèrent vers un bâtiment situé au-delà.

— Begni, mon ami, a son bureau au sous-sol. Tu vas aimer cet endroit, dit Danilo.

Il poussa la porte d'entrée et descendit un escalier en pierre. Olivia le suivit dans le bâtiment frais et sombre, nerveuse.

Elle se demanda si cet expert pourrait identifier le fragment de verre et si cela lui fournirait de nouvelles informations sur le passé mystérieux de sa ferme.

CHAPITRE SIX

À la porte en bois qui se trouvait en bas de l'escalier, Danilo frappa rapidement deux fois de suite, fit une pause puis recommença. La personne qui se trouvait de l'autre côté de la porte avait dû savoir qui allait arriver, car Olivia entendit un cri joyeux.

— Danilo !

Un homme robuste aux cheveux gris courts ouvrit brusquement la porte et prit Danilo dans ses bras avant de serrer chaleureusement la main à Olivia.

— Begni, je te présente mon amie Olivia. C'est elle qui a acheté la vieille ferme abandonnée sur la colline.

— Et vous y découvrez des objets merveilleux ? lui demanda Begni.

— Je l'espère, convint Olivia.

Suivant Begni dans la salle brillamment éclairée, Olivia se rendit compte qu'ils venaient d'entrer dans une salle aux trésors.

Le mur d'en face était couvert de placards vitrés et ils contenaient tous des étagères remplies de bouteilles dont le verre étincelait sous l'éclairage de projecteurs minuscules. Les autres murs étaient couverts d'affiches et d'images encadrées, de vieux articles de journaux et de catalogues.

— Begni possédait une boutique de vins en ville, expliqua Danilo. Il l'a vendue il y a quelques années et a commencé à se consacrer à sa passion : l'histoire viticole de la région. C'est lui qu'il faut consulter si on est passionné d'antiquités et de vin. C'est un consultant et un historien doté d'une excellente connaissance de l'histoire du vin.

Olivia imaginait que les informations détenues par cet homme pouvaient être précieuses, mais Begni arriverait-il à identifier le fragment de verre beau mais étroit qu'elle avait déterré ?

Elle sortit de son sac de courses le paquet enveloppé dans du papier. Alors, elle se rendit compte que ce paquet était très léger. Il contenait fort peu de verre. Sa quête serait très probablement un échec, mais ce spécialiste lui transmettrait peut-être un peu de ses connaissances en histoire locale. Cela donnerait beaucoup d'intérêt à leur déplacement.

— Voyons ce que vous avez trouvé. Placez-le ici, dit Begni en désignant un tapis blanc installé sur son bureau avec une lampe au-dessus.

Olivia plaça l'éclat de verre sur le tapis.

À l'aide d'un chiffon doux saturé d'un liquide qui dégageait une odeur astringente, Begni nettoya l'éclat de verre. Olivia fut étonnée par la profondeur de la couleur que révéla le nettoyage. Dans l'éclat de la lumière, le verre tacheté projetait des taches claires et sombres de vert sur le tapis immaculé.

Sifflant d'un air songeur, Begni tendit le bras sous son bureau et en sortit un gros classeur à levier. Il en fit tourner les pages en lisant les intercalaires en carton jusqu'au moment où il trouva celui qu'il cherchait.

Quand il atteignit la bonne page, la mélodie chantante de son sifflement se transforma en quelque chose qui ressemblait, aussi étonnant que cela puisse paraître, à un mugissement de stupéfaction.

Olivia se mordit la lèvre inférieure. Elle se tenait à côté de Danilo. Alors qu'ils se penchaient en avant pour regarder, leurs épaules se frôlaient. Elle avait envie de lui prendre la main. C'était stressant.

— Je n'ai jamais vu ça, annonça Begni d'un ton solennel.

— Est-ce bon ou mauvais ? demanda Olivia d'une voix haut perchée.

— C'est intéressant, déclara l'homme aux cheveux gris avant de refaire tourner les pages de son dossier.

Alors, il retourna à la page d'avant et hocha la tête de manière résolue.

— Asseyez-vous, dit-il. Puis-je vous proposer du café ?

Danilo alla chercher deux chaises en bois pendant que Begni préparait de l'expresso dans une cafetière Moka en inox.

Il le versa et leur passa le sucrier. Olivia le remua et le sirota. Elle apprécia sa saveur forte et sucrée. Elle commençait à s'habituer à boire l'expresso sans crème, seulement avec du sucre, car la plupart des Italiens mettaient beaucoup de sucre dans cette boisson concentrée.

— Vous avez acheté un terrain très intéressant, confirma Begni. Danilo a précisé que vous aviez déjà découvert une bouteille de vin intacte qui a au moins cent ans.

Olivia hocha la tête. Cette bouteille ancienne avait été sa première découverte. Elle l'avait envoyée à un marchand d'antiquités pour faire restaurer l'étiquette, mais elle ne savait pas ce qu'elle en ferait après.

Elle pourrait la vendre, mais elle était tentée de la garder. Après tout, cette bouteille faisait partie du patrimoine de sa ferme.

— Cet éclat de verre est beaucoup plus ancien, expliqua Begni. Donc, je vais commencer par vous raconter un peu l'histoire du stockage du vin, pour mon ami Danilo, qui a besoin qu'on l'éduque autant que possible !

Danilo sourit. Visiblement, il aimait que son ami le taquine.

— Les Romains aimaient le vin, bien sûr, et ils le buvaient et le vendaient dans de telles quantités que les gros tonneaux en bois devinrent leur méthode de prédilection pour le stockage et le transport. Au cours des siècles, ils découvrirent par hasard que le stockage du vin en fûts de chêne améliorait le vin et c'est pour cela que, de nos jours, on fait vieillir tant de crus dans du chêne.

Olivia hocha la tête, impressionnée par les faits historiques qu'elle apprenait. Danilo avait eu raison. Cette rencontre prenait une tournure instructive.

— Pour les plus petites quantités, les seules alternatives étaient des cruches en terre ou des gourdes en argile (des amphores), mais elles étaient difficiles à transporter et ne convenaient pas pour un usage prolongé, ce qui fait que l'on ne gardait jamais le vin très longtemps.

Olivia comprenait la situation.

— Pourtant, les Romains ont aussi inventé le verre, non ? demanda Danilo.

Begni hocha la tête et sourit à son ami.

— Absolument. Tu as bien fait de poser la question. Comme les Romains venaient d'inventer le verre, pourquoi ne l'ont-ils pas utilisé pour stocker le vin alors qu'il est parfait pour cela ? Le sais-tu, Danilo ?

Danilo secoua la tête.

— Et vous, Olivia ?

Olivia se creusa la cervelle mais ne trouva pas pourquoi les Romains ne l'avaient pas utilisé. Elle secoua la tête, perplexe.

— Pour comprendre pourquoi le verre leur posait problème, nous devons essayer de comprendre les citoyens de la Rome antique. Ils tenaient énormément à l'ordre et à l'exactitude. Regardez leurs cartes. Regardez leurs routes, leurs armées et leurs règles. Tout devait être uniforme, uniforme, uniforme !

Begni agita malicieusement un doigt en parlant.

— Au début du soufflage de verre, rien n'était uniforme. Les bouteilles faites à la main avaient toutes des formes et des tailles différentes. Donc, comme vous pouvez l'imaginer, ça rendait les Romains fous. Ils n'avaient aucun moyen de savoir combien de vin il y avait dans chaque bouteille ! Au lieu d'avoir de l'ordre, ils avaient un chaos complet. Personne ne pouvait commercer honnêtement si chaque bouteille avait l'air unique et contenait une quantité différente. C'était ingérable et ça les rendait fous, fous !

Begni se tapa la tête.

— Donc, ils ont interdit de vendre le vin dans du verre et c'est resté comme ça pendant toute l'ère romaine.

Begni s'épousseta les mains d'un air amusé.

— Avançons jusqu'aux années 1600. À cette époque, le verre que l'on produisait était plus solide, plus épais et plus foncé. Le verre foncé aidait bien sûr à protéger le vin contre la lumière du soleil.

Begni leur versa à tous une autre tournée d'expressos et remua son sucre avec joie tout en poursuivant.

— Le champagne est devenu possible grâce à ce verre plus solide. Il faut de la résistance pour contenir les bulles et, surtout, la forme incurvée de la base de la bouteille (le « cul ») doit être profond et épais pour protéger la bouteille contre la pression exercée par le vin pétillant. Autrement, bang ! Tout explose et il n'y a plus de champagne.

Olivia hocha la tête. Maintenant qu'elle y réfléchissait, toutes les bouteilles de vin pétillant avaient effectivement ce creux prononcé dans leur base épaisse et solide. Donc, cela faisait partie de la structure de la bouteille pour l'empêcher d'exploser sous la pression exercée par le contenu !

Begni posa sa tasse, ouvrit le dossier et désigna des dessins de lignes.

— La production des bouteilles que nous connaissons aujourd'hui a commencé au dix-septième siècle. Comme vous le voyez, au début, elles étaient épaisses et trapues. Vraiment démodées, n'est-ce pas ?

Olivia sourit. Les fabricants de ces bouteilles avaient sûrement considéré que leurs créations étaient le summum du style.

— Comment sont-elles devenues plus effilées ? demanda-t-elle.

— Eh bien, à cette époque-là, on utilisait du liège pour les bouchons et le contact du liquide avec le bouchon était essentiel pour que le bouchon ne sèche pas. Donc, les fabricants ont changé la forme des bouteilles pour qu'on puisse les stocker couchées afin que le bouchon soit mouillé par le vin. Chaque région produisait sa forme distinctive pour différentier son vin : la Bourgogne, qui a aujourd'hui cette forme tombante comme la plupart des bouteilles de vin blanc, le Bordeaux dont la bouteille de vin rouge typique a des épaules plus hautes et plus larges. Le porto, le Riesling … Si je nomme un vin, vous connaissez probablement la forme de la bouteille dans laquelle il est stocké.

Olivia hocha la tête. Elle connaissait les formes de ces bouteilles.

Elle jeta un autre coup d'œil aux dessins. L'illustration de Begni montrait comment les bouteilles évoluaient et les formes que leur avaient données leurs régions spécialisées de production.

— Donc, que peut-on dire du morceau de bouteille qu'Olivia a trouvé ? demanda Danilo.

Plongée dans l'histoire de l'évolution des bouteilles en verre, Olivia avait quasiment oublié la raison de leur visite. Elle regarda à nouveau le fragment brillant et, cette fois, elle distingua une partie de ce que Begni avait expliqué.

— Votre fragment, expliqua Begni, fait partie d'une bouteille de vin « manche et globe » qui a été fabriquée à la fin du dix-septième siècle.

Olivia elle eut le souffle coupé. Elle entendit Danilo produire le même son. Cet éclat de verre était très ancien. Elle aurait aimé savoir comment il était arrivé dans sa vieille grange.

— C'est un verre extrêmement rare. Une bouteille intacte de cette période serait un objet de collection qui vaudrait plusieurs milliers de dollars, lui dit Begni. Si on retrouvait une telle bouteille non ouverte, elle vaudrait beaucoup plus.

Quand elle entendit cette nouvelle, Olivia eut envie de rentrer directement à la ferme et de fouiller encore plus dans son tas de gravats pour en extraire tous les trésors qui y étaient peut-être encore enfouis.

— Cependant, cet éclat de verre est différent, poursuivit Begni.

Olivia sentit ses espoirs s'effondrer. Sa découverte devait être moins précieuse que cela.

Alors, Begni s'expliqua et Olivia faillit tomber de sa chaise.

— C'est la couleur de ce fragment qui le rend différent. Cette couleur tachetée unique provient d'un lot exclusif de verre, fabriqué sur mesure pour un des vignobles les plus importants de la région. Nous avons seulement des images, des descriptions et des archives — et maintenant, cet unique morceau de verre. D'après ce que l'on sait, il n'existe plus une seule bouteille de ce lot. Si vous en trouviez une, ce serait une découverte inestimable.

Danilo et Olivia échangèrent des regards stupéfaits et Olivia vit le reflet de sa propre incrédulité dans les yeux de son ami.

— Qui sait ce que vous découvrirez ensuite ? demanda Begni. Tenez-moi au courant, comme on dit !

— Nous le ferons et merci beaucoup pour ces informations, dit Olivia en se levant à contrecœur. Aimeriez-vous garder l'éclat de verre ?

— Oui, dit l'expert en hochant la tête. Cela fournira une preuve historique importante qui nous aidera à comprendre l'industrie de la vinification dans cette région. Un jour, qui sait, nous pourrons peut-être reconstituer une bouteille entière, si votre recherche progresse.

— Je l'espère, dit Olivia.

*

Une heure après avoir quitté l'antre souterrain de Begni, Olivia descendait dans un autre site souterrain. La peau picotée par l'air plus frais, elle descendait un escalier, frôlant du bras un mur de pierre, prête à explorer les vieilles caves à vin de l'imposant Castello del Trebbio.

Alors qu'elle s'enfonçait dans l'obscurité, son téléphone vibra et elle vit que c'était un message de Charlotte.

Elle allait lire le message, mais la guide de la visite commença à expliquer l'histoire du château. Comme elle ne voulait rater aucun mot, Olivia remit son téléphone dans son sac à main. Elle lirait le message plus tard, décida-t-elle.

— Au douzième siècle, ce château appartenait à la famille Pazzi. Cette famille s'opposait aux puissants Médicis, qui dominaient la région à cette époque. En fait, les Pazzi avaient monté une conspiration pour tuer le duc de Médicis dans ce château-là, expliqua la guide en souriant et en secouant sa queue de cheval foncée. On dit que même l'Archevêque de Pise faisait partie de la conspiration, car les Médicis étaient détestés par beaucoup de gens et leur mort rapporterait gros à beaucoup de ces gens.

Olivia sentit un frisson lui parcourir l'échine et cela n'avait rien à voir avec la froideur des températures de cet endroit souterrain. Il semblait que les motivations malveillantes et le meurtre fassent partie intégrale de l'histoire de cette région. En essayant de se mettre à la place des conspirateurs, elle se demanda s'ils avaient discuté de leur plan ici, dans cet espace souterrain froid. L'idée la faisait frissonner, c'était sûr.

Elle fut reconnaissante envers Danilo quand il retira sa veste et la posa sur ses épaules pendant que le groupe se rassemblait pour admirer une série de vieux bocaux d'olives.

Il avait beaucoup de considération, se dit Olivia, qui craignait maintenant qu'il n'ait froid, mais contente de bénéficier de cette couche supplémentaire de chaleur qui dégageait encore un peu de la chaleur corporelle du jeune homme.

— À l'origine, le plan était d'empoisonner les deux frères Médicis à un banquet mais, quand un des frères tomba malade, les conspirateurs décidèrent de les attaquer le lendemain, pendant la messe à la cathédrale de Florence. Il y eut un moment de chaos dans la cathédrale quand les conspirateurs passèrent à l'attaque avec des poignards et des épées, mais le meurtre échoua. Un des frères Médicis fut tué mais l'autre survécut, conclut la guide.

Après avoir appris l'histoire mouvementée du château, Olivia fut contente de remonter et de trouver un siège dans la salle de dégustation chaude et attrayante. Elle feuilleta une brochure et apprit que, au vingtième siècle, le château avait été abandonné et était tombé en ruine.

Comment pouvait-on abandonner un endroit aussi magnifique ? Olivia se sentit choquée. Cela dit, se rappela-t-elle, sa ferme avait été abandonnée, elle aussi. Personne n'y avait habité pendant des décennies.

Elle apprit que, dans les années 1960, les nouveaux propriétaires avaient entrepris la tâche immense de restaurer les bâtiments et les terrains décrépits. L'endroit avait ainsi connu une deuxième vie en tant que vignoble productif et destination touristique. Le menu de dégustation comprenait le magnifique Chianti de l'exploitation viticole ainsi que le célèbre Assemblage Spécial toscan et, au grand plaisir d'Olivia, un des vins rouges vieillis en amphore.

— Ce vin a une texture belle et profonde, observa Olivia. Je veux absolument en commander quelques bouteilles.

— J'imagine que l'argile se situe à mi-chemin entre l'acier et le chêne. Il permet la maturation et l'échange d'air, mais sans saveur de chêne. Ça en fait un vin rouge très inhabituel, convint Danilo.

De la table située dans la pièce voisine, Olivia entendit le groupe de visiteurs prononcer un nom familier en discutant du vin. Elle écouta la conversation avec une inquiétude croissante.

45

— Rien d'étonnant à ce que Raffaele di Maggio ait donné une évaluation aussi bonne à ce Chianti, dit la femme la plus proche. C'est un vin extrêmement bien fait.

Son ami se pencha plus près et hocha la tête avec enthousiasme.

— Il semble être très perspicace et il est certain que, ces derniers temps, il n'a pas apprécié beaucoup de vins. Au moins, quand il déteste un vin, il n'a pas peur de le dire, mais je suis d'accord avec lui en ce qui concerne la qualité de cet excellent rouge. S'il ne recommande aucune autre exploitation viticole dans les environs, nous pourrons peut-être passer l'après-midi à faire du shopping.

Subitement, les peurs d'Olivia se réveillèrent et son estomac se noua. Un moment auparavant, elle avait rêvé passionnément de la nourriture qui conviendrait le mieux à ce vin et sa préoccupation principale avait été le déjeuner. Maintenant, elle pensait qu'elle n'arriverait même pas à avaler un gressin.

Danilo la regardait avec inquiétude.

— Est-ce que tout va bien ? demanda-t-il.

— Oui, je passe un très bon moment, dit Olivia en entendant trembler sa voix.

Ce critique avait l'air impossible à satisfaire ! Elle aurait voulu s'enfuir mais, comme c'était impossible, une promenade lui permettrait peut-être d'oublier ses soucis.

— Et si on allait se promener dans les vignobles avant le déjeuner ? demanda-t-elle.

— Bonne idée, convint Danilo.

À l'extérieur, ils se tinrent un moment dans la chaleur du soleil. Ce côté du château était protégé de la brise et offrait une vue magnifique sur les rangs de vignes.

Quand Olivia contempla les plantations verdoyantes qui s'étendaient au loin et se souvint que ce qu'elle voyait avait été restauré à partie d'une ruine abandonnée, elle reprit courage. Cela lui redonna de l'espoir. Il lui en fallait beaucoup, en ce moment.

— Oh, tu as oublié ta veste dans la salle de dégustation, dit-elle à Danilo.

— Merci d'y avoir pensé, dit-il avec reconnaissance. Je vais vite la chercher. Reste au soleil.

Alors qu'Olivia attendait à cet endroit agréablement chaud, elle entendit des voix et un couple approcha sur le chemin. Olivia jeta un coup d'œil à la femme et remarqua son accent américain quand elle désigna la vue de vignes qu'elle avait admirée avec Danilo.

C'était une femme menue aux cheveux châtain roux, incroyablement mince. Olivia avait toujours voulu avoir des épaules étroites et une taille de guêpe comme cette femme. Le problème, c'était qu'elle n'était pas bâtie comme ça. Même quand elle avait été à son plus mince, les gens avaient dit qu'elle était « en forme », « athlétique » et, pire que tout, « en bonne santé ». Personne ne l'avait jamais félicitée pour sa taille minuscule et personne ne le ferait jamais.

L'homme qui avait passé le bras autour de cette taille délicate avait le dos tourné et contemplait les vignobles. La façon dont il tenait ses épaules poussa Olivia à le regarder plus attentivement. Pourquoi lui paraissait-il familier ? Le connaissait-elle ?

Il se retourna, déposa un baiser sur les cheveux châtain roux parfaitement coiffés de la femme menue et Olivia faillit tomber dans l'escalier, sous le choc.

C'était Matt, son ex-petit copain.

CHAPITRE SEPT

Alors qu'Olivia contemplait le couple, incrédule, Matt la vit.

— Hé ! Salut ! cria-t-il.

Il avait l'air étonné, ou alors, peut-être pas.

Un soupçon trouble commença à se former dans l'esprit d'Olivia quand elle se souvint qu'elle avait annoncé sur les médias sociaux qu'elle visiterait ce site historique cet après-midi.

Cette rencontre n'était peut-être pas le fruit du hasard comme elle l'avait supposé au premier abord.

— Que fais-tu ici ? demanda Olivia alors qu'il remontait l'escalier avec détermination pour aller la rejoindre.

Elle avait la voix stridente. Ce n'était pas bien. Il fallait qu'elle se maîtrise pour affronter cette situation sans précédent.

— Quel hasard ! Tu sais, j'avais totalement oublié que tu avais déménagé en Italie, déclara Matt. Je veux dire, totalement. Ce fait m'avait complètement échappé. Maintenant que je te vois ici, bien sûr, je me souviens et tout me revient. Quelle surprise ! Au fait, je te présente Xanthe, ma nouvelle petite amie. Xanthe, je te présente Olivia. T'ai-je déjà parlé d'elle ?

La jolie bouche de Xanthe s'infléchit pour former un sourire.

— Enchantée, dit-elle en sortant son téléphone et en vérifiant son rouge à lèvres avant de prendre quelques selfies avec les vignes et les collines à l'arrière-plan.

— Quel voyage romantique, dit Matt à Xanthe en passant tendrement un bras autour de sa taille minuscule.

Ses cheveux foncés, qui grisonnaient aux tempes, étaient plus longs et il portait un tee-shirt bleu marine qu'elle n'avait jamais vu. Il avait aussi une barbe de trois jours qu'il n'avait pas eue avant. Pour son travail de gestionnaire de fonds d'investissements, il était toujours resté rigoureusement glabre, donc, il se permettait peut-être de laisser pousser ses cheveux ou sa barbe tant qu'il était en vacances. Il ne travaillait peut-être même plus pour la même entreprise. Qu'en savait-elle ?

Le caractère désagréable de leur dernière rencontre, le moment où Olivia avait compris qu'il la trompait, tout cela lui revenait en couleurs criardes, comme si ces souvenirs enfouis avaient attendu de pouvoir refaire surface. C'était peut-être pour cela que Charlotte lui avait envoyé tant de messages. Elle avait dû apprendre que Matt allait se rendre en Toscane et elle avait essayé d'avertir Olivia. Olivia se dit qu'elle aurait dû lire ces messages plus tôt.

— Tu es venue ici seule, j'imagine ? dit Matt d'un ton satisfait. Ou alors, es-tu avec un groupe de touristes ?

Olivia hésita. Elle ne savait pas quoi dire et elle rougissait parce qu'il avait deviné qu'elle était bel et bien célibataire.

Alors, elle sentit une main forte se poser sur ses épaules puis descendre pour lui prendre le bras.

— Elle est avec moi, dit Danilo de sa voix grave et caressante.

Alors, il vint se placer à côté d'elle et la contempla comme si elle était — eh bien, comme si elle était une bouteille du vin vieilli en amphore qu'ils avaient tous les deux adoré.

Sous le choc, Olivia ne put s'empêcher de remarquer que l'accent italien de Danilo paraissait plus fort qu'elle ne se souvenait l'avoir entendu. De plus, il n'avait pas encore remis sa veste. Elle sentait la bosse que formaient ses biceps contre son bras.

Danilo lui adressa un coup d'œil rapide et complice qui indiqua à Olivia qu'il comprenait la situation et faisait de son mieux pour la soutenir.

Il l'avait fait avec beaucoup d'habileté, se dit Olivia avec étonnement. Il n'avait rien dit de faux, mais avait seulement suggéré qu'Olivia pourrait être moins célibataire que Matt le supposait.

Ils se tournèrent tous les deux vers Matt, qui clignait rapidement des yeux. Il semblait désorienté par l'évolution rapide des événements.

— C'est Danilo, dit Olivia en espérant que Matt n'avait pas vu qu'elle avait été étonnée par l'intervention urgente de Danilo.

Olivia le vit observer les cheveux très soigneusement coiffés de Danilo et leurs mèches violettes. Soudain, en comparaison, les mèches de Matt avaient l'air négligées et hirsutes.

Olivia eut un moment soudain de joie quand elle le vit se passer pensivement une main dans les cheveux, mais son regard inquiet lui suggéra qu'il était plus concentré sur les muscles tonifiés de Danilo.

Matt s'était toujours plaint de ne pas avoir assez de temps pour aller en salle de gym, se souvint-elle. Il s'était plaint de n'avoir jamais obtenu les muscles qu'il aurait dû avoir avec son corps mince, bien que plutôt faible.

Olivia avait souvent pensé qu'il aurait eu le temps de s'en occuper s'il en avait moins passé à regarder les séries de science-fiction de Netflix sur son immense télévision à écran plat.

Heureusement, un costume bien coupé cachait beaucoup de défauts. Il n'était pas étonnant que Matt ne quitte jamais ses tenues chics Armani, comprit Olivia.

— Euh, dit Matt.

Olivia le vit rentrer le ventre en rapprochant Xanthe. Xanthe le regarda et orienta son téléphone pour qu'ils soient tous les deux dans le cadre.

— Souris, mon chéri, dit-elle à Matt.

Retrouvant son calme, Matt étira ses belles lèvres pour former un sourire.

— Quelles vacances merveilleuses, mon amour. Notre hôtel cinq étoiles vaut la dépense, sans parler de notre vol en classe affaires. Je me dis toujours que, si on voyage, il faut le faire avec style. Te rendre heureuse est la meilleure façon d'utiliser mon énorme bonus.

— C'est un voyage inoubliable et nous n'en sommes qu'à notre deuxième jour ! convint Xanthe en rangeant son téléphone et en déposant un baiser sur le menton légèrement barbu de Matt.

— N'oublie pas que nous avons beaucoup de shopping à faire, lui rappela tendrement Matt. Je t'ai promis que je t'achèterais un bracelet en or. Après ça, il faudra que nous passions du temps dans les boutiques de chaussures.

— Oh, je suis impatiente d'y être, s'écria Xanthe.

— Toutefois, je me dis que nous devrions peut-être rester plus longtemps dans cet endroit étonnant. Pourquoi ne pas déjeuner tard au restaurant ?

Olivia dut se retenir de pousser un cri d'inquiétude. C'était là où ils avaient prévu d'aller.

— C'est ma journée eau et laitue, tu t'en souviens ? lui rappela Xanthe en remuant sa tête châtain roux. Cela dit, j'ai vu une magnifique salade mélangée au menu. S'ils en retiraient le concombre, les artichauts, les olives et le parmesan, ce pourrait être le déjeuner idéal pour moi !

Olivia en avait assez entendu.

— Bon, amusez-vous bien. On y va.

Son soupçon d'abord hésitant s'était confirmé. Elle était sûre que Matt comptait rester par ici aussi longtemps qu'elle pour lui gâcher sa visite. Elle n'aurait pas pu avaler une seule bouchée si elle avait su qu'ils la regardaient fixement pendant que Xanthe à la taille de guêpe grignotait ses stupides feuilles de laitue.

— Nous devrions peut-être y aller, nous aussi, dit Matt en confirmant les craintes d'Olivia.

Incapable de supporter plus longtemps la présence de Matt, elle se détourna, repartit vers le parking et vers la sécurité qu'offrait le pick-up de Danilo.

Après quatre années passées ensemble, en majorité dans le même appartement, Matt savait exactement comment agacer Olivia. Il avait visiblement décidé de le faire aujourd'hui et, quand il s'y mettait, il n'arrêtait pas.

— C'est moi qui paye le déjeuner, murmura-t-elle à Danilo, du moment qu'on va ailleurs. Peux-tu conduire vite et semer cette horrible erreur de jugement, qui s'appelle aussi mon ex-petit copain, s'il essaie de nous suivre ?

— Pas de problème, dit Danilo. Il y a un bon restaurant dans un village près d'ici. Ils servent des pâtes faites maison délicieuses et ils ont une très bonne carte de vins. On y va et, quoi qu'il arrive, ils ne nous y suivront pas !

Il avait l'air d'apprécier le défi.

Olivia aurait aimé partager son optimisme. Matt et Xanthe étaient en vacances depuis deux jours. Il leur restait encore beaucoup de temps et, d'après ce que Matt avait dit, ils allaient le passer entièrement en Toscane.

Pendant les deux semaines qui suivraient, il faudrait qu'elle garde les yeux ouverts et qu'elle fasse attention à ne pas dévoiler où elle habitait.

Matt allait la harceler. Elle en était certaine.

CHAPITRE HUIT

Le lendemain matin, Olivia se réveilla une heure avant que son réveil ne sonne. Elle avait le souffle coupé par l'excitation et par la terreur que lui inspiraient la journée à venir.

Le célèbre critique de vins venait à La Leggenda aujourd'hui et il allait évaluer son rosé. Elle se mordit la lèvre et l'inquiétude l'envahit quand elle se rappela de l'étendue de son influence et de la popularité de son site web.

Si elle obtenait des évaluations positives pour son tout premier assemblage de vins, ce serait un avantage énorme pour l'exploitation viticole et pour elle. Cela attirerait les touristes et, ainsi, ses followers viendraient en masse dans leur salle de dégustation.

Par contre, si l'évaluation était négative, cela aurait-il l'effet inverse ?

Incapable d'évaluer les dégâts que cela provoquerait, Olivia sortit du lit. Elle s'habilla très élégamment pour cette journée importante. Comme la météo prévoyait de la pluie pour l'après-midi, elle décida qu'elle irait au travail avec son pick-up.

Elle alla voir Pirate, qui regardait le soleil se lever perché sur le rebord de la fenêtre.

— Adorable petit chat, dit-elle en l'attrapant non sans hésitation.

Il permit à Olivia de le soulever et de le tenir quelques moments avant de commencer à se tortiller.

— Gentil, gentil chat, dit Olivia pour le féliciter.

Elle le posa sur le lit et lui gratta la base de la queue. Ils progressaient ! Elle était sûre que, dans une semaine ou deux, le chat se serait habitué à ce qu'on le touche. Alors, elle pourrait le mettre dans un porte-chat l'emmener chez le vétérinaire, qui le castrerait puis lui ferait ses piqûres et un bilan de santé.

Ronronnant fortement, Pirate s'installa sur le lit et Olivia le regarda avec affection décrire des cercles avant de choisir l'endroit parfait sur la couette couleur pêche pour poursuivre sa sieste.

Olivia espéra que cette petite réussite serait un bon présage pour la journée qui s'annonçait. Encouragée, elle descendit au rez-de-chaussée.

Pendant qu'elle préparait le café, elle décida de jeter un coup d'œil rapide au célèbre site web pour voir si elle pouvait trouver une photographie de Raffaele di Maggio. Comme ça, elle reconnaîtrait l'expert dès qu'il arriverait. Un homme célèbre s'attendrait à ce qu'on le reconnaisse.

Quand le site s'afficha dans son navigateur, elle se sentit soudain très intimidée.

Même si c'était un site relativement nouveau, le nombre de visites atteignait déjà plusieurs millions !

La bannière clignotante d'en-tête indiquait : « Le site de vins le plus populaire d'Italie ! »

On voyait aussi un portrait de l'expert lui-même, modifié par Photoshop. Sa peau et ses cheveux avaient l'air idéalement lisses et il contemplait Olivia de sous ses sourcils foncés à la forme impeccable.

Elle vit plusieurs photos de réseaux sociaux disposées aux alentours. On y voyait Raffaele poser avec des groupes de personnes dans diverses exploitations viticoles. Tous les gens semblaient s'être habillés comme pour aller à un mariage et Olivia remarqua que l'expert avait l'air très grand, bien au-delà d'un mètre quatre-vingt-deux. Sa présence imposante dominait toutes les photos.

Il semblait dépasser du cadre et contempler directement ses yeux étonnés.

Elle sentit des sueurs froides lui venir au front.

Cet homme l'impressionnait beaucoup trop.

Elle aurait souhaité que son tout nouveau vin puisse connaître un lancement discret et être évalué par des critiques moins célèbres. Peut-être un groupe de discussion de passionnés du vin ou un club de lecteurs auraient-ils pu faire l'affaire, ou alors, la critique de son vin aurait pu être publiée dans le bulletin d'informations communautaire de la région. Cela aurait moins effrayé Olivia, alors qu'elle trouvait terrifiante l'idée de faire tester son vin par cet expert.

L'inquiétude lui faisait tourner la tête. Elle avala son café et, quelques minutes plus tard, elles furent prêtes, elle et Erba, à partir au travail.

Dès qu'elle arriva à l'exploitation viticole, Olivia sentit qu'il y avait de la tension dans l'air.

On avait arraché Paolo à son travail au restaurant et il frottait et polissait le bouton de porte et les gonds en cuivre de l'imposante porte d'entrée.

Nadia avait retiré le vieux paillasson et en sortait un nouveau d'un emballage en plastique.

— Vite, nettoie ça, dit-elle à Paolo en désignant le rectangle poussiéreux où le vieux tapis avait reposé.

Olivia attendit que le tapis neuf ait été mis en place puis hésita. Fallait-il qu'elle marche dessus ou qu'elle l'évite ? Si elle l'évitait, elle amènerait de la terre à l'intérieur. Si elle marchait dessus, il ne serait plus neuf.

Alors qu'elle s'interrogeait sur cette question difficile, Paolo vint à son secours.

— Tiens, lève ta chaussure, que je la brosse, proposa-t-il.

— Merci, dit Olivia avec gratitude.

Elle se tint en équilibre sur une jambe comme une cigogne pendant que Paolo lui brossait une chaussure. Alors, d'un pas de géant, elle passa par-dessus le tapis et se plaça sur le sol en pierre du hall, d'où elle tendit son autre jambe derrière elle comme une danseuse étoile pendant que Paolo lui brossait l'autre chaussure.

— Tu es prête, lui dit-elle.

Olivia entra et constata avec perplexité que le hall d'entrée de l'exploitation viticole était rempli de fleurs blanches. Il devait y avoir huit vases différents sur la table du hall, dans les coins et sur le buffet en chêne qui était installé contre le mur opposé.

Nadia apportait la touche finale aux compositions florales.

— Olivia, appela-t-elle, est-ce que celui-là a l'air mieux ici ?

Elle déplaça le vase de trente centimètres vers la gauche.

— Ou par ici ?

— Euh, dit Olivia, au premier endroit.

— Bien, dit Nadia d'un air soulagé. C'est ce que je pensais, moi aussi. Monsieur Raffaele di Maggio aime la symétrie.

— C'est pour lui ? demanda Olivia, étonnée. Je croyais qu'il allait y avoir un mariage ici, aujourd'hui, ou autre chose.

Nadia secoua la tête et avança le menton d'un air déterminé.

— Il préfère les fleurs blanches. C'est connu.

Olivia se rendit dans la salle de dégustation en ayant l'impression de s'être réveillée dans un univers parallèle.

La salle de dégustation était elle aussi ornée de compositions de fleurs blanches, qui étaient disposées sur les nappes blanches amidonnées qui couvraient maintenant les tables.

Marcello lissait une nappe de l'autre côté de la salle.

Quand il vit Olivia, il vint la retrouver en toute hâte. Il souriait, mais il avait les traits tendus.

— Nous avons commencé les préparatifs à six heures ce matin. C'est une occasion unique et notre exploitation viticole doit donner la meilleure impression possible, dit-il.

Il lui saisit un bras et lui caressa l'épaule de son autre main tout en lui faisant la bise. Quand ses lèvres chaudes lui effleurèrent les joues, Olivia sentit son cœur battre plus vite. Leur discussion de la veille avait peut-être tout remis à plat et, maintenant, leur relation allait avancer.

— Puis-je te préparer un café ? demanda-t-elle.

C'était la bonne question. Marcello regarda Olivia avec gratitude.

— Ce serait très gentil de ta part, dit-il.

Heureuse de jouer un rôle actif dans les préparations de la journée, Olivia se précipita dans le restaurant et se dirigea vers l'énorme machine à café installée à côté du bar.

Elle adorait les machines à café italiennes. Elles faisaient partie de ses objets italiens préférés. Du pot Moka manuel le plus simple aux machines finition chrome les plus compliquées comme celle-ci, toutes ces machines montraient l'amour et la passion que les Italiens avaient tous pour leurs cafés forts au goût intense.

— Faites attention, entendit-elle dire derrière elle. Je viens de passer une heure à nettoyer cette machine. Prenez un mouchoir en papier quand vous l'utilisez !

Quand Olivia jeta un coup d'œil derrière elle, elle vit Gabriella lui envoyer un regard noir de l'autre côté du restaurant, où elle polissait des verres jusqu'à ce qu'ils brillent d'un éclat aveuglant.

Une fois le café apporté à Marcello, Olivia repartit dans la salle de dégustation, où Jean-Pierre s'attaquait au comptoir en bois avec un tissu pour effacer des taches imaginaires.

— Bonjour, lui dit-il. N'est-ce pas une journée passionnante ?

Olivia déglutit.

— Honnêtement, je suis terrifiée, avoua-t-elle.

Jean-Pierre hocha la tête.

— Moi aussi. Cet homme a l'air très exigeant ! Avant même de l'avoir rencontré, j'ai peur de lui.

— Je sais. Je ressens la même chose, dit Olivia. Cela dit, tu ne feras rien de mal. Comment le pourrais-tu ? Tu es si amical et si professionnel.

Soulagé par le compliment d'Olivia, Jean-Pierre sourit et reprit son nettoyage avec encore plus de vigueur.

Se souvenant que le maestro aimait le blanc, Olivia plaça une nappe blanche sur le centre du comptoir et y disposa des verres. Manier les verres de dégustation était une des taches qu'elle préférait dans son travail. Ils étaient de forme élégante, fabriqués avec goût et portaient le logo de l'exploitation viticole en doré. Elle aimait imaginer que les touristes les gardaient et s'en servaient une fois de retour chez eux parce qu'ils leur rappelaient tous les souvenirs de leur expérience dans cette noble exploitation.

Alors qu'Olivia apportait la touche finale à sa disposition, elle entendit des talons hauts cliqueter sur le sol de façon autoritaire.

Olivia sursauta et faillit laisser tomber un verre. Le critique n'était pas déjà là, n'est-ce pas ? Il devait arriver dans une heure et il fallait encore qu'elle assemble les bouteilles. Et s'il arrivait en avance et la trouvait non préparée ?

Toutefois, la personne qui entra en chaussures à talons hauts Sergio Rossi était seule.

C'était une femme belle et menue qui semblait avoir aux alentours de vingt-cinq ans, mais qui avait l'autorité et l'assurance de quelqu'un de plus âgé. Elle portait des lunettes à monture de platine, un tailleur blanc avec des ornements bleu marine et ses cheveux foncés étaient attachés de façon à former un chignon soigné.

— *Buon giorno*, dit-elle à Olivia.

Marcello sortit en toute hâte de son bureau.

— *Buon giorno*, lui dit-il. Vous êtes Brigitta, l'assistante du maestro, n'est-ce pas ? Je suis Marcello Vescovi. C'est un plaisir de vous rencontrer.

L'expression arrogante de la femme s'adoucit et elle accepta l'accueil charmant de Marcello.

— Il faut que nous suivions quelques règles avant que le Maestro n'arrive. Voulez-vous que nous fassions le briefing ici ? demanda la femme.

Olivia se mordit la lèvre inférieure. Des règles ? Ce n'était pas ce à quoi elle s'était attendue. De quelles règles pouvait-il bien s'agir ?

— Bien sûr ! répondit Marcello en écartant les mains d'un air accueillant. Je vais appeler Nadia, et Gabriella, qui est la directrice de notre restaurant. Voici notre sommelière, Olivia, et son assistant, Jean-Pierre.

Brigitta leur adressa un sourire pincé. Il était clair que sa chaleur humaine était réservée au beau Marcello.

Les autres arrivèrent rapidement et s'agglutinèrent autour de Brigitta en formant un petit groupe anxieux. En jetant un coup d'œil vers la porte, Olivia remarqua que Paolo s'efforçait d'espionner leur discussion tout en maniant un plumeau pour retirer des saletés inexistantes du linteau.

— Quand Maestro Raffaele di Maggio goûte du vin, il lui faut un verre d'eau filtrée à température ambiante ainsi que quelques tranches de pain toscan, sans sel, et une assiette de biscuits secs, sans sel eux aussi. Veuillez vous assurer que les deux soient frais ; le Maestro a le palais délicat et le moindre manque de fraîcheur le rend malade.

Le rend malade ? Olivia était abasourdie. Un biscuit salé de quelques jours a cet effet sur lui ? Elle ne put s'empêcher d'imaginer les conséquences affreuses de ce manque de fraîcheur. Que ferait-il ? Crierait-il de rage ? Projetterait-il du vomi sur le sol de la salle de dégustation ? Partirait-il furieusement pour ne jamais revenir ?

Penser à ce qui pourrait arriver avec les biscuits secs aida Olivia à échapper à ses craintes terrifiantes sur ce qui pourrait se passer quand il goûterait son vin.

Cette personne ne ressemblait pas un être humain normal. Pendant sa vie précédente à l'agence de publicité, elle avait eu maille à partir avec des divas, mais aucune n'avait été difficile à ce point-là. Elle se souvint d'un client qui possédait une chaîne de bars et qui avait insisté pour que l'on diffuse du hard rock à un volume assourdissant à chaque réunion. Ça leur avait compliqué la vie mais, d'une certaine façon, ça avait été amusant. Ça les avait placés dans l'ambiance de son entreprise. La campagne qu'ils avaient mise en place pour lui avait été excellente et les clients s'étaient rués vers ses bars. Cependant, ce qu'Olivia entendait maintenant était autrement préoccupant.

Olivia fut remmenée brusquement au moment présent quand elle entendit la suite des instructions.

— Le Maestro Raffaele ne veut pas qu'on lui parle pendant qu'il goûte. Il trouve que ça le distrait. Vous lui fournirez une feuille de papier blanc sur laquelle vous aurez imprimé toutes les informations relatives au vin. Ce devra être du papier de qualité, pas une photocopie, je vous prie.

Est-ce que les photocopies donnaient aussi la nausée au maestro ? se demanda Olivia, perplexe.

Marcello hochait la tête d'un air solennel. Son visage ne trahissait rien. Olivia ne pouvait pas dire s'il s'efforçait de cacher son incrédulité, comme elle. Elle se dit que Marcello pourrait être un excellent joueur de poker.

Nadia croisa le regard avec Olivia et cette dernière fut soulagée de voir la vigneronne produire une grimace rapide et incrédule. Olivia lui répondit par un sourire puis elles s'empressèrent toutes les deux de reprendre une expression solennelle quand Brigitta se remit à parler.

— Il ne faut aucun bruit de fond, pas de distractions, pas de musique. Le maestro préfère une température ambiante d'environ seize degrés Celsius ou soixante degrés Fahrenheit. Votre salle de dégustation semble être à cette température, maintenant, dit Brigitta en hochant la tête d'un air approbateur.

— Finalement, par respect pour le Maestro puisque c'est sa couleur préférée et selon nos instructions d'hier pour que les photographies soient visuellement attrayantes, il sera bien que tous les gens qui interagiront avec lui aujourd'hui portent du blanc, ou surtout du blanc.

Elle inspecta le groupe.

— Je vois que tout le monde est conforme.

Alors, elle aperçut Olivia.

— Presque tout le monde, corrigea-t-elle avec un froncement de sourcils désapprobateur.

Olivia se retrouva bouche bée. Elle se dit qu'elle allait peut-être avaler les mouches qui passaient.

Elle examina les autres. Sentant la panique monter en elle, elle vit qu'ils étaient tous, en fait, vêtus de blanc.

Le pull-over stylé à manches longues de Marcello était de couleur crème pâle et il portait aussi un pantalon léger gris clair. Nadia portait une veste couleur vanille sur un chemisier gris tourterelle avec un pantalon crème. Gabriella avait l'air superbe avec sa robe en laine moulante à encolure dégagée et ses rayures blanc cassé et beiges. Même Jean-Pierre arborait un gilet en cuir ivoire sur la chemise blanche élégante à manches longues qu'il portait toujours.

C'était pour cela que toutes les photos du site web lui avaient donné l'impression d'avoir été prises à un mariage, comprit tardivement Olivia.

La veille, elle avait été ailleurs. Elle n'avait rien su de tout ça. Ce matin, elle avait décidé de s'habiller avec une élégance qui rendrait hommage à la beauté de son vin. Elle avait choisi un tailleur-pantalon noir chic, auquel elle avait associé un chemisier rose vif.

Jamais elle n'aurait pu se tromper plus de tenue ! Comment cette catastrophe avait-elle pu se produire ?

Elle sentit son visage prendre la couleur de son chemisier sous l'observation critique de Brigitta.

Gabriella se racla la gorge.

— Oh, *mio Dio*, Olivia, tu n'as pas reçu mon courriel ? Comme tu portes du blanc, d'habitude, je n'ai pas pensé qu'il serait nécessaire de t'appeler. Quel dommage.

La restauratrice sourit d'un air narquois à Olivia, qui la regardait fixement, outrée.

Elle, toujours porter du blanc ? Quel mensonge. Sa garde-robe comprenait des vêtements aux couleurs éclatantes. Comme le savaient bien toutes les blondes, le blanc pouvait retirer toute couleur à la peau, surtout après disparition d'un bronzage estival. Olivia pensait qu'elle avait peut-être acquis la réputation de porter des couleurs éclatantes et joyeuses tous les jours.

Olivia se rendit compte que c'était bien le cas et que Gabriella n'avait pas envoyé de courriel. C'était un autre mensonge, encore pire que le précédent ! Olivia avait consulté ses courriels après avoir regardé le site web de Raffaele et, si Gabriella lui avait écrit, elle l'aurait forcément vu ! Olivia aurait immédiatement ouvert le courriel pour voir pourquoi son ennemie lui écrivait.

Brigitta se détourna. Olivia trouva que son langage corporel venait de perdre plusieurs degrés.

— Le Maestro arrive dans quarante-neuf minutes. Préparez-vous, dit-elle avec insistance avant de s'en aller sur ses chaussures à talons aussi bruyantes que ridicules.

CHAPITRE NEUF

En un clin d'œil, Gabriella disparut au cœur du restaurant et Marcello se dépêcha d'aller répondre à son téléphone, qui sonnait.

Olivia contempla Nadia avec consternation.

— *Puttana* ! cracha Nadia en jetant un coup d'œil dans la direction où Gabriella était partie.

Cette insulte italienne résumait ce que pensait Olivia en un seul mot parfaitement choisi.

— Que dois-je faire ? demanda-t-elle en contemplant sa tenue mal choisie et en tirant nerveusement sur son chemisier rose vif comme si, en le touchant, elle avait pu d'une façon ou d'une autre transformer sa couleur en crème pâle.

Nadia fit la grimace.

— J'ai d'autres vestes, mais elles risquent de ne pas t'aller. Cela dit, on devrait peut-être essayer.

En cette situation désespérée, il n'y avait pas d'autre solution.

Après avoir fourni à toute vitesse quelques instructions à Jean-Pierre, Olivia sortit rapidement de l'exploitation viticole et monta la route escarpée et sinueuse qui menait chez Nadia.

Elle n'était jamais allée plus loin que le porche et n'avait jamais vu à quoi ressemblait l'intérieur. Les trois Vescovi habitaient dans le domaine, mais Nadia avait hérité de l'ancienne demeure familiale et avait la chance de bénéficier de cette maison grande, chaude et accueillante à deux niveaux.

— Viens en haut, proposa-t-elle à Olivia.

Fascinée, Olivia contemplait la beauté de l'intérieur, avec ses lambris, ses murs en pierre crue et ses tentures en tissu. Tous ces éléments étaient juxtaposés d'une manière qui créait un charme éclatant alors qu'un mauvais choix en la matière aurait pu donner un chaos dépareillé.

À la traîne, elle monta l'escalier et retrouva Nadia sur le palier. Nadia avait déjà plusieurs vestes sur les bras.

— Essaie vite ça, conseilla-t-elle.

Olivia enfila les bras dans les manches, peu optimiste. Les manches elles-mêmes lui paraissaient étroites et trop ajustées. Nadia avait une personnalité dix fois plus grosse que sa taille et les gens en oubliaient qu'elle était très petite.

La taille des épaules était un obstacle difficile à surmonter.

— Euh, dit Olivia avec hésitation.

Elle avait l'impression d'être piégée dans une camisole de force. Elle arrivait tout juste à mettre ce beau vêtement sur ses épaules, mais elle ne pouvait pas avancer les bras. Cela provoquerait une déchirure terriblement bruyante quand les coutures de ce vêtement bien coupé céderaient sous la tension inexorable.

— OK, ça ne marche pas, convint Nadia avec un soupir impatient. Essaie ça !

Les deux prochaines vestes produisirent le même résultat. Dans cette garde-robe, aucune veste ne pouvait aller à Olivia.

— Merde, merde, cracha Nadia en complétant sa déclaration avec quelques jurons italiens bien choisis. Réfléchissons.

Elle disparut dans sa chambre une fois de plus et revint en tenant une écharpe en soie blanche d'un air triomphant.

— Tiens. Tu peux porter ça autour du cou. C'est mieux que rien, non ?

L'écharpe bleue et blanche n'allait pas du tout avec les autres couleurs que portait Olivia. Elle pensait que même une Italienne stylée n'aurait pas pu porter ça. Cependant, c'était ça ou rien, même si l'ensemble paraissait ridiculement dépareillé.

— Merci, dit-elle en se passant l'écharpe autour du cou avec un sourire reconnaissant.

Maintenant qu'elle arborait son accessoire blanc, elle repartit en toute hâte au vignoble et emprunta le passage latéral devant le bureau de Marcello pour ne pas salir le paillasson.

Derrière elle, Marcello sortit hâtivement de son bureau en portant un panneau qui disait : « Cette entrée est fermée. Veuillez utiliser l'autre entrée du restaurant ». À l'intérieur du restaurant, une table temporaire de dégustation de vin avait été installée pour accueillir les visiteurs pendant que le maestro occupait la salle de dégustation.

Olivia commença à avoir la nausée. Comment le temps avait-il pu passer aussi vite ? Il restait douze minutes avant l'arrivée du Maestro, s'il était aussi ponctuel que l'avait suggéré son assistante. Olivia était sûre qu'il le serait.

Elle partit furtivement dans la salle du fond pour se remettre son écharpe et vérifier son maquillage. Alors, elle revint au comptoir de dégustation pour effectuer un dernier rangement et s'assurer que les vins soient parfaitement disposés. Finalement, les autres arrivèrent et formèrent un groupe, prêts à accueillir le Maestro.

Avec un cliquetis de talons hauts, Brigitta entra à nouveau dans la salle de dégustation, suivie par un homme brun dont Olivia reconnut les traits austères après les avoir vus sur le site. Il entra à pas raides comme s'il venait de prendre possession des lieux après les avoir achetés pour une bouchée de pain.

Il portait un costume blanc vif merveilleusement coupé et sa coiffure à l'aérosol était conçue pour former un casque inamovible. Il jeta un bref coup d'œil dédaigneux à l'équipe de La Leggenda, qui était réunie dans le coin de la salle de dégustation.

À la grande surprise d'Olivia, il était beaucoup moins grand qu'elle s'y était attendue en voyant les photos. En fait, il était assez petit.

Alors qu'elle s'efforçait d'absorber cette réalité étrange, elle vit ses yeux noirs perçants se poser un moment sur son chemisier rose vif avec un air de désapprobation.

Elle se décala vers la gauche en essayant de se cacher derrière Jean-Pierre, mais en vain, parce qu'il se décalait vers la gauche, lui aussi, pour se cacher derrière Gabriella. Personne ne voulait être cloué sur place par le regard antipathique de cet homme.

— Maestro Raffaele, vous êtes le bienvenu à La Leggenda. C'est un honneur de vous recevoir !

Marcello se précipita vers son invité en tendant la main.

Pendant un moment d'effroi, Olivia crut que l'expert en vins n'allait pas serrer la main à Marcello. Il le contempla si longtemps d'un air inexpressif qu'Olivia sentit l'air commencer à flotter autour d'elle et se rendit compte qu'elle avait oublié de respirer.

Alors, l'homme tendit une main parfaitement manucurée et donna à Marcello la poignée de main la plus brève qu'Olivia ait jamais vue.

Olivia hésita entre pousser un cri de soulagement et éclater en sanglots. Il y avait une telle tension dans la salle qu'on aurait cru que le sol allait se fendre.

— Merci, dit le maestro d'une voix réservée. D'après mon impression jusque-là, vous avez une belle exploitation viticole.

Un compliment ? Olivia ne savait plus où se mettre.

— Si vous avez le temps, après la dégustation, aimeriez-vous visiter le vignoble ? insista Marcello.

Olivia voyait qu'il employait tout le charme qu'il possédait pour vaincre la froideur de Raffaele di Maggio. Elle ressentait énormément d'admiration pour son patron, car tout le monde n'aurait pas su exprimer autant de chaleur humaine avec une telle sincérité et faire preuve d'une telle force de caractère dans des circonstances difficiles. Sa dévotion pour son exploitation viticole adorée était visible par tous.

— J'ai une journée très remplie, mais …

Raffaele réfléchit.

— Nous aurons peut-être le temps.

— Les membres de mon équipe sont très heureux de vous rencontrer, mis à part mon frère Antonio, qui est en vacances.

Marcello invita le groupe à avancer avec un geste jovial.

Olivia eut l'impression qu'ils étaient une formation de soldats romains, serrés ensemble, avec des boucliers qui gardaient leur périmètre. Telle fut son impression quand tout le monde avança en traînant les pieds et quand elle constata qu'ils essayaient tous de rester derrière, surtout elle.

Nadia fut la première à se détacher de leur petit groupe protecteur. Elle avança avec un grand sourire.

— C'est un privilège et une joie de vous accueillir ici, dans notre humble exploitation viticole, Maestro ! Sans exagérer, j'ai compté sur mon calendrier les jours et même les heures qui précédaient votre arrivée.

Olivia se demanda si cela pouvait être considéré comme étant excessif. Elle n'avait jamais entendu Nadia se laisser aller à une telle exubérance. Cet expert ne risquait-il pas de croire que c'était de l'hypocrisie ?

À sa grande surprise, l'expression dure de Raffaele s'adoucit légèrement, comme si les louanges pures de Nadia avaient été ce à quoi il s'attendait.

— C'est un vrai privilège, murmura Gabriella en se mettant presque à genoux pour faire une révérence exagérée.

Pour l'imiter, Jean-Pierre baissa la tête bien bas.

— C'est un honneur, déclara-t-il.

Alors, Olivia fut la dernière personne soumise au regard d'acier de l'expert. Elle n'avait plus personne derrière qui se cacher et elle était consciente du fait que son écharpe blanche faisait ressortir le contraste de sa tenue rose et noire comme si elle avait été un flamant rose.

Elle allait devoir complimenter leur invité de son mieux, décida-t-elle.

— Maestro, comme je ne suis arrivée qu'assez récemment dans l'industrie du vin, le privilège de votre visite me laisse sans voix, murmura-t-elle.

Elle espérait que cela expliquerait pourquoi elle était réellement à bout de souffle.

Quand Olivia vit le front bronzé de l'expert se plisser, son estomac se noua. Avait-elle dit quelque chose de mal ? Ou était-ce sa tenue ? Ça devait être sa tenue, décida-t-elle en se réfugiant derrière le comptoir aussi rapidement que possible.

Marcello invita le maestro à s'asseoir à la table, où l'attendaient tous les accessoires qu'il avait demandés.

De la poche de sa veste, il sortit un stylo à plume long, brillant et, pensa Olivia, d'apparence cruelle. Il avait une pointe en acier affûtée et courbée et un manche blanc d'apparence solide qui faisait penser à de l'ivoire.

Avait-on même le droit d'utiliser de l'ivoire, de nos jours ? Était-ce politiquement correct ? Olivia n'arrivait pas à s'en souvenir. Son cerveau était contaminé par la panique. En fait, ce n'était peut-être pas de l'ivoire mais une autre matière blanche, brillante et apparemment onéreuse.

— Maestro, nous avons trois nouveaux produits que nous aimerions vous faire goûter, annonça Marcello quand Nadia porta un plateau en argent sur la table.

— Le premier est notre assemblage de blancs vermentino de nouvelle saison. Cette fois, nous avons augmenté le pourcentage de vermentino pour obtenir une saveur et une finition plus distinctives.

Marcello recula.

Olivia se dit qu'on aurait pu couper le silence avec un couteau. Le tintement du cristal que l'on entendit quand Raffaele prit le verre résonna aussi fort qu'un cri.

Personne n'osa respirer.

Jean-Pierre se mit une main sur le ventre quand son estomac gargouilla. Le son tonitruant sembla remplir la salle.

Les yeux écarquillés, elle regarda le critique faire tourner le vin et le sentir. Il prit longtemps pour le faire. Alors, il le sirota. Il accomplit aussi cette partie de la dégustation de manière délibérée et sembla garder le vin dans sa bouche pendant une éternité.

Alors, il se pencha en avant vers le crachoir en porcelaine blanche qui se trouvait sur la table et cracha sa gorgée de vin.

Même si Olivia savait que c'était ce que faisaient les goûteurs professionnels et bien qu'elle ait vu des gens le faire parfois à La Leggenda, la grande majorité des clients avalaient leur vin. Regarder quelqu'un le recracher était une expérience étonnamment nouvelle.

Olivia se rendit compte que, pour Jean-Pierre, qui se tenait à côté d'elle, c'était une expérience totalement nouvelle.

Un bruit guttural s'échappa de la bouche du jeune sommelier, comme s'il avait soudainement eu une crise de nausée et s'efforçait de la calmer. Olivia lui jeta un coup d'œil anxieux et remarqua qu'il était devenu aussi pâle que sa chemise blanc vif.

Alors, on entendit un nouveau son : le grattement délibéré du stylo à plume blanc ivoire sur le carnet de notes relié de cuir blanc de l'expert.

Raffaele posa le verre et tout le monde le regarda manger un des biscuits secs frais, croustillants et sans sel puis boire un tout petit peu d'eau.

— Vous pouvez présenter le vin suivant.

— Voici notre Spirito, un nouvel assemblage de rouges qui contient du sangiovese, du merlot et du cabernet sauvignon.

Marcello le versa avec élégance.

Une fois de plus, le silence se fit oppressant pendant que le maestro faisait tourner, sentait puis goûtait le vin avec soin.

Il hocha légèrement la tête et son visage se rida pour afficher un sourire presque invisible. Olivia avait l'impression que ses entrailles étaient en train de former des nœuds. Que signifiait un hochement de tête ? Moyen ? Bon ? Excellent ?

Le critique se pencha à nouveau en avant vers le crachoir et cracha sa gorgée en deux fois. Olivia entendit un autre bruit guttural émaner de Jean-Pierre et lui jeta un nouveau coup d'œil. Elle remarqua qu'il avait les lèvres fermement serrées et qu'une sueur froide était apparue sur son front.

Elle était heureuse qu'il ne reste qu'un autre verre de vin, parce qu'elle ne savait pas combien de fois son jeune assistant pourrait encore produire le même bruit avant qu'il ne se produise quelque chose de plus radical.

Cette fois, Raffaele choisit un cube de pain toscan pour s'éclaircir le palais avant de prendre d'autres notes. Le processus sembla prendre une éternité.

— Le dernier vin, je vous prie.

C'était lui. C'était son vin. Dans sa toute nouvelle bouteille, avec l'étiquette moderne qu'elle avait conçue elle-même. Olivia ressentit un moment de fierté. La bouteille avait l'air belle, moderne, attrayante. Si l'on pouvait se fier à l'apparence de la bouteille, elle était sûre qu'elle allait faire un bon début.

— Voici une nouvelle création pour notre vignoble : un assemblage de rosés moderne et sec créé par notre propre sommelière.

Marcello désigna Olivia, qui sourit nerveusement. Elle n'était pas sûre d'avoir envie d'être à ce point sous les feux de la rampe.

L'expert sentit le rosé. Olivia n'avait jamais vu une personne aussi dénuée d'expression. Que pensait-il du rosé ? Ne fallait-il pas qu'il montre une émotion de temps en temps ? Ça ne pouvait pas être sain de tout garder sous verre.

Sous verre.

En découvrant son jeu de mots, Olivia dut réprimer un rire nerveux.

L'expert goûta le vin et sembla prendre le temps de le savourer avant de se tourner vers le crachoir.

Jean-Pierre produisit son bruit guttural, ses épaules se convulsèrent par anticipation et Olivia se mordit la lèvre, nerveuse. C'était peut-être sa troisième et dernière tentative de maîtrise de sa gorge et le critique n'avait pas encore craché.

Elle attendit, sentant les secondes s'écouler comme si chacune d'elles durait une année.

Alors, le critique fit quelque chose de totalement inattendu. Il avala sa gorgée et tendit le bras vers un cube de pain.

Jean-Pierre laissa échapper un énorme soupir de soulagement et s'essuya discrètement les tempes d'un doigt tremblant.

Olivia sentit son cœur battre plus vite.

Est-ce que cela signifiait que cette star du vin aimait le sien ? Ou alors, avait-il l'habitude de ne pas cracher la dernière gorgée ?

Elle n'en avait aucune idée.

Alors, il fronça les sourcils et secoua très légèrement la tête. Olivia crut qu'elle allait s'écrouler par terre devant tout le monde, telle était sa déception.

CHAPITRE DIX

Le Maestro Raffaele plaça le verre de rosé vide sur la table et griffonna quelques notes dans son carnet à reliure de cuir. Même si Olivia ne pouvait pas voir ce qu'il écrivait, elle remarqua qu'il avait souligné la dernière phrase très fermement et plusieurs fois.

Alors, il claqua des doigts.

Brigitta arriva, sortant presque de nulle part, et se précipita vers le bureau en faisant claquer bruyamment ses talons hauts sur le sol.

— J'ai pris ma décision sur ces vins.

— Merci, Maestro. Maintenant, nous allons faire une photo de groupe, devant la table de dégustation.

Brigitta se tourna vers le groupe.

— Venez ici, je vous prie. Il faudrait placer les deux Vescovi de chaque côté de Maestro Raffaele. Ensuite, des deux côtés des Vescovi, vous deux, dit-elle en désignant Gabriella et Jean-Pierre.

Alors, elle regarda Olivia comme si elle se demandait ce qu'elle allait bien pouvoir faire d'elle.

— Je n'ai pas besoin d'être sur la photo, dit précipitamment Olivia.

— Si, si, il le faut ! insista Marcello.

Brigitta adressa à Marcello un regard froid. Il était clair que, pour Brigitta, la présence d'Olivia allait gâcher aussi bien la palette de couleurs de cette photo de groupe que sa symétrie.

— Vous pouvez vous tenir à côté de l'assistant sommelier, dit-elle finalement.

Olivia se glissa dans le cadre et ils se mirent tous en rangée.

Brigitta recula.

— Nous pourrions peut-être équilibrer un peu la photo, suggéra-t-elle d'un ton entendu.

Soudain, Olivia comprit pourquoi Raffaele avait l'air d'être le plus grand dans toutes ses photos.

Marcello fut le premier à comprendre ce qu'il fallait faire. Il plia les genoux pour que, malgré son mètre quatre-vingt-deux, il paraisse juste un peu plus petit que Raffaele di Maggio.

Olivia grimaça quand elle entendit l'articulation d'un de ses genoux craquer de manière audible.

De l'autre côté, elle entendit des talons hauts racler le carrelage quand Gabriella ploya fortement les genoux. Olivia était sûre qu'elle regrettait d'avoir mis ses chaussures à talons hauts, maintenant. À côté d'elle, le grand Jean-Pierre plia les jambes jusqu'à se retrouver bien plus petit que le Maestro.

La petite Nadia fut la seule à se trouver à l'aise sans avoir besoin de se fatiguer les muscles.

Olivia s'accroupit à moitié en jetant un coup d'œil aux autres pour s'assurer d'être au même niveau qu'eux.

Quand ils s'efforcèrent tous de conserver cette posture inconfortable, la salle de dégustation se remplit d'expirations et de gémissements discrets. Brigitta prit son temps en changeant tranquillement d'objectif.

Olivia avait les jambes en feu. Son sourire forcé était devenu un rictus douloureux. N'aurait-il pas été plus facile de demander à Raffaele de se tenir sur une caisse ? se demanda-t-elle. Elle se dit qu'il aurait sans doute suffi d'insinuer qu'il était petit pour qu'il pique une crise de nerfs. Ce n'était pas qu'il était petit. C'était que tous les autres étaient trop grands et qu'il fallait les faire payer pour ça. Quel ridicule épanchement de l'ego. Les quadriceps d'Olivia tremblaient. Elle était sûre qu'elle en souffrirait terriblement le lendemain.

— Ayez tous l'air naturel, je vous prie, demanda Brigitta pour les encourager.

Olivia fut sûre qu'elle avait entendu une inflexion sadique dans la voix de l'assistante.

— Certains d'entre vous ont l'air tendus et nerveux.

Olivia voulait hurler qu'on les torturait.

Elle n'en fit rien, bien sûr. Elle essaya juste de contrôler ses muscles tremblants et la souffrance sur son visage. Alors, ce qui lui sembla être un an plus tard, Brigitta décida finalement qu'elle avait obtenu le cliché parfait.

— Terminé, dit-elle d'un ton satisfait en rangeant l'appareil photo.

Olivia se redressa et avança en trébuchant. Ses jambes tremblotantes faillirent la trahir. À côté d'elle, Jean-Pierre poussa un cri de douleur et se pencha en avant pour se masser un mollet, où il avait attrapé une crampe. Ils allèrent se réfugier au comptoir en boitant pendant que Gabriella repartait au restaurant d'un pas chancelant.

Alors, Raffaele se tourna vers Marcello.

— Je vais venir à la visite du vignoble. Nous ne sommes obligés de partir que dans une heure.

Marcello eut l'air profondément soulagé. Il devait penser que c'était un bon signe, supposa Olivia. Elle avait peut-être mal interprété le froncement de sourcils du maestro. Son froncement de sourcils avait peut-être exprimé du plaisir, si une telle chose était possible.

— Olivia, venez avec nous, lui dit Marcello. Vous avez assisté à la plantation de beaucoup de ces vignes. Ça sera intéressant pour vous de voir comment elles ont poussé.

Encore embarrassée par sa tenue, Olivia sortit à toute vitesse et monta à l'arrière du SUV.

Raffaele s'assit à l'avant et Marcello tourna vers la piste de sable qui menait aux vignobles. Par la vitre, Olivia contempla la Lamborghini blanche aux lignes pures qui se trouvait de l'autre côté du parking.

— Est-ce votre voiture ? demanda-t-elle à Raffaele.

Il répondit d'un hochement de tête froid.

— J'ai toujours eu envie de conduire une de ces voitures, dit Olivia avec enthousiasme.

Alors, craignant que le maestro ne s'imagine qu'elle lui avait demandé de l'emmener faire un tour dans cette voiture, elle poursuivit hâtivement :

— En rêve, bien sûr. D'habitude, je me contente de les regarder.

Quand ils passèrent devant la voiture, elle remarqua une pancarte au cadre doré à l'arrière.

« Véhicule de courtoisie pour le Maestro Raffaele di Maggio, offert par Sporting Passion, Florence. Nous soutenons le tourisme viticole avec passion ! »

Donc, ce n'était pas sa voiture. Elle lui avait été prêtée par un fabricant de voitures de sport et elle ne savait pas si le prêt était permanent ou seulement pour ce voyage.

Le silence se fit. La discussion sur la voiture n'avait pas pris. Olivia chercha désespérément un sujet susceptible d'initier une conversation détendue.

— Est-ce que vous habitez par ici ? demanda-t-elle. Ou alors, est-ce que vous logez à l'hôtel pendant votre séjour en Toscane ?

— Ma villa est au sud de Montepulciano, lui dit-il. Pendant que je suis dans cette partie de la Toscane, je loge au Gardens of Florence.

Olivia elle eut le souffle coupé. C'était l'hôtel cinq étoiles le plus cher des environs. Il se situait dans un parc immense à quelques kilomètres de la ville et un restaurant étoilé Michelin se trouvait sur le site.

— Oh, c'est merveilleux. Est-ce que vous appréciez votre séjour ? demanda-t-elle.

Elle avait visité le site web de l'hôtel après avoir entendu un touriste le mentionner et avait trouvé qu'il avait l'air extrêmement luxueux.

Il haussa les épaules.

— Je me serais attendu à ce que ma suite soit plus grande. Je trouve le mobilier exigu et démodé. Ce n'est pas un établissement de grande qualité. En fait, je leur ai dit que je refusais de payer le prix complet et que je ne paierais qu'un montant correspondant à ce que je pensais de leur hospitalité.

— Euh, oh. Je vois, dit Olivia.

Cette réflexion avait brutalement mis fin à la conversation et Olivia chercha non sans difficulté à trouver un autre sujet. Heureusement, à ce moment, Marcello intervint.

— Nous approchons du premier vignoble. À notre droite, il y a une toute nouvelle plantation de raisins Sangiovese. Nous avons constaté que ce vin était si populaire et les raisins si résistants et si faciles à cultiver que planter des vignes sur des zones aussi petites, arides et pentues que celle-ci en valait la peine. Cela permet de produire des récoltes de faible quantité, mais de haute qualité.

Olivia sentit qu'elle se détendait. Finalement, elle n'avait plus besoin de faire la conversation et Marcello pouvait prendre le relais. Alors qu'ils parcouraient les pistes sinueuses qui passaient entre les vignes, elle sentit qu'elle se détendait. Dans un cadre aussi pittoresque et avec ce commentaire éclairé, comment le maestro pourrait-il ne pas apprécier cette excursion ?

Quand ils eurent visité tout le domaine, Olivia s'était détendue. Elle se sentait fière d'avoir vu l'échiquier que formaient ces vignobles bien entretenus qui recevaient tous l'amour et le soin dont ils avaient besoin pour produire les meilleurs vins possible.

— Merci encore, Maestro Raffaele. Passez une bonne journée, dit-elle.

Il ne répondit pas et ne parut même pas avoir entendu ses mots.

Découragée, Olivia descendit de la voiture et se rendit dans l'exploitation viticole. Elle faillit entrer en collision avec Brigitta, qui sortait.

— Savez-vous quand les informations apparaîtront sur le site ? demanda-t-elle anxieusement à l'assistante.

Brigitta lui adressa un hochement de tête froid.

— Le Maestro Raffaele est fier de publier ses critiques dans les plus brefs délais. Vos nouveaux vins seront critiqués avant minuit et les critiques seront en ligne sur le site à quatre heures du matin. Passez une bonne journée.

Si vite ? Olivia ne savait pas si elle allait pouvoir dormir cette nuit. C'était terrifiant de se dire que les opinions du maestro seraient publiées dans si peu de temps. Qu'elles soient positives ou négatives, elles seraient disponibles sur son célèbre site. Alors, la Toscane et le monde entier pourraient les lire.

*

À la fin de la journée, Olivia se sentit épuisée par le stress de la visite. Il bruinait. Ce n'était pas une grosse pluie, mais cela menaçait d'en devenir une à tout moment.

Olivia fut contente de quitter la chaleur de la salle de dégustation pour aller se réfugier dans son pick-up. Elle remonta la desserte et s'arrêta à l'endroit le plus proche de l'élevage caprin.

Erba reconnut le son de sa voiture. En un moment, la chèvre arriva en trottant et attendit qu'Olivia ouvre la porte de derrière.

En rentrant chez elle, Olivia pensa avec gratitude aux portions de lasagne qu'elle avait au congélateur. Elle avait acheté quatre portions à la boulangerie et elles l'avaient beaucoup aidée les soirs où elle n'avait pas eu la force de cuisiner.

Pendant que le dîner chauffait, Olivia exécuta ses corvées et coucha la chèvre. Alors, elle se mit un pantalon de survêtement chaud, sec et usé et un haut en polaire. Elle se versa un grand verre de vin et s'assit près du feu.

Finalement, elle s'autorisa à se détendre après cette journée extraordinaire.

Elle repensa à cette expérience de dégustation surréaliste. Elle avait l'impression que toutes les expressions et toutes les nuances étaient gravées dans son esprit. Le problème, c'était que, plus elle se souvenait de ces choses-là, plus elle était sûre que le célèbre maestro n'avait pas apprécié son rosé.

Même s'il avait avalé la gorgée qu'il avait goûtée, la façon dont il avait froncé les sourcils par la suite indiquait ce qu'il en avait pensé. Elle en était certaine.

Elle sortit ses lasagnes du four. Au moins, ils étaient parfaits. Ils avaient des bulles, beaucoup de fromage et les bords noircis. C'était comme ça qu'elle les aimait.

Alors qu'elle enfonçait sa fourchette dans ce plat somptueux, son téléphone sonna. C'était Danilo.

— Comment ça s'est passé, aujourd'hui ? demanda-t-il. Est-ce que cet expert a aimé ton vin ?

Olivia se sentit touchée qu'il se soit souvenue de ce qu'elle devait faire aujourd'hui.

— Je ne sais pas, avoua-t-elle. Je ne crois pas.

— Il l'a sûrement aimé, répliqua Danilo.

Alors, après une brève hésitation, il ajouta :

— As-tu envie d'un peu de compagnie ? Je pourrais apporter du vin et acheter de la pizza.

Olivia soupira.

— Si tu avais appelé une demi-heure plus tôt, j'aurais dit oui mais, en ce moment-là, je suis sur le point de manger une portion de lasagnes, j'ai presque fini un grand verre de vin et je ne suis pas sûre que je pourrai garder les yeux ouverts quand j'aurai fini de manger. Ça te montre à quel point cette journée m'a stressée. Peut-on remettre ça à une autre fois ?

Danilo rit.

— Bon dîner. Je consulterai le site web demain pour voir le verdict.

Olivia raccrocha en souriant.

Presque immédiatement, son téléphone sonna à nouveau.

Cette fois-ci, c'était Charlotte.

Après avoir échangé des messages la veille au soir à cause de l'avertissement urgent sur Matt envoyé par Charlotte, elles avaient maintenant la possibilité de bavarder.

De plus, si Olivia répondait la bouche pleine, ça ne gênerait pas son amie.

— Salut, répondit Olivia. Merci de m'avoir avertie pour Matt !

Elle imaginait Charlotte assise dans son petit appartement propre avec ses cheveux aux mèches rousses attachées en queue de cheval.

Son amie était probablement allée à la salle de gym qui se trouvait en face de chez elle et elle devait travailler de chez elle, comme elle le faisait deux fois par semaine. Ces jours-là, Olivia avait toujours envie qu'elle l'appelle.

— Je n'arrive pas à croire qu'il ait utilisé ton compte Instagram pour arriver dans ce *castello* au même moment que toi. Olivia, quand j'ai entendu dire qu'il était allé en Toscane avec sa nouvelle petite amie, j'étais folle. J'avais vraiment peur qu'il te retrouve et pique une crise. Je savais que ses intentions étaient mauvaises.

— Quand je l'ai vu, ça a été un choc, dit Olivia.

— En vacances avec quelqu'un d'autre, après t'avoir trompée avec son assistante puis avoir cassé avec toi ? Dans sa vie amoureuse, il s'en passe trop pour qu'on puisse suivre. J'ai vu les photos de la nouvelle. On dirait qu'elle pèse quarante kilos et qu'une forte rafale de vent pourrait l'emporter. Comment s'appelle-t-elle ? Pixie, c'est ça ?

— Xanthe, dit Olivia en riant, et c'était son jour laitue.

Charlotte eut un rire ironique.

— Un jour laitue pendant des vacances en Toscane ? Ça dit tout ce qu'on a besoin de savoir sur elle. J'espère que tu n'as pas trop souffert de la voir.

— Cela aurait été pire si j'avais été seule. Heureusement, j'étais avec Danilo.

Olivia se souvint à nouveau du comportement héroïque de son ami aux cheveux violets.

— Tant qu'on parle de beaux Italiens, est-ce que ça avance avec Marcello ? demanda Charlotte.

Olivia soupira. Elle aurait adoré donner de bonnes nouvelles sur ce point-là, mais elle n'en avait aucune.

— Nous vivons une histoire d'amour intense mais muette et complètement à l'arrêt, dit-elle en décrivant aussi bien que possible ce que sa situation avait de frustrant.

Charlotte poussa un grognement impatient.

— J'étais tellement sûre que ça allait marcher ! C'était peut-être parce que j'étais là que ta relation progressait. Je ferais mieux de revenir !

— Quand tu pourras et aussi longtemps que tu le voudras, supplia Olivia. À chaque fois que j'entre dans ma cuisine, je me souviens de nos séances culinaires. Elles étaient si agréables ! Cuisiner pour une seule personne, ce n'est pas si distrayant que ça et tes blagues me manquent.

— Les tiennes me manquent, à moi aussi, convint Charlotte. Oups. Mon patron est en ligne. Je te rappellerai et on pourra discuter plus longtemps. Au revoir !

Après avoir fini son bon repas, Olivia alla directement se coucher. Même si elle était épuisée, elle se sentait inquiète à chaque fois qu'elle pensait au site web et aux critiques, qu'elle se demandait ce qu'écrirait ce critique influent et quelles conséquences cela entraînerait pour sa carrière et pour l'exploitation viticole.

Elle espéra que, le lendemain, elle recevrait une critique positive de cet homme égoïste et déplaisant.

CHAPITRE ONZE

Olivia avait mis la sonnerie de son réveil à sept heures trente. Même si le temps devait être froid et bruineux, elle fut étonnée quand le son strident de son réveil interrompit son sommeil et qu'elle ouvrit les yeux pour se retrouver dans une obscurité complète.

Y avait-il un orage ? se demanda-t-elle.

La vue troublée, elle tendit la main vers son téléphone, qui se trouvait sur la table de chevet, mais réussit seulement à le faire tomber sur le tapis au pied du lit.

— Merde, marmonna-t-elle en allumant la lumière.

Quand son sommeil disparut, elle se rendit compte de deux choses.

D'abord, il faisait encore entièrement noir dehors et il était très tôt.

Ensuite, ce n'était pas du tout son réveil qui sonnait. C'était son téléphone.

Olivia regarda l'écran et se sentit très inquiète quand elle vit que c'était Nadia qui l'appelait à six heures trente.

Soudain, elle se sentit tout à fait éveillée, plus éveillée et plus nerveuse que jamais dans sa vie. Quelle était la raison de cet appel inattendu ? Est-ce qu'il allait lui annoncer la réussite ou l'échec de son cher, nouveau vin ?

— Allô ? dit-elle.

— Olivia !

Nadia cria son nom à tue-tête. Sa voix remplissait la chambre. Pirate adressa un regard réprobateur à Olivia et descendit d'un bond du lit.

— Que — que se passe-t-il ? demanda Olivia d'une voix tremblante.

— *Mio Dio !* cria Nadia.

Olivia cligna des yeux quand elle entendit la volée d'injures virulentes qui suivit, certaines en italien et d'autres en anglais. Olivia reconnut même deux injures en français.

— Je t'en prie, Olivia. Viens à l'exploitation viticole à huit heures ce matin ! Il faut qu'on se réunisse de toute urgence.

— Est-ce que l'évaluation a été publiée ?

Olivia déglutit avec difficulté. Elle avait la gorge sèche.

— Oui et elle est désastreuse ! Ça pourrait nous détruire, cria Nadia.

Horrifiée, Olivia constata que la vigneronne avait l'air d'être sur le point de pleurer.

En pleine hyperventilation, elle sortit du lit et se mit quelques vêtements, saisissant tout ce qui était chaud et se trouvait à portée de main. Ses choix vestimentaires méticuleux de la veille lui semblaient être un souvenir indistinct et lointain. Elle se précipita vers la salle de bains, passa rapidement une brosse dans ses cheveux ébouriffés et essaya de son mieux de se maquiller aussi vite que possible d'une main tremblante.

L'évaluation avait été mauvaise ? Mauvaise ou très mauvaise ?

Après avoir brutalement lancé sa machine à café, Olivia traversa la cuisine froide en frissonnant et ouvrit son ordinateur portable.

Qu'avait dit le Maestro Raffaele ? Pourquoi avait-il détesté son vin à ce point ?

Elle avait craint qu'il ne dise qu'il était ordinaire et sans intérêt, mais comment aurait-il pu dire qu'il était imbuvable ?

Pendant que la page s'affichait, Olivia se leva de son siège et se prépara un Americano deux fois plus grand et deux fois plus fort que d'habitude. Elle en prit une grande gorgée en se brûlant presque le palais puis retourna s'asseoir pour consulter le site, anxieuse.

Un gargouillis horrifié lui échappa. Elle laissa échapper un faible gémissement. On aurait dit que la nuit était retombée, que la ferme s'était effondrée et que tout ce qui allait bien dans le monde s'était transformé en une série de catastrophes.

Ce n'aurait pas pu être pire.

Olivia et La Leggenda venaient de toucher le fond.

Sur son site, le Maestro Raffaele di Maggio utilisait un système d'évaluation simple.

Un excellent vin de première qualité recevait une grappe de raisins couleur platine. Sans surprise, cette récompense était blanc argenté.

Un excellent vin recevait une grappe de raisins dorée et un bon vin recevait une grappe cuivrée.

Un vin moyen recevait une grappe de raisins verte. Un vin décevant recevait une grappe grise.

Alors, un vin exécrable, de mauvaise qualité, un vin si mal conçu qu'il risquait d'empoisonner son consommateur et qu'il ne fallait surtout pas le boire, un vin du niveau Valley Wines, recevait une grappe de raisins noire.

Le deux vins de La Leggenda que le maestro avait goûtés avant l'assemblage d'Olivia avaient reçu des grappes grises humiliantes.

Quant à celui d'Olivia … Atterrée, Olivia contempla la grappe de raisins noire qui condamnait son vin, positionnée à côté de la photo nette de sa belle bouteille.

Les mots du critique lui agressèrent les yeux.

— Vin exécrable, mal fabriqué et de couleur ridicule. Le goût était répugnant. Il vaut mieux acheter du jus de raisin de bas de gamme dans un supermarché, ou même du sirop contre la toux. Évitez ce vin quoi qu'il arrive !

Olivia laissa échapper un sanglot.

Il l'avait détesté. Il avait trouvé que c'était une horreur absolue. Pour lui, il n'y avait rien eu de positif dans le vin d'Olivia. En plus de sa critique insoutenable, le maestro avait écrit que le vin lui-même était épouvantable et à éviter.

À cause du résultat de ces évaluations cinglantes, La Leggenda elle-même avait été retirée de la liste des « Exploitations viticoles à visiter en Toscane ».

L'exploitation viticole était devenue invisible.

Le maestro n'avait pas seulement détruit l'avenir de son précieux vin : il avait aussi effacé La Leggenda de la carte. Les touristes qui chercheraient un domaine à visiter ne sauraient pas que cette exploitation viticole existait.

Olivia avala le reste de son café. Il lui brûla la gorge, mais elle sentit tout juste la douleur, qui n'était rien par rapport à la souffrance extrême qu'elle ressentait quand elle lisait cette évaluation vulgaire et désastreuse.

Il n'était pas étonnant que Nadia ait paniqué, se dit Olivia. Elle avait l'impression de s'être réveillée dans un affreux cauchemar.

Pourtant, ce n'était pas un cauchemar. Quand Erba poussa le nez contre la fenêtre de la cuisine, Olivia fut obligée de comprendre que c'était la dure réalité.

Elle se releva. Elle avait la sensation que toute force avait quitté ses jambes, qui souffraient des flexions des genoux qu'elle avait dû effectuer pendant cette séance photo ridicule. Toute cette douleur pour rien ! Elle aurait dû dire au Maestro Raffaele de se tenir sur une caisse. Le résultat n'aurait pas pu être pire.

Complètement affolée, elle prit une poignée de carottes dans le sac qui se trouvait dans le réfrigérateur et les laissa tomber dans le bol d'Erba.

— Tiens, dit-elle à la chèvre d'une voix terne voix et atone. Les carottes n'ont plus d'importance. Plus rien n'en a.

Elle sentit la pluie éclabousser la capuche de sa veste. La grisaille et le froid reflétaient son humeur.

C'était tout. Il n'y avait plus qu'à se laisser aller au désespoir. Nadia la licencierait peut-être, après tout. Pas de problème. Olivia le méritait. Elle avait gaspillé de précieux raisins pour produire un vin qui était si mauvais qu'elle avait de la chance que le maestro ait survécu à la gorgée qu'il avait absorbée !

Erba leva les yeux vers Olivia et cette dernière sentit que la chèvre lui envoyait un message clair. La chèvre pensait qu'Olivia dramatisait au-delà du raisonnable.

Erba pencha la tête puis fit une chose qu'elle n'avait jamais, jamais faite auparavant. Elle bondit en avant et donna à Olivia un coup de tête aux cuisses.

Avec un cri strident de surprise, Olivia tomba en arrière et atterrit dans un buisson de romarin épais et épineux.

— Erba !

Maintenant, la pluie lui tombait sur les yeux. Olivia cligna des yeux pour s'en débarrasser et vit un visage solennel, blanc avec une tache orange au front, qui la contemplait.

— Eh bien ! Qu'est-ce qui te prend ?

Non sans difficulté, Olivia s'extirpa du buisson odorant.

— Erba ! Pourquoi as-tu fait ça ? C'était vraiment méchant ! J'ai le pantalon trempé, maintenant ! Et j'ai du romarin dans le col !

Passant un doigt à l'intérieur du col de sa veste, Olivia en retira les frondes qui la grattaient.

Elle envoya un regard noir à la chèvre, mais Erba l'ignora et retourna à ses carottes comme si de rien n'était.

Haussant les épaules de manière théâtrale, Olivia repartit à l'intérieur.

Au moins, sa chute en arrière lui avait permis d'oublier son malheur. Elle ne se sentait plus angoissée, mais en colère contre cette maudite chèvre !

Alors, quand elle tapa des pieds pour enlever les feuilles et la terre de ses chaussures, ses émotions changèrent à nouveau.

Maintenant, elle était en colère.

Elle était furieuse !

Quel droit cet homme avait-il de juger imbuvable un vin dont des experts — car elle considérait Nadia comme une experte — avaient fait l'éloge ?

Raffaele était insupportable, égoïste et avait des avis très arrêtés. Soit il s'était grossièrement trompé ou il avait été de mauvaise humeur quand il avait goûté le vin et ce n'était pas du tout la faute du vin en question.

À ce moment, Olivia se rendit compte que la chèvre avait agi délibérément. Sentant que la propriétaire qu'elle avait adoptée traversait une crise personnelle, Erba était intervenue pour l'en tirer vigoureusement. Atterrir sur le derrière avait été le choc dont Olivia avait eu besoin pour cesser de s'apitoyer sur son propre sort.

Allait-elle accepter sans se battre qu'on la prive de son travail et qu'on détruise son vin ?

Erba ne pensait pas qu'elle le devait.

Olivia serra la mâchoire et tira sur le fond de son jean humide.

Elle non plus, elle ne le pensait pas ! Elle n'allait pas abandonner sans se battre. Après tout, qu'avait-elle à perdre ?

Grâce à la conversation qu'ils avaient eue la veille, elle savait où résidait Raffaele. L'hôtel Gardens of Florence était à une demi-heure de voiture. Elle allait se rendre tout de suite à son hôtel, le confronter et exiger qu'il retire l'évaluation s'il ne pouvait pas lui donner une bonne raison pour avoir détesté son vin. Elle allait affronter ce petit homme déplaisant aux avis très arrêtés qui semblait vivre dans une bulle très éloignée de la réalité et elle allait obtenir justice.

Mue par l'adrénaline qui courait en elle, elle saisit son sac à main sur la table du hall, prit sa veste au crochet de la porte et s'en alla en courant.

CHAPITRE DOUZE

Olivia bondit dans la Fiat, mit le chauffage au maximum et fonça dans l'allée.

La station de radio locale jouait du rock italien. Comme Olivia ne comprenait pas tous les mots, elle créa ses propres paroles et chanta à tue-tête en partant sur la route principale. La musique l'aida à garder sa motivation. Quand elle arriva dans la large avenue bordée d'arbres qui menait à l'hôtel Gardens of Florence, elle n'avait rien perdu de sa résolution.

En fait, elle était encore plus fermement décidée à en découdre avec le critique.

La pluie s'était calmée et Olivia inspira l'air froid et frais quand elle descendit de son pick-up et se retrouva dans le parking pavé.

Elle vit la Lamborghini d'emprunt de Raffaele, garée sur deux places. Elle supposa qu'il se comportait comme un sale égoïste pour que personne ne se gare trop près et n'égratigne la super-voiture avec ses portières.

— Hum, dit Olivia en laissant échapper un rire ironique.

À bout de patience, elle ne supportait plus ni l'homme ni ses manières prétentieuses.

L'air chaud lui caressa le visage quand elle poussa les portes d'entrée en verre de l'hôtel. Elle inspira l'odeur de jasmin et de rose qui embaumait l'air pendant que ses pieds s'enfonçaient dans l'épaisse moquette bleu nuit.

Le maître d'hôtel qui se tenait à la porte baissa la tête quand elle passa et, devant elle, la réceptionniste l'accueillit d'un sourire.

Olivia se rendit compte qu'elle était allée trop vite en besogne.

C'était un établissement cinq étoiles qui accueillait beaucoup de célébrités internationales. Raffaele di Maggio avait lui-même atteint une célébrité mondiale. Ils n'allaient pas la laisser entrer furieusement et tambouriner sur la porte de sa chambre. Leurs clients payaient très cher pour être tranquilles ou, du moins, la plupart des clients. Bien sûr, Raffaele avait dit qu'il paierait ce que leurs services vaudraient selon lui.

Souriant nerveusement à la réceptionniste, Olivia gagna un peu de temps en faisant semblant de répondre à un appel téléphonique. Elle tapota son sac à main d'un air étonné, sortit son téléphone portable et fit semblant de répondre.

— Allô ? dit-elle en décrivant des cercles sur la moquette somptueuse. Oui. Non. Oui.

Entre temps, elle se demandait frénétiquement comment elle allait trouver dans quelle chambre le critique logeait.

Alors, Olivia eut un coup de chance.

Elle aperçut une silhouette familière passer devant la réception en faisant résonner le sol de ses chaussures à talons hauts et entrer dans la salle à manger, où le cliquetis des couverts et l'arôme du café frais signalait que l'on servait actuellement le petit déjeuner.

Brigitta était en route vers sa table et cela signifiait qu'Olivia allait pouvoir en profiter.

— Hé, bonjour ! s'écria-t-elle en abandonnant son faux appel et en se ruant vers la salle à manger à la poursuite de l'assistante.

— Bonjour ! cria-t-elle à nouveau.

Cette fois, Brigitta l'entendit.

La petite femme se retourna et contempla Olivia. Un froncement de sourcils rida son front autrement immaculé.

— Vous ? demanda-t-elle à Olivia d'un air pensif. Vous étiez à l'exploitation viticole hier, n'est-ce pas ?

Même s'il était tôt, le maquillage de Brigitta était impeccable et ses cheveux formaient un chignon parfait. Elle portait un autre tailleur magnifique, aujourd'hui ; celui-ci était crème pâle avec un chemisier argenté.

— Il faut que je parle à votre patron, exigea Olivia. Où est-il ?

Brigitta la contempla d'un air sinistre et autoritaire.

— Il est encore dans sa chambre. Il n'accepte pas les visites du public. Si vous souhaitez le rencontrer, vous devez prendre un rendez-vous.

Olivia n'avait pas fait toute cette route sous la pluie pour se faire éconduire par une assistante qui avait elle aussi une opinion exagérée d'elle-même à cause du gain en popularité de leur site web.

— En fait, c'est urgent, dit-elle.

Elle regarda Brigitta de près. Son langage corporel révélerait peut-être quelque chose ou indiquerait dans quelle direction la chambre du maître se trouvait.

— Ça m'est égal, dit Brigitta en souriant d'un air suffisant.

— Ce matin, il a démoli mon vin sur le site et je veux lui en parler.

Brigitta haussa les épaules.

— Beaucoup de gens sont déçus quand ils découvrent la réalité sur la qualité de leurs produits. Vous n'êtes pas la seule que le Maestro a remmené sur terre. Le Maestro Raffaele a beaucoup de discernement.

— De discernement ? Il est fou ! répliqua Olivia. Il se comporte comme une star du cinéma gâtée. Il demande un silence total pendant qu'il goûte les vins ? Non mais ! Est-ce qu'il les goûte avec ses oreilles ? Et puis, faire comme s'il était la personne la plus grande de la salle ? C'est ridicule qu'un adulte puisse être aussi puéril et égoïste.

Brigitta se redressa de toute sa hauteur mais, même avec des talons hauts, elle n'arriva qu'à la hauteur du nez d'Olivia. Quand elle baissa les yeux vers elle, Olivia commença à comprendre comment elle avait obtenu ce poste et quel avait dû être le premier prérequis de ce travail.

— C'est un expert mondialement renommé qui a fait fortune avec ses compétences ! dit sèchement Brigitta.

— Il a probablement obtenu son argent avec un fonds fiduciaire familial, répliqua Olivia.

— Oh. Donc, vous croyez qu'il a fondé son site avec un fonds fiduciaire ?

Visiblement, Olivia avait touché un point sensible et, maintenant, Brigitta passait à l'offensive.

— Vous croyez qu'il a gagné ses followers avec un fonds fiduciaire ? Vous croyez qu'on l'invite à voyager partout en Italie et dans le monde, à loger dans les meilleurs hôtels et qu'on insiste pour lui réserver la suite présidentielle dans chaque hôtel où il se rend à cause d'un fonds fiduciaire ?

Olivia lui fit un grand sourire.

— La suite présidentielle ? Merci.

Sur le mur, une pancarte indiquait dans quelle direction elle se trouvait. La suite ne faisait pas du tout partie du bâtiment principal de l'hôtel. Si Olivia avait su où elle était, elle aurait pu s'y rendre directement depuis le parking.

Elle voyait qu'il fallait passer par la porte latérale en verre. C'était un bâtiment grandiose construit haut sur la colline, au-dessus de l'hôtel.

— Non ! Vous ne pouvez pas aller là-bas ! supplia Brigitta.

Elle bondit en avant et essaya de saisir le bras à Olivia, mais elle fut trop lente et Olivia s'écarta d'un bond. Elle avait des réflexes très rapides, ce matin. Cela devait être à cause du gros café qu'elle avait bu. Ses réflexes étaient aussi rapides que ceux d'Erba !

Se glissant par la porte latérale, elle monta le sentier pavé en courant. Elle entendait des cris étouffés derrière elle. Quand elle jeta un coup d'œil derrière elle, elle vit que Brigitta avait du mal à tenir le rythme. Ses chaussures à talons hauts n'étaient pas faits pour courir, ni même pour marcher vite.

La suite présidentielle avait une grande porte d'entrée cintrée avec un heurtoir en cuivre.

Olivia leva le heurtoir et le frappa bruyamment contre la porte.

Le bruit qui en résulta fut fort et autoritaire.

Olivia attendit, espérant entendre des pas arriver de l'intérieur, mais les seuls sons qu'elle repéra furent les tic-tocs pressés de Brigitta qui approchait par-derrière.

— Le Maestro Raffaele va être en colère, dit-elle en haletant.

— Pas autant que moi, répondit Olivia en martelant à nouveau sur la porte. Pourquoi ne répond-il pas ? Il dort encore ? Il est dans la douche ?

Brigitta eut l'air d'en douter.

— Maintenant, il devrait être en train de manger son petit déjeuner, dit-elle. D'habitude, il appelle la réception et le leur commande directement.

Olivia imagina une autre solution et essaya d'ouvrir la porte.

À sa grande surprise, elle était ouverte.

Ignorant le cri aigu d'avertissement de Brigitta, elle entra.

La suite donnait sur une salle à manger luxueuse à droite et sur un salon aux sofas en cuir couleur crème à gauche.

Olivia vit immédiatement le maestro. À ce moment-là, Brigitta poussa un petit cri horrifié.

Il gisait face contre terre sur le tapis duveteux, derrière la table basse, les bras étendus.

Quand Olivia vit l'immobilité rigide de son corps et la pâleur blanc glacé de sa main étendue, elle fut certaine qu'il était mort.

CHAPITRE TREIZE

— Nous devrions quitter la pièce, conseilla Olivia à Brigitta d'une voix tremblante quand l'assistante s'agenouilla sur le tapis duveteux à côté du corps.

— Il n'a pas de pouls. Il est glacial, chuchota-t-elle.

— Il faut appeler la police. Sortons pour le faire où nous allons contaminer la scène.

Olivia tremblait de tout son corps, mais elle était reconnaissante que ce fragment de pensée cohérente lui permette de se comporter de manière raisonnable.

— Contaminer ? Que voulez-vous dire ?

— Je veux dire que la police va devoir vérifier si la mort est de nature criminelle.

Olivia releva l'assistante, qui faisait de l'hyperventilation, et l'entraîna en dehors de la suite. Le choc lui donnait le vertige. Il fallait qu'elles ne touchent rien. Rien que toucher la poignée de la porte d'entrée avait été une grosse erreur qui pourrait lui apporter des ennuis.

— Vous croyez qu'il n'est pas mort de causes naturelles, Olivia ? demanda Brigitta quand Olivia la fit sortir dans le froid du matin.

— Il faut que nous attendions la police, dit Olivia pour éviter de choquer encore plus l'assistante.

La porte d'entrée avait été déverrouillée et ce fait la troublait. Quelqu'un avait-il rendu visite au maestro avant de s'enfuir à toute hâte après s'être battu avec lui ?

Il y avait un banc en bois décoré devant la suite.

— Asseyons-nous, proposa-t-elle.

Elle avait les jambes tremblantes et pas seulement à cause de la torture que Brigitta leur avait imposée pendant la séance de photos de la veille. De plus, ici, dans le vent très frais, il faisait vraiment froid. Fouillant dans une poche de sa veste, Olivia fut contente de trouver une paire de gants en laine. Elle se les mit en espérant qu'ils l'aideraient à arrêter de frissonner.

Elle se laissa tomber sur le banc. Quand elle appela la police, elle pensa continuellement à la scène déstabilisante qu'elle avait vue, avec le maestro qui gisait face contre terre sur le tapis duveteux.

Brigitta se pencha et se mit les mains sur le visage.

— Je n'arrive pas à y croire, marmonna-t-elle.

Il n'était pas mort de causes naturelles. Olivia en était certaine.

Une personne aussi peu aimable que lui avait dû avoir beaucoup d'ennemis et elle soupçonnait fortement que l'un d'eux l'avait tué.

*

Quinze minutes plus tard, tout un cortège montait la colline pour aller vers la suite présidentielle. Devant, il y avait la réceptionniste de l'hôtel. Elle était suivie par le maître d'hôtel et par un autre homme bien habillé et visiblement anxieux qui, devina Olivia, devait être le directeur de l'hôtel.

Derrière eux venaient trois inspecteurs de police et deux hommes vêtus de noir qui roulaient une civière.

Quand le groupe approcha de la suite, Olivia se sentit encore plus découragée.

L'inspectrice Caputi était parmi eux. Olivia reconnut ses cheveux au carré gris luisant et sa démarche agressive avant même de voir son visage.

Olivia avait déjà eu affaire deux fois à cette inspectrice effrayante. Il semblait que le but de la vie de l'inspectrice Caputi soit d'arrêter Olivia pour meurtre. À cause de l'arrivée involontaire d'Olivia sur cette scène de crime, elle allait peut-être avoir une troisième chance d'y arriver.

Olivia avait espéré que l'inspectrice serait en vacances. Ne se reposait-elle jamais ?

Olivia vit la lueur de soupçon dans le regard de l'inspectrice quand cette dernière la reconnut.

— Eh bien ! dit l'inspectrice Caputi d'un ton satisfait comme si le processus d'emprisonnement d'Olivia était maintenant presque terminé, à quelques formalités près.

— Nous avons pensé qu'il valait mieux vous appeler au cas où il y aurait eu homicide, expliqua Olivia.

Elle entendait déjà à sa propre voix qu'elle était sur la défensive. C'était agaçant et lié au regard noir et perçant de l'inspectrice. La façon dont elle regardait les gens, se dit Olivia, leur donnait l'impression qu'elle savait qu'ils étaient coupables et que, même s'ils se croyaient innocents, c'était probablement dû à un trou de mémoire malencontreux.

— Madame l'inspectrice ! s'écria le directeur en se tordant les mains. S'il vous plaît, dès que vous le pouvez, veuillez me dire ce qui s'est passé ! Une mort suspecte dans notre prestigieux hôtel aurait une conséquence catastrophique sur nos évaluations !

Olivia ne put s'empêcher de se dire rapidement et de manière fort peu charitable que Raffaele n'aidait personne à obtenir de bonnes évaluations en ce moment. Cet homme détruisait des entreprises à chaque fois qu'il faisait quelque chose, même en mourant.

Le directeur les rejoignit sur le banc et s'assit à la droite d'Olivia. Cet homme avait l'activité d'une ruche d'abeilles tout entière. Il envoyait des messages sur son téléphone, tirait sur un fil décousu de sa veste élégante et allumait une cigarette électronique argentée qu'il fumait vigoureusement.

L'inspectrice Caputi ne mit pas longtemps à revenir.

— La mort de monsieur di Maggio est effectivement suspecte, confirma-t-elle.

Le directeur laissa tomber sa cigarette électronique. Alors qu'il s'efforçait de la récupérer, l'inspectrice poursuivit en contemplant Olivia de manière implacable.

— D'après ce que vous savez, est-ce que monsieur di Maggio utilisait un stylo à plume en ivoire ?

Donc, c'était de l'ivoire, se dit Olivia. Ce fut Brigitta qui répondit d'une voix anxieuse.

— Oui, inspectrice. Il l'avait depuis des années.

— Quelqu'un, dit l'inspectrice en mettant un accent particulier sur ce mot, l'a poignardé avec. Visiblement, ce quelqu'un a bien visé. Le stylo semble avoir percé le cœur de la victime. Elle est morte tout de suite.

Le directeur laissa à nouveau tomber sa cigarette électronique. Cette fois, Olivia pensa entendre le boîtier se fendre.

— Incroyable ! marmonna-t-il. Nous sommes incapables d'empêcher que les clients soient attaqués par leurs fournitures de bureau personnelles. Les évaluations à une étoile vont nous réduire à néant.

Olivia avait mille idées en tête.

— Ne pouvez-vous pas faire relever les empreintes digitales sur le stylo ? demanda-t-elle.

L'inspectrice Caputi plissa les yeux.

— La police scientifique fera son travail, bien sûr, dit-elle sur un ton sinistre. Toutefois, vu le temps qu'il fait, il est fortement probable que l'assassin ait porté des gants.

Elle contempla les moufles en laine bleue d'Olivia d'un air entendu. Olivia cacha hâtivement ses mains.

— Depuis — depuis combien de temps est-il mort ? demanda-t-elle.

La policière regarda Olivia avec une expression cynique, comme si elle pensait qu'Olivia ne le savait que trop bien.

— C'est moi qui pose les questions ici, annonça-t-elle. Olivia Glass, je vais vous interroger en premier.

Elle chassa les deux autres occupants du banc d'un simple coup d'œil.

Le directeur partit sur le sentier en trébuchant. En route, il laissa tomber sa cigarette électronique et, cette fois, marcha dessus. Olivia entendit le triste son d'écrasement qui annonçait la deuxième mort qui avait eu lieu à cet endroit ce matin. Elle fut suivie par un profond cri de chagrin.

Brigitta partit sur la pelouse coupée très court, où elle fit les cent pas avec une certaine difficulté, car les talons hauts de ses chaussures s'enfonçaient tout le temps dans le sol meuble et humide.

Avec fatalité, Olivia vit l'inspectrice sortir son magnétophone à cassettes.

— Pourquoi êtes-vous venue ici ce matin ? demanda l'inspectrice Caputi.

Olivia la contempla en s'efforçant de rester calme. Elle savait que les questions déstabilisantes de l'inspectrice pouvaient pousser les gens à avoir l'air coupable d'un crime qu'ils n'avaient même pas commis. Elle allait être obligée de marcher sur des œufs, surtout parce qu'elle était venue ici avec des intentions agressives.

— Hier, Raffaele di Maggio a visité notre exploitation viticole et a goûté trois nouveaux vins. Il a publié les évaluations ce matin et elles étaient très mauvaises. Comme je trouvais son opinion injuste, j'ai décidé de lui parler en personne et de lui demander de retirer les évaluations négatives.

— Vraiment ?

L'inspectrice Caputi avait l'air pensive. Olivia soupçonna soudain qu'elle se rappelait comment la mort s'était produite. Le critique avait été poignardé avec son stylo caractéristique.

— Comment avez-vous su où il logeait ?

— Il l'a mentionné pendant qu'il était à La Leggenda.

— À quelle heure êtes-vous arrivée ici ?

— Il y a environ une demi-heure. Nadia, de l'exploitation viticole, m'a téléphoné vers six heures trente. Elle a dit que l'évaluation était affreuse et qu'il fallait que je vienne au travail à huit heures pour participer à une réunion d'urgence. J'ai décidé que je pourrais peut-être résoudre le problème en demandant à Raffaele de retirer l'évaluation. Je suis venue directement ici et j'ai vu Brigitta, son assistante, qui allait déjeuner. Elle a dit qu'il était dans la suite présidentielle. Je suis venue tout droit ici, suivie par Brigitta.

Olivia se sentit soulagée. Elle avait réussi à négocier l'interrogatoire sans avoir l'impression qu'on allait la menotter dans une minute. Cependant, elle savait par expérience qu'elle n'était pas encore sortie de l'auberge. Son honnêteté lui avait tout au mieux fourni un répit temporaire.

Pour une raison étrange, l'inspectrice semblait croire qu'elle mentait tout le temps. Ou alors, elle pensait peut-être la même chose de tout le monde. Olivia supposait que c'était comme ça, dans ce travail, surtout si on était une inspectrice effrayante et féroce sans compétences relationnelles. Les innocents étaient prêts à tout, oui, même à laisser échapper un mensonge, quand ils étaient piégés par le regard sombre et menaçant de Caputi.

Olivia savait que, si elle avait d'une façon ou d'une autre réussi à échapper aux menottes de Caputi cette fois-ci, cela pousserait la policière à se concentrer plus sur les autres employés de La Leggenda. Après tout, seulement quelques heures auparavant, les produits et la réputation de cette exploitation viticole avaient été réduits à néant.

— C'est tout ce que vous avez à dire ? demanda l'inspectrice Caputi d'un ton définitif.

Olivia la contempla d'un air incrédule. On la laissait partir ? Elle hésita, prête à donner à l'inspectrice une deuxième chance de l'arrêter au cas où elle aurait oublié.

Elle ne semblait pas avoir oublié.

Cependant, à ce moment, une idée terrible vint à Olivia.

Maintenant que Raffaele di Maggio était mort, il n'y avait aucun moyen d'effacer son évaluation. Elle resterait perpétuellement en ligne, à moins que l'on ne puisse la retirer.

— Puis-je vous poser une question ? osa-t-elle demander.

— Laquelle ? dit sèchement Caputi.

Olivia savait qu'elle dépassait déjà les limites de la patience de l'inspectrice.

— Maintenant que monsieur di Maggio est décédé, est-ce que quelqu'un, comme l'administrateur du site web, pourrait arrêter le site ou au moins en retirer les contenus récents ? Je veux dire, ce serait triste pour sa famille en deuil de devoir lire les toutes dernières évaluations qu'il a écrites, dit Olivia sans être sûre que cette famille existait.

L'inspectrice Caputi secoua fermement la tête.

— Nous contacterons l'hébergeur de domaine et nous assurerons que le site soit scellé pour qu'aucun contenu ne soit modifié. Les informations présentes sur ce site pourraient contenir des preuves importantes. Nous n'autoriserons les changements que lorsque ce crime sera résolu.

Elle adressa à Olivia un coup d'œil entendu.

Le message était clair.

L'inspectrice Caputi suggérait que, si un membre de l'exploitation viticole était impliqué, il devrait l'avouer le plus vite possible pour sauver l'entreprise.

Plus il s'écoulerait de temps sans arrestation, plus vite la réputation et la présence de La Leggenda en souffriraient.

Olivia se releva maladroitement. L'interrogatoire avait été bref mais déstabilisant et elle craignait pour l'avenir de l'exploitation viticole.

Alors, l'inspectrice se racla la gorge.

— Au cas où nous en aurions besoin, avez-vous un alibi pour le début de la matinée ? demanda-t-elle nonchalamment.

Olivia la contempla avec inquiétude. Comment avait-elle pu s'imaginer qu'elle était tirée d'affaire ?

L'inspectrice Caputi avait gardé cette question terrifiante pour la fin. Olivia savait qu'elle ne prendrait jamais au sérieux le témoignage d'un chat ou d'une chèvre, mais c'était tout ce qu'elle avait à offrir.

L'inspectrice laissait entendre que le meurtre de Raffaele aurait pu se produire après la publication de cette affreuse évaluation. Si tel était le cas, Olivia et les autres employés de La Leggenda étaient maintenant dans le collimateur de l'inspectrice.

CHAPITRE QUATORZE

Quand Olivia arriva à l'exploitation viticole, encore tremblante de tension après l'interrogatoire de la police, Marcello et Nadia attendaient anxieusement à côté de l'entrée. Dès que Nadia vit sa voiture, elle se précipita vers elle.

Avant qu'Olivia ait même pu sortir de sa voiture, elle fut attaquée par la mini-tornade qu'était Nadia quand elle était nerveuse.

— Olivia ! C'est quoi, cette histoire ? L'inspectrice Caputi a appelé et a dit que cet affreux petit homme est mort ! Tu étais là-bas ce matin, à l'hôtel ? Que s'est-il passé ? Explique-nous !

À voix basse, Nadia ajouta :

— Ne mentionne pas les détails que tu préfères garder pour toi-même.

Olivia la regarda en faisant les yeux ronds.

— Je ne l'ai pas tué ! protesta-t-elle.

Nadia la croyait-elle capable d'une chose aussi terrible ? Olivia n'en était pas sûre, mais elle savait qu'il était important d'expliquer les circonstances avec soin. Elle ne voulait pas créer de confusion sur ce point-là.

— Après ton appel, j'ai décidé de le confronter. J'ai pensé que je pourrais le convaincre d'effacer l'évaluation si je lui expliquais à quel point elle était injuste et méchante, dit-elle. Quand je suis arrivé là-bas, je l'ai trouvé mort. Quelqu'un l'avait poignardé avec le stylo qu'il avait utilisé pour prendre ses notes.

Nadia hocha loyalement la tête en accompagnant Olivia pendant qu'elle se dirigeait vers l'entrée de l'exploitation viticole.

Marcello avait les traits du visage figés.

À la grande surprise d'Olivia, il la serra très fort contre lui.

Le cœur d'Olivia commença à battre encore plus fort que pendant son interrogatoire par la police quand elle sentit les bras forts de Marcello autour d'elle et l'arôme discret de bois de santal de son après-rasage.

— Olivia, je suis vraiment heureux que tu ailles bien. Quand l'inspectrice a appelé et nous a dit que tu étais arrivée à l'hôtel du maestro et qu'il y avait eu un meurtre, pendant un moment de terreur, j'ai cru …

Il la serra plus fort, visiblement réticent à dire ce qu'il avait craint.

— Viens, maintenant. Il faut qu'on parle à l'intérieur.

Nadia le tira par le bras. Quand Marcello lâcha Olivia, cette dernière vit son inquiétude dans ses yeux bleus profonds.

— Tu vas bien et c'est la meilleure nouvelle que j'aurais pu recevoir. Toutefois, maintenant, nous sommes tous suspectés et, bien sûr, personne ne peut effacer les mots qu'il a écrits.

— La police ferme le site jusqu'à ce que le meurtre soit résolu. Ça pourrait prendre très longtemps, dit Olivia en fronçant les sourcils. Qu'allons-nous faire pour résoudre ce problème ? Avez-vous décidé quelque chose pendant la réunion ? Je suis désolée de ne pas avoir été ici à temps. Ma matinée ne s'est pas déroulée comme je l'avais prévu.

Nadia haussa les épaules.

— Finalement, nous n'avons pas fait la réunion. Tu n'es pas arrivée. Quant à Jean-Pierre, il n'a pas répondu à son téléphone et cela fait seulement une demi-heure qu'il est là. Au lieu d'organiser une réunion, je suis repartie goûter ton rosé. Olivia, il est absolument excellent. Ce vin n'a aucun défaut. Il est de grande qualité. Il ne méritait pas cette évaluation. Il ne la méritait pas du tout !

Nadia tapa du pied.

— Si nous pouvions remonter le temps, je ne donnerais aucun vin à goûter à ce sale critique et je lui dirais que nous n'avons rien de nouveau à lui proposer. Quel idiot ! Quel imbécile !

Marmonnant furieusement, elle partit vers le bâtiment de vinification en tapant des pieds.

Olivia alla hâtivement dans la salle de dégustation. Elle était en retard pour le travail et elle craignait que Jean-Pierre n'ait été submergé par une trop grande affluence matinale.

Quand elle entra dans la grande salle, où un feu crépitant chassait la fraîcheur de la matinée, elle se rendit compte qu'elle aurait pu se passer de s'inquiéter parce qu'il n'y avait pas d'affluence matinale.

Stupéfaite, elle vit qu'il n'y avait qu'un touriste au comptoir, où il se préparait à goûter les vins, anxieusement supervisé par Jean-Pierre.

Les affreuses évaluations avaient effacé La Leggenda de la carte locale. C'était plus que grave : c'était une crise.

Jean-Pierre se précipita vers Olivia et parla à voix basse.

— Olivia, c'est de la folie. Ton vin est incroyable et cet homme avait tort. Il prétend qu'il est expert ? Il n'y connaît rien, rien ! Maintenant qu'il est mort, ne pouvons-nous pas effacer son évaluation ?

Jean-Pierre envoya un coup de poing dans le vide, agacé.

Olivia sourit avec compassion.

— C'est une situation très grave. Nous devons essayer de faire tout notre possible, aujourd'hui. C'est tout ce que nous pouvons faire, dit-elle pour encourager son jeune sommelier stagiaire.

Serrant les lèvres et redressant le menton, Jean-Pierre approuva d'un hochement de tête.

Affichant un air confiant, Olivia se dirigea vers l'unique touriste. En ces temps difficiles, il faudrait bichonner chaque client de La Leggenda. Elle ne pouvait pas se permettre que les clients, ou Jean-Pierre, la voient en détresse ou distraite.

Elle salua chaleureusement l'homme d'âge moyen et l'invita à commencer la dégustation de son vin.

— Le premier vin au menu d'aujourd'hui est le célèbre assemblage de blancs à base de vermentino de La Leggenda, dit-elle.

Ou, du moins, il avait été célèbre avant que Raffaele ne le démolisse.

— C'est un classique et un excellent exemple de ce type, poursuivit-elle, sachant que Jean-Pierre la regardait et écoutait ce qu'elle disait. Vous avez peut-être déjà bu du vermentino, car c'est un raisin originaire de la Toscane.

L'homme secoua la tête.

— C'est une nouveauté, pour moi. Ça sera une nouveauté d'essayer quelque chose de si différent. Dans notre village local, on dirait que, mis à part le sauvignon blanc et le chardonnay, il n'y a aucun autre vin blanc !

Olivia sourit avec compassion.

— J'ai aimé le vermentino dès que j'ai goûté celui-là, expliqua-t-elle. C'est un vin léger, mais un bon vermentino peut être délicieusement complexe et nous avons réussi à en faire le nouveau vin préféré de beaucoup de buveurs de sauvignon.

Elle sourit.

— Quand vous le goûterez, vous pourrez détecter des arômes de poire, de citron vert et de pamplemousse rose. De plus, ce vin a un arrière-goût distinctif d'une amertume subtile que beaucoup de gens comparent à des amandes vertes. Nous avons ajouté à ce dernier cru un petit pourcentage de sémillon et de chenin blanc pour l'équilibrer, mais les raisins locaux sont la star du show.

En remarquant que ce client était enthousiaste à l'idée d'essayer cette variété toute nouvelle de vin blanc, Olivia se sentit mieux. L'interaction avec les clients était son activité préférée. C'était une joie de leur présenter les vins incroyables proposés par La Leggenda.

Elle versa la portion de dégustation avec un geste élégant puis recula pour laisser le gentleman aux cheveux gris savourer son goût d'agrumes caractéristique.

Dès qu'elle se détourna du comptoir, son cerveau recommença à tourner à plein régime.

Quelqu'un avait commis un meurtre — mais qui ?

En contemplant la salle de dégustation presque vide, Olivia se rendit compte à quel point cette crise était grave.

La police enquêtait, mais cela pourrait prendre des semaines et à quel point l'exploitation viticole souffrirait-elle entre temps ? Le tourisme était le gagne-pain de l'exploitation viticole, pas seulement en termes de ventes directes, mais aussi de recommandations en bouche à oreille, de nouvelles commandes et même de ventes de vin aux restaurants. Les visiteurs qui avaient aimé leur expérience à La Leggenda seraient beaucoup plus susceptibles de commander le même vin en lisant un menu de restaurant.

Il fallait résoudre cette situation aussi vite que possible. Il était temps de prendre des mesures d'urgence !

Inspirant profondément, Olivia décida qu'elle allait être obligée de commencer sa propre enquête. Il fallait absolument qu'elle prouve son innocence mais, plus important encore, elle devait résoudre ce mystère pour pouvoir modifier le contenu du site web et en retirer ces évaluations horribles.

Après tout, tant qu'elle éviterait de se faire remarquer par l'inspectrice Caputi, il n'y aurait aucune raison qu'elle ne puisse pas mener sa propre enquête. Si elle découvrait quelque chose d'utile, elle pourrait le dire immédiatement à la police.

Elle savait que l'inspectrice soupçonnerait Nadia et Marcello en plus d'elle-même, mais il était impossible que le meurtre ait été commis par un des Vescovi parce que, dès qu'ils avaient lu l'évaluation, ils étaient passés à l'action et avaient organisé une réunion de toute urgence.

L'autre suspect envisageable était Brigitta, l'assistante du maestro.

Olivia réfléchit à cette possibilité pendant quelque temps, pendant qu'elle regardait son client unique siroter son vin et sourire parce qu'il appréciait ce vin blanc vif et frais.

Brigitta avait été sans nul doute la personne la plus proche du maestro et, vu la façon déplorable dont il avait traité les autres, pourquoi aurait-il mieux traité son personnel ? Grâce à son expérience, Olivia savait que les gens méchants se comportaient de la même manière avec tout le monde. Brigitta avait peut-être craqué.

Olivia se souvint aussi que le maestro avait refusé de payer la totalité de la note de l'hôtel Gardens of Florence parce qu'il avait été insatisfait de la magnifique suite présidentielle.

Cela signifiait qu'Olivia allait devoir inclure le directeur de l'hôtel parmi ses suspects. Il était certain que Raffaele avait été un client infernal qui s'était plaint de tout. Il aurait été capable d'appeler le directeur dans sa chambre tôt le matin à cause d'un problème mineur. Exaspéré, le directeur avait peut-être réagi violemment.

Le directeur avait laissé tomber sa cigarette électronique plusieurs fois, se souvint Olivia. L'avait-il fait parce qu'il avait été sincèrement choqué ou parce qu'il avait craint qu'on découvre qu'il était coupable ?

Les pensées d'Olivia furent interrompues quand elle entendit des gens élever la voix dans le restaurant. Elle regarda vers l'entrée et vit que Jean-Pierre et Gabriella se disputaient à nouveau.

— Il faut laisser respirer le vin rouge. Il faudrait fournir une carafe aux clients, implora Jean-Pierre.

— Nous avons des protocoles, dans notre restaurant ! De plus, ils ont été conçus après consultation avec Marcello ! Les clients aiment le vin en bouteille. Seuls les jeunes vins ont besoin qu'on les laisse respirer et nous en avons très peu au menu. Vous êtes un petit imbécile ignare et vous avez un ego surdimensionné !

Alors qu'elle se précipitait vers le restaurant pour mettre fin à la dispute, Olivia vit Gabriella mettre l'accent sur la taille de l'ego de Jean-Pierre en écartant les bras aussi largement qu'elle le pouvait.

— Adolescent idiot et boutonneux ! cracha Gabriella.

Jean-Pierre agaçait vraiment la restauratrice mais, quand Olivia approcha, elle se rendit compte que Jean-Pierre était lui-même encore plus fâché.

Il changeait constamment de pied pour exprimer son agacement extrême.

— Je n'ai plus de boutons depuis mes dix-sept ans ! Ma peau est claire, car je la rince avec du citron tous les matins. Pourquoi refusez-vous d'utiliser une carafe, juste pour ces vins ? demanda-t-il. Pourquoi êtes-vous aussi rigide ? Mon père —

— Travaillait dans un restaurant Michelin, dit Gabriella pour le narguer. Que faisait-il ? La plonge ?

— Il était le directeur ! cria Jean-Pierre, tourmenté. Comment osez-vous insulter ma famille, horrible femme impolie !

Alors, horrifiée, Olivia vit Jean-Pierre prendre l'objet le plus proche, qui s'avérait être le stylo à bille que Gabriella avait utilisé pour noter une réservation.

Elle écarquilla les yeux en voyant Jean-Pierre le brandir comme un couteau.

Alors, avec cri exaspéré, il l'enfonça si fort dans le cahier des réservations que la pointe se cassa et que l'encre se répandit sur la page blanc immaculé.

CHAPITRE QUINZE

À la fin de cette longue journée tranquille, Olivia ne put plus supporter le suspense. Il fallait qu'elle commence par innocenter Jean-Pierre. Elle ne pouvait ni arrêter de penser à la scène choquante à laquelle elle avait assisté au restaurant ni oublier le moment où son assistant sommelier avait furieusement enfoncé le stylo dans la page.

Est-ce que cela avait été un aveu involontaire ? Est-ce que Jean-Pierre avait commis le crime ?

Olivia savait qu'il avait très mauvais caractère et se comportait de manière impulsive. C'était une personne émotionnelle qui ne réfléchissait pas avant d'agir.

Olivia se souvint aussi avec un frisson d'inquiétude que Nadia avait dit que Jean-Pierre n'avait pas répondu quand elle l'avait appelé pour le convoquer à la réunion matinale. Était-ce parce qu'il avait déjà été en train de quitter la scène du crime et de repartir chez lui à toute vitesse ?

Olivia espérait qu'il n'était pas coupable. Il serait catastrophique qu'un jeune homme aussi talentueux récemment arrivé dans le monde de la vinification aille en prison après avoir commis des actions irréfléchies.

Ils purent bavarder pendant qu'ils enlevaient les fiches de dégustation et les verres du comptoir et qu'ils essuyaient sa surface en bois pour la faire briller comme un sou neuf.

— Jean-Pierre, tu n'es pas allé à la réunion de ce matin, n'est-ce pas ? demanda-t-elle d'un ton nonchalant.

— Non. J'ai raté l'appel téléphonique de Nadia. J'étais en train de faire du jogging.

Du jogging ? La matinée avait été désagréablement froide et pluvieuse. Toutefois, Olivia était la première à reconnaître que les fans de course n'étaient pas des gens normaux. Ils ne semblaient pas se préoccuper du temps qu'il faisait, qu'il pleuve, qu'il neige ou qu'il fasse beau. Avec leur bracelet d'activité, ils allaient sur les routes tant qu'elles n'étaient pas inondées.

— Et après ? demanda Olivia d'une voix qu'elle garda légère et décontractée. Quand tu es revenu, as-tu remarqué que tu avais raté l'appel ?

Jean-Pierre hocha la tête.

— Oui. J'ai vu le message quand je suis revenu et que je me préparais à venir tôt. Toutefois, à ce moment-là, j'ai découvert que mon chat, Absinthe, était introuvable et j'en ai conclu qu'il avait dû s'échapper de la maison quand j'étais parti courir. Il fallait que j'aille le retrouver. Je craignais qu'il ne soit mouillé et n'ait froid. J'ai fouillé le jardin pendant quasiment une heure.

Olivia contempla Jean-Pierre avec inquiétude.

— L'as-tu trouvé ?

Jean-Pierre sourit joyeusement.

— Oui. Absinthe était endormi dans mon tiroir à chaussettes. Je ne l'avais pas vu s'y introduire. Dès que j'ai été rassuré, je suis venu travailler.

— Eh bien, c'est un grand soulagement, dit Olivia.

Cependant, la gaieté d'Olivia n'était pas sincère. L'histoire de Jean-Pierre comportait autant de trous que — qu'une chaussette très usée. N'avait-il pas utilisé de chaussures pour aller courir ? Comment était-il possible de plonger une main dans un tiroir pour y prendre des chaussettes et de ne pas y trouver le chat endormi qui occupait ce tiroir et avait dû très peu apprécier qu'on le dérange ?

Si Olivia avait des doutes sur l'alibi de Jean-Pierre, elle ne voulait même pas imaginer ce que l'inspectrice Caputi en penserait.

Elle imagina que l'inspectrice pencherait la tête de la manière incrédule qui la caractérisait et insinuerait impoliment que Jean-Pierre mentait.

Alors, qu'arriverait-il ?

À ce moment de l'interrogatoire, si Jean-Pierre s'énervait, ce pourrait être fatal et il n'était pas garanti que Jean-Pierre se retiendrait. C'était un jeune Français lunatique et passionné !

Un jeune Français qui pourrait avoir ou ne pas avoir pris l'habitude de planter des stylos dans diverses choses, reconnut Olivia en sentant son estomac se nouer sous l'effet de la nervosité.

Même si Jean-Pierre occupait actuellement une place dérangeante sur sa liste des suspects, Olivia n'allait pas laisser ce revers l'empêcher d'y inclure tous les suspects de manière rigoureuse. Après tout, il devait y avoir beaucoup d'autres personnes qui détestaient Raffaele. Il ne lui restait qu'à les trouver.

Alors qu'Olivia était en train de nettoyer à genoux les réfrigérateurs situés sous le comptoir, ce qui était sa dernière tâche de la journée, elle entendit quelqu'un arriver dans la salle de dégustation.

Elle se releva. Même si l'heure de fermeture était passée, ils avaient besoin de tous les clients qui viendraient les voir et elle était tout à fait partante pour aider l'exploitation en effectuant une dégustation hors horaires d'ouverture.

À son grand étonnement, elle constata que la nouvelle arrivante était Brigitta.

Que faisait-elle ici ? Olivia avait prévu d'aller la retrouver pour lui poser des questions. Elle ne s'était pas attendue à ce que l'assistante du critique vienne appuyer les coudes sur le comptoir, l'air épuisé et las mais avec un éclair résolu dans le regard.

Les cheveux bien coiffés de l'assistante étaient sortis de son chignon et lui pendaient autour du visage en formant des mèches inertes. Olivia remarqua que quelques feuilles s'étaient logées dans sa frange. Il y avait plusieurs taches sur son chemisier argenté et de grandes taches d'herbe sur les coudes de son costume chic blanc.

— Bonjour, dit Olivia. Pourquoi êtes-vous ici ?

Brigitta redressa tout son mètre cinquante-deux et leva le menton.

— Je m'occupe d'enquêter sur le meurtre de mon patron et j'aimerais avoir votre aide. Puis-je vous poser quelques questions ?

Olivia la contempla avec étonnement.

Est-ce que l'assistante disait la vérité ou était-ce une mise en scène complexe ? Elle cherchait peut-être à faire accuser quelqu'un d'autre du meurtre, se dit Olivia. Il allait falloir qu'Olivia fasse attention à ne pas devenir cette personne.

Elle n'était pas prête à faire confiance à Brigitta mais, malgré cela, son air débraillé éveillait sa curiosité.

— Que vous est-il arrivé ? demanda Olivia.

Brigitta se repeigna impatiemment les cheveux. Quelques feuilles en tombèrent.

— C'est cette inspectrice, dit-elle. Elle m'a interrogée deux fois, une fois le matin puis à nouveau l'après-midi. Elle m'a énormément stressée. J'ai commencé à croire que c'était moi, la coupable ! Après le second interrogatoire, j'étais si fatiguée que mes talons hauts se sont enfoncés dans l'herbe pendant que je m'en allais et que je suis tombée dans un buisson. J'y ai laissé les chaussures. Elles ne m'intéressent plus. Je voulais seulement m'éloigner d'elle.

Sautillant sur une seule jambe, elle montra à Olivia un pied couvert d'un bas.

Olivia ressentit un accès inattendu de compassion pour la pauvre assistante.

— Vous allez attraper froid.

Brigitta haussa les épaules d'un air fataliste.

— Et alors ?

Même si Olivia la trouvait agaçante, elle ne pouvait pas la laisser attraper la mort en se promenant en bas par cette soirée froide et humide.

— Quelle taille faites-vous ?

— Trente-sept.

— Je vais essayer de vous trouver des chaussures.

Olivia connaissait mal les tailles de chaussures européennes, mais elle se souvenait que Nadia était de cette taille-là, qui, selon elle, correspondait à la taille six aux États-Unis. Elle appela rapidement la vigneronne et expliqua la situation.

Il y eut un silence de plomb.

— Je n'aime pas cette femme, dit finalement Nadia, et maintenant, il faudrait que je lui donne des chaussures ?

— N'importe quelles chaussures. Juste de manière temporaire. Tu en as peut-être une paire dont tu ne veux plus ou que tu ne portes plus. Elle pourrait savoir quelque chose d'utile, ajouta Olivia en baissant la voix pour que Brigitta ne puisse pas l'entendre.

Nadia fredonna d'un air pensif.

— Une minute, dit-elle.

*

Quinze minutes plus tard, Brigitta suivit Olivia hors de l'exploitation viticole. Elle portait des bottes rose vif à mi-cuisse pointues et couvertes d'énormes paillettes couleur cerise. Il était impossible de ne pas les voir. Même dans la lumière douce du soir, Olivia ne put s'empêcher de cligner des yeux et dut détourner le regard.

— Il y a un bon restaurant près de là où j'habite, suggéra Olivia. On pourrait y aller et parler de ça avec une pizza et du vin. Si vous buvez trop, on pourra prendre un taxi pour vous remmener à l'hôtel et vous pourrez récupérer votre voiture demain.

Elle espéra que, dans ces circonstances, Brigitta pourrait boire assez pour parler sans inhibition. Cela aiderait énormément Olivia.

— D'accord ! répondit Brigitta, qui avait l'air enthousiaste à cette idée. Je vous suis là-bas.

Elle semble être plus agréable maintenant qu'elle n'est plus aux ordres du Maestro Raffaele, se dit Olivia en montant dans sa voiture. Toutefois, elle se rappela qu'il ne fallait pas qu'elle lui fasse trop confiance parce que, après tout, c'était peut-être avec l'assassin de Raffaele qu'elle allait dîner. Elle allait devoir rester en alerte, prête à repérer les bluffs et les doubles bluffs de Brigitta. Il ne faudrait pas qu'elle prenne ses paroles pour argent comptant, s'avertit Olivia.

À l'intérieur du restaurant, une table proche du feu venait d'être libérée. Le serveur les y emmena et elles s'assirent au chaud. Brigitta étira les jambes sur le carrelage devant les flammes dansantes.

— C'est un bel endroit, dit-elle avec enthousiasme en parcourant le menu avec gourmandise. J'en avais tellement assez de la cuisine de restaurant raffinée. Maestro Raffaele aimait les plats qui avaient reçu des étoiles sur le guide Michelin et, à l'exception du petit déjeuner, il fallait que je mange avec lui à chaque repas.

Le serveur arriva et Olivia vit la propriétaire au visage rond qui attendait derrière lui. Elle avait l'air anxieuse.

— Puis-je avoir un grand verre de votre vermentino blanc le moins cher et une pizza aux champignons et au salami ? demanda Brigitta.

— Bien sûr, signorina, mais nous devons d'abord vous demander une faveur.

Brigitta leva les yeux, étonnée.

— Bien sûr. Laquelle ?

— Les lumières se reflètent sur vos bottes et éclairent toute la salle.

Le serveur tendit le doigt vers le haut d'un air désolé.

— Les clients se plaignent en disant qu'ils ont l'impression d'être en discothèque.

Olivia leva les yeux. Effectivement, les murs et le plafond étaient couverts de reflets rose vif dansants en piqûre d'épingle.

Brigitta bougea ses bottes et les reflets bougèrent au-dessus. Ça donnait le vertige.

— Désolée, dit-elle d'un air embarrassé avant de mettre les pieds sous la table.

— Je prendrai la même chose qu'elle, dit Olivia.

Comme Brigitta était désavantagée par ses bottes flamboyantes, Olivia décida de commencer à lui poser des questions.

— Pourquoi avez-vous décidé d'enquêter sur la mort de votre patron ? demanda-t-elle.

Alors que leur vin arrivait, Brigitta regarda Olivia d'un air songeur.

— Je ne sais pas si je devrais me confier à une personne qui aurait pu commettre le crime elle-même, dit-elle à voix basse.

Olivia faillit s'étouffer sur sa première gorgée.

— Moi ? Vous me soupçonnez ? Si j'avais déjà été à son hôtel pour l'assassiner, pourquoi aurais-je eu besoin de vous faire avouer où il logeait ? demanda-t-elle, incrédule.

— Vous m'avez bernée une fois. Pourquoi ne le feriez-vous pas deux fois ? répondit l'assistante avec une logique incontestable.

— Eh bien, j'ai réfléchi à qui aurait pu le faire et c'est à vous que j'ai pensé ! répliqua Olivia.

— Moi ? dit Brigitta d'un air outré.

Elles se contemplèrent furieusement l'une l'autre en silence et burent un peu plus de vin.

Olivia doutait pouvoir dire quoi que ce soit d'autre à l'assistante. Elle n'avait aucune confiance en elle ! Certes, si elle voulait trouver des informations, elle allait devoir se confier, mais que ferait-elle si l'assistante se servait de ses mots contre elle ?

Elle but une autre gorgée du vermentino tout en continuant à s'interroger en silence.

De l'autre côté de la table, Brigitta leva à nouveau son verre en contemplant Olivia les yeux plissés. Olivia devina qu'elle pensait exactement la même chose.

Olivia soupira et décida de capituler et de donner quelques informations. De plus, c'était peut-être le vin qui lui déliait la langue sans qu'elle l'ait prévu.

— J'ai dormi jusqu'à six heures trente. Alors, Nadia m'a appelée pour dire que l'évaluation avait été publiée, expliqua-t-elle. Jamais je n'aurais pu commettre ce crime, mais je n'ai pas d'alibi parce que je vis seule.

Brigitta hocha la tête et Olivia se dit alors qu'elle avait l'air plus compréhensive.

— L'inspectrice de la police me soupçonne, j'en suis sûre, avoua-t-elle. Je suis coupable — pas d'avoir commis le meurtre, mais de l'avoir laissé se produire. Je me dis que j'aurais dû pouvoir empêcher qu'il ne se produise. Je n'ai pas été assez alerte.

— Pourquoi dites-vous ça ? demanda Olivia avec curiosité.

Même si Olivia ne pensait pas que Brigitta lui faisait complètement confiance, Olivia avait l'impression qu'elle voulait se décharger de son fardeau. Elle écouta attentivement l'assistante lui donner ses raisons.

— Maestro Raffaele était un noctambule et il aimait travailler tard le soir. Il insistait pour que je sois à ses ordres pendant ses heures d'éveil. Il m'envoyait toute sa correspondance et voulait que je réponde immédiatement. De plus, je devais m'occuper de tous les problèmes de son site web. Parfois, il m'envoyait des questions sur des exploitations viticoles et il fallait que je trouve les réponses et que je les lui envoie en quelques minutes. Donc, j'avais de très longues journées.

— J'imagine, dit Olivia avec compassion.

— Comme la veille au soir était la dernière soirée de son tour des exploitations viticoles de Toscane, j'étais épuisée. Je me suis assoupie en attendant qu'il lise un de mes messages et je ne me suis réveillée que le matin. Pour lui, c'était un péché impardonnable. Je pensais que j'allais avoir de gros ennuis pour avoir manqué à mes devoirs et encore plus pour vous avoir laissée frapper à sa porte. En fait, ma paresse a eu une conséquence encore pire. Si j'étais restée éveillée, j'aurais su qu'il se passait quelque chose d'anormal.

Olivia hocha la tête. Ce que racontait Brigitta semblait plausible et cela lui expliquait pourquoi Brigitta l'avait poursuivie anxieusement quand elle était partie furieusement vers la suite présidentielle.

Les pizzas arrivèrent. Olivia contempla son assiette avec gratitude. Après cette journée stressante, y avait-il une chose plus agréable que cette combinaison croustillante et parfumée de pâte, de fromage et de garnitures somptueuses ?

Elle pensait que non. La vie commençait à lui plaire de plus en plus.

— L'inspectrice m'a posé beaucoup de questions sur vous, ajouta Brigitta, et Olivia se figea, la première tranche de ce mets délicieux immobilisée à mi-chemin de sa bouche.

— Vraiment ?

Brigitta hocha la tête.

— Encore du vin, s'il vous plaît ! demanda-t-elle au serveur avant de se retourner vers Olivia. Elle a posé des questions comme : Est-ce que je vous avais déjà vue à l'hôtel ? Est-ce que l'endroit vous avait paru familier ? Est-ce que vous aviez déjà demandé dans quelle chambre le Maestro Raffaele logeait ? Elle m'a même demandé si vous aviez semblé être en colère quand il avait visité l'exploitation viticole hier.

Olivia baissa la tranche de pizza en fronçant les sourcils, inquiète.

— J'espère que vous avez répondu « Non » à chaque fois, dit-elle.

Brigitta fit un geste expressif avec le poivrier.

— Elle m'a mis la pression, donc, je n'ai pas tout retenu. J'ai dit « Je ne sais pas » à la plupart de ses questions. Je crois que je n'ai jamais répondu « Oui ».

Elle réfléchit.

— Ou alors, pas plus d'une ou deux fois, trois au maximum. Vous aviez l'air un peu agressive, hier, ou c'était peut-être à cause de l'effet malencontreux produit par votre tenue noire.

Olivia enfonça la pizza dans sa bouche. Elle mangeait plus quand elle était stressée, c'était sûr, et elle était stressée maintenant parce que Brigitta venait de lui dire qu'elle avait quasiment condamné Olivia à la prison. L'inspectrice Caputi était peut-être déjà en train de rédiger son mandat d'arrêt, se dit-elle avec un soupçon de terreur.

Même si c'était inquiétant, elle ne pouvait pas en vouloir à Brigitta. Dans de telles circonstances, elle en aurait peut-être fait autant.

Heureusement, l'apport énergétique produit par les glucides et le fromage lui donna de l'inspiration et une question importante lui vint en tête.

— Est-ce que l'inspectrice a précisé si elle connaissait l'heure de la mort ?

Brigitta secoua la tête.

— Pendant le second interrogatoire, le pathologiste nous a interrompus pour dire que cela aurait pu se passer n'importe quand entre une heure du matin et cinq heures du matin. Il n'a pas pu être plus précis que cela.

Olivia mastiqua bruyamment une autre tranche tout en réfléchissant à cette information. Ce créneau était troublant. Si on pouvait confirmer que la mort s'était produite avant quatre heures trente du matin, alors, elle serait innocentée et ses collègues de La Leggenda aussi.

— C'est dommage, dit-elle. Si seulement ils avaient pu être plus précis !

Brigitta avala son deuxième verre de vin et eut le hoquet.

— Je crois que je sais à quelle heure ça s'est produit, dit-elle.

— Vraiment ? Olivia écarquilla les yeux. Comment le savez-vous ?

Avec un sourire assuré mais légèrement dans le vague, Brigitta sortit son téléphone.

— Vous vous souvenez que j'ai dit que, si j'étais restée éveillée, j'aurais su qu'il se passait quelque chose d'anormal ? Voici pourquoi.

Elle désigna l'écran d'un ongle manucuré.

— Vous voyez ça ? J'ai répondu à la question du Maestro Raffaele à une heure du matin, avant de m'endormir. Il lit toujours, et je dis vraiment *toujours*, ses messages quelques minutes après leur arrivée et, s'il avait reçu celui-là, il m'aurait répondu pour me demander plus d'informations. Il n'a jamais lu ce message et cela aurait dû m'avertir clairement qu'il s'était passé quelque chose d'anormal. J'aurais dû immédiatement aller voir où il en était.

— Donc, vous croyez qu'il n'a pas répondu parce qu'il avait un visiteur ?

Brigitta hocha la tête.

— Oui. Ce visiteur a dû l'empêcher de lire ses messages puis le tuer. Donc, je crois que l'heure de la mort est très proche d'une heure du matin et n'aurait pas pu être beaucoup plus tardive.

— L'avez-vous dit à l'inspectrice ?

Brigitta prit un morceau de salami sur sa dernière tranche de pizza.

— Non, parce que je ne pensais pas qu'elle le comprendrait. Elle semblait tellement en colère contre moi que j'ai pensé que ça pourrait rendre les choses encore pires, dit-elle avant d'avoir à nouveau le hoquet.

Olivia hocha la tête, soulagée.

Au moins, ce message non lu pourrait fournir un répit temporaire à Olivia si l'inspectrice Caputi arrivait à l'exploitation viticole avec des menottes. Du point de vue d'Olivia, le plus important, c'était que cette heure précoce innocentait toute La Leggenda. À une heure du matin, l'évaluation avait pas encore été publiée et cela signifiait qu'aucun membre de l'exploitation viticole, dont Jean-Pierre, n'aurait eu de mobile pour le meurtre. Olivia était soulagée de pouvoir rayer Jean-Pierre de sa liste des suspects grâce à cette nouvelle preuve.

Olivia contempla sa dernière tranche de pizza avec envie. Elle était trop repue pour la manger, alors qu'elle acceptait mal l'idée de la laisser dans son assiette.

— Nous ferions mieux de vous appeler un taxi, dit-elle à Brigitta, qui commençait à somnoler dans sa chaise.

Olivia paya les repas et aida Brigitta à se lever de sa chaise. Brigitta tituba vers la porte d'un air endormi avec ses bottes tape-à-l'œil.

Dans l'air frais, elle eut le hoquet une fois de plus.

— Il y une autre chzose — czose — très intéresshante que je ne vous ai pas dise, avoua-t-elle en remontant l'allée pavée d'un pas peu assuré vers le taxi qui attendait.

— Qu'est-ce que c'est ? demanda Olivia.

— Je ne voulzais le dire à personne, mais je crois que je vais vous le dire. Vous voyez, cet après-midi, quand je suis entrée dans la suite présidentielle pour prendre quelques choses avant que la police ne revienne, j'ai constaté que le carnet de notes du Maestro Raffaele avait disparu.

— Son carnet de notes ? répéta Olivia, perplexe.

Brigitta hocha la tête de manière avisée tout en montant, ou plutôt en s'allongeant, dans le taxi.

— Ce carnet relié de cuir blanc dans lequel il écrivait toutes ses notes. Il avait disparu ! Disparu ! Je ne l'ai trouvé nulle part.

Brigitta regarda Olivia depuis le siège arrière du taxi d'un air trouble.

— Je grois — ce que je crois, c'est que la personne qui l'a tué a dû voler ce carnet. Donc, si nous arrivons à trouver le carnet, nous saurons qui est l'assassin.

CHAPITRE SEIZE

Cette nuit, Olivia eut du mal à s'endormir. Depuis qu'elle avait appris que Raffaele avait probablement été assassiné aux alentours d'une heure du matin et que c'était pour cette raison qu'il n'avait pas lu le message envoyé par Brigitta, elle avait le cerveau qui tournait en roue libre.

Si c'était vrai, tous les membres du personnel de La Leggenda étaient innocentés, mais qui était le coupable ? Et qui avait volé ce carnet de notes relié de cuir blanc et pourquoi ? Les deux crimes devaient sûrement être liés l'un à l'autre.

Après s'être retournée pendant ce qui lui sembla être une éternité, Olivia ouvrit les yeux en grand à six heures du matin et trouva Pirate qui la regardait fixement. Le chat avait la patte levée et il allait lui en donner un coup sur le nez.

En fait, elle se dit qu'il l'avait peut-être déjà fait. Elle se souvint des restes d'un rêve bizarre où elle avait essayé de repousser une éponge métallique agressive. Avec un choc, Olivia se souvint de ses responsabilités envers son chat.

Quand elle était rentrée la veille au soir, elle avait été tellement distraite qu'elle avait oublié de remettre des croquettes dans le bol de Pirate.

— Pirate ! Je suis désolée !

Elle sortit du lit d'un bond, se mit des vêtements chauds et descendit remplir le bol de son chat avec les croquettes onéreuses que le vétérinaire du village avait recommandées pour qu'il conserve la meilleure santé qui soit.

Pirate commença à croquer sa nourriture avec enthousiasme. Après lui avoir ajouté de l'eau, Olivia décida de profiter du fait qu'elle s'était levée tôt pour commencer à étudier les théories qui lui avaient tourné dans la tête toute la nuit.

Brigitta avait précisé que La Leggenda était la dernière étape du tour de dégustation de vin du Maestro Raffaele en Toscane. Olivia décida de chercher dans les jours précédents pour voir si d'autres exploitations viticoles locales avaient subi un traitement aussi dur. Cela pourrait lui fournir des indices importants.

Quand elle afficha le site web, Olivia vit que, la veille du jour où il avait démoli La Leggenda, Raffaele avait visité un vignoble situé à quelques kilomètres au sud de La Leggenda.

Quercia Winery était un vignoble petit mais excellent spécialisé dans les vins rouges. Olivia avait entendu des touristes en parler avec enthousiasme. En italien, *Quercia* voulait dire « chêne » et Olivia se dit que c'était un nom merveilleux pour une exploitation viticole qui produisait des rouges boisés et avait un grand chêne devant sa salle de dégustation. Elle avait acheté plusieurs de leurs vins dans une boutique locale et les avait tous adorés.

Elle leva très haut les sourcils quand elle vit que Raffaele n'avait pas partagé son opinion. Il avait pensé que leurs deux nouveaux vins, un rouge à base de raisins Sangiovese et un assemblage, étaient répugnants.

C'étaient les mots qu'il avait employés, lut Olivia en regardant les grappes de raisins grises qu'il avait choisies pour les évaluer.

« Ce vin est rude, immature et mal fabriqué avec des raisins de mauvaise qualité. Il choque le palais et a un arrière-goût répugnant », avait-il écrit sur ce vin.

Olivia secoua la tête. C'était impossible. Quercia gagnait des récompenses pour ses vins chaque année. Ce vignoble n'aurait jamais lancé de vin moyen et encore moins de mauvaise qualité.

Cette évaluation sévère était aussi illogique que le massacre que le critique avait effectué avec les vins de La Leggenda.

Intriguée, Olivia recula encore plus loin.

Avant de visiter Quercia Winery, le maestro s'était rendu dans deux autres exploitations viticoles connues du Grosseto, la province la plus méridionale de la Toscane.

Ces exploitations-là avaient elles aussi reçu des critiques cinglantes et il avait descendu leurs vins, auxquels il n'avait trouvé aucune qualité.

Olivia se demanda jusqu'où il faudrait qu'elle recule pour trouver des évaluations positives. Est-ce que Raffaele avait été négatif tout le temps ?

En fait, non. Quand Olivia revint au site, elle constata que, la semaine d'avant, il avait décrit un vin comme étant « un nouveau vin incroyable et plutôt prometteur ».

Sans surprise, cette exploitation viticole avait bondi dans le classement. Olivia ne put s'empêcher de ressentir une jalousie soudaine quand elle se rendit compte que l'exploitation viticole Boschetto di Querce était en première position.

Donc, la semaine dernière, à Boschetto de Querce, le critique avait été de bonne humeur et, ensuite, il avait semé destruction et esprit négatif dans son sillage en condamnant les efforts de vignerons assidus qui, en plus de fabriquer leurs vins avec expertise et passion, avaient aussi investi beaucoup d'argent dans leur fabrication.

Les évaluations malhonnêtes avaient dû affecter l'ego, les émotions et aussi les finances des vignerons qui en avaient souffert. Est-ce que l'un d'eux avait cédé sous la pression et décidé de faire justice par lui-même ?

Comme Olivia commençait le travail à l'heure du déjeuner ce jour-là, elle avait toute la matinée pour enquêter. Si elle partait maintenant, elle pourrait atteindre les exploitations viticoles affectées les plus éloignées quand elles ouvriraient et en revenir à temps.

Ce ne serait pas seulement une enquête, mais aussi une aventure. Cela faisait un certain temps qu'elle n'était pas allée sur la côte et l'itinéraire qui menait à sa première destination, à environ une heure et demie de voiture, comprenait un passage superbe sur une route côtière sinueuse. Olivia se rendit compte que l'exploitation viticole elle-même surplombait peut-être la Mer Tyrrhénienne.

Olivia monta impatiemment dans sa Fiat et partit en espérant que son excursion serait fructueuse.

*

L'exploitation viticole Vino Sul Mare surplombait effectivement la mer. Ses bâtiments grandioses avaient une vue dégagée sur les eaux qui, ce matin, étaient grises et avaient l'air agitées. Olivia aimait la mer quand elle était lunatique. Elle aurait pu passer toute la matinée à contempler les vagues qui venaient mourir sur la côte, mais elle avait une mission importante à accomplir et aucun temps à perdre.

Olivia se gara devant la salle de dégustation. Les portes étaient fermées, mais elle vit un grand jeune homme dégingandé qui semblait avoir environ quatorze ans les ouvrir. Il adressa à Olivia un sourire amical.

— Bonjour, dit-elle au jeune assistant. Êtes-vous déjà ouvert pour les ventes ?

— Oui, dit-il en hochant la tête. Ma mère est à l'intérieur et elle prépare la salle de dégustation. Entrez, je vous prie.

Quand Olivia entra, elle constata avec étonnement qu'elle connaissait la belle femme aux cheveux noirs qui disposait des verres derrière le comptoir. Elle était sûre de l'avoir déjà vue à La Leggenda. Avait-elle rendu visite à Nadia ? Olivia se dit que c'était possible. De plus, la sommelière semblait connaître Olivia. Elle la contemplait avec un froncement de sourcils perplexe mais accueillant.

— Je suis de La Leggenda, dit Olivia.

— Bien sûr ! dit la femme en souriant. Maintenant, je me souviens de vous. Je m'appelle Venetia et je connais bien votre exploitation viticole. Nadia est une de mes meilleures amies. Nous jouons ensemble à la briscola le premier dimanche de chaque mois.

— Oh, vraiment ? J'ai vu des gens y jouer. Est-ce difficile ? demanda Olivia en se rappelant que ce jeu de cartes avait l'air très drôle.

C'est fascinant que Nadia aime ces sortes de jeux, pensa Olivia. Pour une raison ou pour une autre, Olivia n'aurait pas cru Nadia assez patiente pour jouer à un jeu de stratégie. Elle se souvint que la briscola était similaire au bésigue.

— C'est facile à apprendre, mais il est difficile de devenir très bon et vraiment doué. Toutefois, c'est très amusant. Nous utilisons le paquet traditionnel de quarante cartes. Une des parties les plus passionnantes du jeu, c'est celle où l'on signale. Dans la plupart des tours, on a le droit de signaler à son partenaire quelles cartes on a. Ça peut être difficile, sans se faire repérer.

Olivia se dit que cela ressemblait au jeu idéal à pratiquer avec des amies, anciennes comme nouvelles. Un après-midi pluvieux d'hiver, elle pourrait peut-être demander à Nadia de leur enseigner, à elle et à Jean-Pierre, les bases du jeu.

Elle se concentra à nouveau sur son problème actuel. Pour l'instant, ce qu'elle devait faire, c'était voir si Venetia allait répondre ouvertement à ses questions ou lui donner l'impression qu'elle lui cachait quelque chose. Olivia espéra que l'expertise de Venetia en briscola ne lui donnerait pas un trop grand avantage.

— Je suis venue acheter une bouteille de votre Sangiovese, dit-elle. Je veux en faire cadeau à un ami.

Quand elle parla, elle pensa au visage souriant et aux yeux foncés de Danilo. Ce qu'elle venait de dire pouvait être vrai. Elle pourrait offrir ce vin à Danilo pour le remercier pour toute son aide et son soutien. En fait, elle se demandait si Danilo serait libre ce soir. Elle pourrait peut-être l'inviter à venir boire un coup et à discuter de l'enquête.

Olivia se rendait compte qu'enquêter était un travail solitaire. L'inspectrice Caputi avait une équipe entière pour la soutenir. Olivia avait seulement Erba qui, bien que dotée de nombreux talents et infiniment distrayante, n'était pas la compagne idéale pour échanger des idées.

— Vous avez choisi un de mes préférés. Merci pour votre soutien, dit la femme en souriant.

— Avez-vous eu beaucoup d'activité cette semaine ? demanda Olivia en décidant d'aborder ce sujet difficile.

La femme secoua la tête d'un air songeur.

— Nous avons eu beaucoup moins de touristes sans rendez-vous que d'habitude. En fait, dans les quelques derniers jours, nous n'avons vu presque personne. C'est peut-être dû à la pluie. C'est le problème, quand on est près de la mer. Quand il pleut, les gens ne vont pas à la mer.

Olivia fut intéressée d'apprendre que leur exploitation viticole avait souffert, mais que Venetia n'avait pas compris pourquoi. Ou alors, elle l'avait compris et elle utilisait son expertise en briscola pour induire Olivia en erreur.

— Avez-vous entendu parler du célèbre critique de vins qui a été assassiné récemment ? demanda Olivia.

— Oui, je suis au courant, avoua la vigneronne. Quel choc ! Il avait critiqué un de nos nouveaux vins quelques jours auparavant. Je n'ai même pas encore lu sa critique. Pour être honnête, il ne m'a pas donné l'impression qu'il aimait beaucoup notre exploitation viticole. Ici, nous ne sommes pas dans l'apparence et nous n'avons effectué aucune des préparations exigées par son assistante. Nous avons juste continué comme d'habitude. Nous avons mis une table à l'écart pour qu'il puisse essayer le nouveau cru.

Olivia se sentit jalouse. Maintenant, elle se disait que l'équipe de La Leggenda aurait dû adopter la même attitude indépendante au lieu de se laisser absorber par les règles histrioniques de Raffaele. Tout ce que ces règles avaient fait, c'était gâcher leur journée et créer une attente énorme vis-à-vis de l'évaluation.

— C'est amusant comme on se souvient toujours de ce qu'on faisait quand on entend parler d'un incident choquant comme celui-là, n'est-ce pas ? demanda Olivia, qui espérait que cette question subtile lui permettrait de vérifier si la vigneronne avait un alibi pour cette soirée-là.

— Oui, absolument. Nous n'oublierons jamais ça, répondit Venetia avec enthousiasme tout en enregistrant le paiement d'Olivia. C'est cette nuit-là que ma sœur cadette, qui habite au Japon, a accouché de son premier fils. Mon mari et moi, nous sommes restés éveillés jusqu'à trois heures du matin parce que nous attendions la nouvelle de la naissance de son fils. Quand nous avons appris qu'il était né, nous avons ouvert une bouteille de Metodo Classico pétillant et nous avons appelé toute la famille pour leur annoncer la nouvelle. Cela a été une nuit merveilleuse, bien qu'inhabituelle. Quand nous avons entendu dire que le critique avait été assassiné, j'ai pensé au grand cercle de la vie. Une mort et une naissance. C'était poignant.

— Félicitations pour la naissance de votre neveu, dit Olivia en prenant la bouteille emballée dans du papier.

Comme Venetia et son mari avaient un alibi confirmé, Olivia pouvait rayer cette petite exploitation viticole de bord de mer de sa liste des suspects. De plus, elle avait aussi acheté une belle bouteille de vin. Sa première destination s'était avérée intéressante.

Tournant le dos à la vue sur la mer, Olivia repartit à l'intérieur des terres pour se rendre à la prochaine exploitation viticole de sa liste, Cantina Carducci. Celle-là était très appréciée des touristes et beaucoup de visiteurs de La Leggenda l'avaient mentionnée. Olivia n'y était pas encore allée elle-même et elle était impatiente de voir à quoi elle ressemblait, après toutes les remarques positives qu'elle avait entendues sur cet endroit.

À sa grande surprise, au lieu de choisir une architecture italienne traditionnelle, cette exploitation viticole avait adopté une modernité de pointe avec des bâtiments en pente et à parois de verre qui ressemblaient plus à des immeubles de bureaux à la mode qu'à une exploitation viticole connue depuis longtemps.

Des plants de lavande étaient installés à intervalles réguliers dans des pots argentés autour du parking pavé de gris, qui ne contenait qu'une autre voiture.

Olivia passa par la porte de verre gigantesque et entra dans la salle de dégustation.

L'espace énorme résonnait parce qu'il n'y avait pas de clients. Les rangées de verres disposés sur le comptoir et les visages pleins d'espoir des deux sommeliers indiquaient à Olivia que cette absence de clients était inhabituelle. Tout comme La Leggenda, cette exploitation viticole avait été plongée dans un oubli immédiat après les évaluations négatives.

— *Buon giorno* et bienvenue ! Aimeriez-vous goûter nos vins ? demanda le sommelier le plus proche en souriant.

— Euh, oui. Ce serait un plaisir !

Elle n'avait pas prévu de le faire mais, après un accueil aussi chaleureux et une invitation aussi généreuse, comment aurait-elle pu refuser ? Après tout, entrer et se mettre à poser des questions sans goûter le vin auparavant paraissait impoli.

— Je suis fier de vous présenter nos vins, qui ont gagné de nombreuses récompenses, dit le sommelier en tendant à Olivia la feuille de dégustation. Ici, nous sommes spécialisés dans les crus légers et modernes, même si nous utilisons encore beaucoup des techniques de vinification traditionnelles.

— Oh, je vois que vous avez un blanc de noir et un rosé au menu, s'exclama Olivia avec enthousiasme.

Elle était impatiente de goûter et d'acheter un autre rosé local et elle avait envie d'apprendre comment il avait été fabriqué.

Elle admira le rosé quand on le lui versa. Il avait une couleur plus douce et plus subtile que le sien, un rose plus pâle. Elle pensa que cette couleur correspondait au modernisme métallique de leur exploitation viticole et qu'elle reflétait parfaitement bien leur marque.

— Pourriez-vous m'en dire plus sur ce vin ? demanda-t-elle à l'assistant, qui se tenait attentivement à côté d'elle dans la salle vide, où il n'y avait rien d'autre à faire.

— Bien sûr, dit-il en souriant. C'est notre deuxième année de production. Ce rosé est principalement à base de raisins de Merlot car, pour ce vin, nous avons décidé de suivre une approche de vinification plus traditionnelle. Toutefois, ce vin comporte quand même un petit pourcentage de Sangiovese. Nous ne laissons les peaux sur les raisins que douze heures afin de lui donner une couleur et une saveur des plus subtiles.

Olivia fit tourner le vin et le goûta. Alors, elle se rendit compte que l'exploitation viticole avait obtenu exactement ce qu'elle avait voulu en utilisant cette approche.

— C'est un triomphe, dit-elle pour le complimenter.

Alors, décidant qu'il était temps de passer au vrai but de sa visite, elle ajouta :

— J'aimerais discuter avec le propriétaire de l'exploitation viticole. Serait-il disponible pour qu'on parle un peu ensemble ?

Une fois de plus, le sommelier hocha la tête.

— M. Carducci vient d'arriver.

Olivia se tourna et vit approcher un homme robuste à l'allure solennelle.

— *Buon giorno*, lui dit-elle avant de passer à l'anglais.

Elle était soulagée que, bien que le tourisme soit temporairement au point mort, le personnel et les propriétaires de toutes les exploitations viticoles comprennent et parlent l'anglais, parfois sommairement, mais couramment dans la plupart des cas. Elle n'était pas encore capable de poser des questions indiscrètes en italien ou d'en comprendre entièrement les réponses.

— Je m'appelle Olivia Glass. Je travaille à La Leggenda et je m'offre une dégustation pendant ma matinée de congé, poursuivit-elle.

— La Leggenda ?

Elle vit dans les yeux de M. Carducci qu'il avait immédiatement reconnu de quoi elle parlait. Soudain, dans la salle de dégustation, l'atmosphère venait de changer.

M. Carducci se demandait pourquoi elle était là. Ce n'était pas seulement qu'il avait reconnu un nom familier, se dit-elle. Ça allait au-delà. C'était le type de reconnaissance que l'on donnait à une exploitation viticole qui s'avérait être classée sous la vôtre, au fond du classement d'un site web très célèbre, après l'assassinat du critique en question.

Ce monsieur avait-il fini par avoir une confrontation violente avec ce Raffaele qu'il avait été si dur d'apprécier ?

Olivia savait qu'elle allait être obligée d'utiliser toutes ses compétences d'enquêtrice récemment acquises pour lui arracher des réponses sincères.

CHAPITRE DIX-SEPT

— Avez-vous constaté qu'il y avait moins de clients que d'habitude, ces derniers jours ? demanda innocemment Olivia à M. Carducci.

M. Carducci haussa les épaules en la regardant d'un air gêné.

— L'hiver est une saison très imprévisible, dit-il. On ne peut pas dire à quoi la journée ou la semaine vont ressembler. Si un bus de touristes arrive, soudain, on se démène pour tenir le rythme. Alors, il y a une averse et l'activité ralentit. Mon vigneron et moi, nous en discutions hier, en fait.

Il désigna un grand homme mince qui entrait dans la salle de dégustation. Il était en train de prendre un appel téléphonique. En parlant d'un ton suppliant, il s'en allait à grands pas vers les bureaux qui s'étendaient au-delà.

— Non, non, s'il vous plaît, n'annulez pas votre commande. Les vins sont de première qualité, je vous le promets, et nous avons déjà organisé le service de livraison pour vous les envoyer. Vous ne le regretterez pas. Oui, je sais que les clients de votre restaurant choisissent leurs vins en se fiant à des sites web, mais il y a d'autres sites !

Il sortit de la salle de dégustation, parlant encore à tue-tête.

Olivia se retourna vers M. Carducci et ils sourirent tous les deux d'un air embarrassé.

— Les restaurants sont très fantaisistes, dit Olivia avec compassion. Nadia, notre vigneronne, dit toujours que leurs cartes de vins changent au fil des marées.

— C'est exactement ça, dit M. Carducci en hochant la tête.

— Avez-vous entendu dire qu'un célèbre critique avait été assassiné récemment ? demanda Olivia en décidant de passer au but principal de sa visite.

— Ah, oui. Comment s'appelait-il, déjà ? Raffaele, c'est ça. Je me souviens avoir lu un article là-dessus.

M. Carducci détourna le regard.

— A-t-il visité votre exploitation viticole ? demanda Olivia.

M. Carducci contempla le plafond d'un air songeur.

— C'est possible. Pendant les deux dernières semaines, nous avons organisé plusieurs événements et dégustations différents. C'est difficile de se souvenir d'un en particulier mais, oui, je crois qu'il a peut-être goûté nos nouveaux vins. Je ne sais pas si l'évaluation a déjà été publiée ou pas. Nous avons eu tellement à faire que nous n'avons pas eu le temps d'y penser !

Il écarta les mains comme s'il avait voulu englober la totalité de son énorme salle de dégustation, actuellement vide.

Du bureau du fond, ils entendirent distinctement la voix du jeune homme, qui criait avec angoisse.

— Je vous en prie ! Ce n'est pas parce qu'un célèbre critique n'a pas aimé les vins que les clients de votre restaurant auront la même opinion. Mis à part avec lui, nous n'avons eu que des évaluations élogieuses.

— Je crois que votre rosé et votre blanc de noir sont des vins très fins très bien fabriqués, dit courageusement Olivia en essayant de faire comme si elle n'avait pas entendu les supplications passionnées qui venaient du bureau. Je voudrais les deux, s'il vous plaît.

— Deux bouteilles ? demanda-t-il en la regardant anxieusement.

Olivia se souvint que l'exploitation viticole était vide de clients et qu'un ralentissement soudain des ventes avait toujours un gros impact sur les entreprises liées au tourisme.

Elle ne pouvait pas sauver à elle seule l'industrie viticole toscane après la destruction qu'elle avait subie, mais elle pouvait sûrement essayer de faire son possible.

— Deux caisses, une de chaque vin. C'est ça que je voulais dire, expliqua-t-elle.

Pendant que M. Carducci préparait les caisses de rosé et de blanc de noir, Olivia se demanda pourquoi il avait minimisé l'impact de la visite du critique alors que cela avait visiblement été un événement crucial. Il rechignait peut-être à croire que c'était cette visite qui avait fait chuter leurs évaluations et poussé les restaurants à annuler des commandes. Enfin, c'était probablement parce qu'Olivia venait de l'extérieur qu'il évitait intentionnellement de mentionner ce point douloureux.

Cependant, Olivia savait que M. Carducci avait peut-être une autre raison pour faire semblant de ne pas se souvenir de ce critique ou du jour de sa visite. Dans un moment d'emportement, il avait peut-être décidé de poignarder le critique avec le stylo même que ce dernier avait utilisé.

— Quand il se produit un événement choquant, vous ne vous souvenez pas de ce que vous faisiez ce jour-là ? lui demanda Olivia en essayant de garder un ton décontracté. Vous souvenez-vous de quelque chose qui se serait passé la nuit du meurtre ?

M. Carducci secoua la tête.

— Dans cette exploitation, en hiver, nous suivons tous la même routine. Nous fermons à dix-huit heures, nous verrouillons à dix-huit heures trente puis nous passons une soirée tranquille. S'il ne pleut pas, j'emmène promener mes chiens ; j'ai deux très beaux chiens d'arrêt italiens. Après, je bois du vin et je prépare des pâtes ou du ragoût pour le dîner. Enfin, je lis tous mes courriers professionnels en retard.

Il la regarda et elle ne put déchiffrer son expression.

— D'habitude, mon vigneron dîne à la trattoria voisine, car il est fiancé à une des serveuses. Elle loge avec lui dans son cottage, sur ce vignoble. Nos deux sommeliers habitent avec leurs familles hors du site, dans le village voisin.

— On dirait une vie agréable mais simple, dit Olivia avec enthousiasme, comprenant que M. Carducci semblait vivre seul et n'avait donc pas d'alibi pour le soir du meurtre.

Olivia admirait cette exploitation viticole, aimait M. Carducci et adorait leurs vins modernes. Elle constatait avec tristesse que leur entreprise avait beaucoup souffert de leur destruction en ligne et elle était désolée de devoir conserver cette personne apparemment honnête, ce vigneron respecté et très talentueux, sur sa liste de suspects.

— Quand vous avez entendu parler du meurtre, vous n'avez appelé personne ? demanda-t-elle en faisant un dernier effort pour obtenir des informations susceptibles de l'innocenter. N'êtes-vous pas sorti voir quelqu'un pour en parler ?

M. Carducci haussa les épaules.

— Cela aurait été impossible. J'ai laissé ma voiture au garage lundi et le garage n'a pas réussi à obtenir la bonne pièce pour réparer une panne électronique. Leur stock était épuisé et ils ont dû attendre que de nouvelles pièces arrivent de Florence. Je n'ai récupéré ma voiture que hier. Donc, pendant toute la semaine, j'ai été confiné à l'exploitation viticole et à notre village local, où l'on peut se rendre à pied.

— Comme c'est embêtant, dit Olivia avec compassion.

Elle était si soulagée qu'elle aurait aimé le prendre dans ses bras. Son alibi tenait à quatre-vingt-dix pour cent. Bien sûr, il y avait une petite chance qu'un homme qui comptait commettre un meurtre, ou même aller retrouver quelqu'un avec colère au tout début de la matinée, ait la bêtise de prendre un taxi, mais elle ne pensait pas que M. Carducci ait les idées aussi peu claires.

— Merci d'avoir acheté chez nous, dit le propriétaire de l'exploitation viticole. Voulez-vous que j'amène ces caisses dans votre voiture ?

— Oui, s'il vous plaît. Je suis impatiente d'en profiter et je promets que je reviendrai bientôt, dit Olivia.

Elle remonta dans son pick-up le cœur lourd. Elle trouvait cet aspect de l'enquête étonnamment difficile. Elle avait l'impression d'espionner ses voisins. En ces temps difficiles, les exploitations viticoles auraient dû être solidaires.

Cependant, d'un autre côté, leur situation continuerait à empirer jusqu'à ce que le meurtre ait été résolu. Ce processus d'enquête avait beau être déplaisant, il était nécessaire et, au moins, chemin faisant, elle achetait du vin. Il ne restait qu'une exploitation viticole sur sa liste de suspects et de courses. Elle allait finir son enquête matinale à Quercia Winery.

Repartant dans la direction de La Leggenda, Olivia écouta les nouvelles de onze heures. Elles étaient en italien. Comme Olivia voulait améliorer ses compétences linguistiques, elle écoutait la radio locale à chaque fois qu'elle conduisait. Même si elle ne comprit pas tous les mots, elle se rendit compte que le meurtre de Raffaele di Maggio était encore en tête d'affiche. Même les unes des journaux, qu'elle vit collées sur un poteau dans la rue en quittant la petite ville, affichaient « *Omicido !* » en gros caractères.

On avait dû ordonner à l'inspectrice Caputi de résoudre cette affaire très vite, se dit Olivia. D'un certain point de vue, c'était une bonne chose, mais cela avait aussi ses mauvais côtés.

L'inspectrice risquerait d'arrêter la mauvaise personne, ou plusieurs mauvaises personnes, pour montrer qu'elle progressait. Or, Olivia imaginait sans difficulté qui serait en haut de sa liste pour cette affaire. Elle avait un alibi non-existant pour la nuit du meurtre et un mobile personnel fort parce que son vin avait reçu la pire évaluation du site web.

Olivia décida qu'elle allait devoir agir vite. Quand elle rejoignit la route principale, elle accéléra en se disant qu'il faudrait qu'elle ait avancé dans son enquête quand elle irait travailler.

Elle arriva à Quercia Winery au même moment qu'un minibus qui emmenait huit touristes britanniques.

— Donc, c'est ici ? demanda la femme aux cheveux violets assise à l'avant en descendant.

— Oui, je crois, ma chérie.

L'homme qui, selon Olivia, devait être son mari descendit du côté conducteur.

— En êtes-vous sûr, Barry ? demanda une des autres en sortant du côté du véhicule par la porte coulissante. Vous nous avez emmenés au mauvais endroit, avant. Si vous aviez suivi la bonne route, nous aurions pu prendre notre petit déjeuner dans ce village voisin avant de commencer notre excursion de dégustation de vins complètement bourrés !

Les autres rirent en descendant du minibus et se placèrent sur l'allée en gravier pour regarder la façade de Quercia Winery. Olivia se dit que l'endroit était magnifique. Il avait la forme d'un mini-château. Le propriétaire avait même construit des remparts devant la salle de dégustation et utilisé un revêtement de pierres énormes pour orner le devant du bâtiment. Cela rappelait le Castello del Trebbio à Olivia, mais en version plus petite et plus prestigieuse. Le propriétaire avait dû faire appel à énormément de vision et de créativité, et d'argent, pour construire ce bâtiment.

Avec inquiétude, Olivia constata que les touristes ne partageaient pas son enthousiasme. Une femme, qui portait des lunettes à monture rose et tenait un Cornetto à moitié terminé, sortit son téléphone.

— Une minute. On va demander à Miss Navigation de nous éclairer. Ça ne ressemble pas à la photo qu'il y avait sur ce merveilleux site web de tourisme viticole. Cela ressemble à une sorte de faux château. L'endroit que nous cherchions avait une mare devant et un bosquet d'arbres.

— C'était un lac, je crois, avec un bosquet de chênes tout près, précisa son compagnon aux cheveux blancs, qui fouilla dans son sac à dos pour en sortir une carte bien usée.

— Siri, où est l'exploitation viticole avec le lac devant ? dit d'une voix sonore à son téléphone une femme qui se tenait à l'arrière du groupe.

— Euh, dit timidement Olivia en approchant discrètement du groupe, enchantée. Je n'ai pas pu m'empêcher d'entendre votre discussion. C'est une exploitation viticole très connue. Si vous aimez les vins rouges, vous aimerez cet endroit.

Seule la femme la plus proche, qui portait une veste rouge duveteuse, remarqua Olivia. Les autres étaient tous absorbés par leurs cartes et leurs téléphones.

— Ça a effectivement l'air joli, mais nous nous sommes fixé une limite, avoua la femme à la veste rouge à Olivia. Pas plus de trois exploitations viticoles ce matin, puis nous allons déjeuner tard à Pise. Donc, nous devons choisir les meilleures. Heureusement, il y a un très bon site web que nous avons trouvé très utile.

Barry hocha savamment la tête.

— Ce qui rend cette expérience encore plus exceptionnelle, c'est que le critique qui possédait le site a été récemment assassiné.

Il jeta un coup d'œil à Olivia par-dessus ses lunettes de vue.

— Vous n'êtes peut-être pas au courant, mais cette catastrophe nous a choqués. Quand nous avons préparé nos vacances, nous avons trouvé ce site web précieux et, grâce à lui, nous considérons que nous sommes très bien informés.

Sa femme hocha la tête.

— Sur notre groupe WhatsApp local « Nous Aimons la Toscane », on dit que, à cause de la mort du propriétaire du site, ces évaluations resteront figées pour toujours et qu'une exploitation viticole située en haut de sa liste sera comme une des sept merveilles du monde.

— Je ne veux voir que les exploitations viticoles qu'il recommande, ou recommandait. Celle-ci n'en fait pas partie, expliqua la femme aux lunettes à monture rose. Barry, j'ai vérifié et tu t'es encore trompé. Cela dit, ce n'était peut-être pas ta faute. Cette fois, ce n'était pas un problème de direction, c'était le mauvais nom d'exploitation viticole.

— C'était un problème de nom ? suggéra la femme à la veste rouge.

— Exactement. Qui a préparé notre itinéraire hier soir ?

— Moi, admit Barry.

— Je crois que tu as dû boire trop de prosecco ! C'est « Quercia Winery ». En italien, ça veut dire « L'Exploitation Viticole du Chêne ». L'exploitation viticole que nous cherchons est « Boschetto di Querce », ou « Le Taillis de Chênes ». Ce n'est pas pareil, Barry !

Elle agita un doigt en sa direction en faisant semblant de le réprimander.

— Nous avons presque dû nous contenter d'un seul chêne alors que nous aurions pu avoir une forêt entière, dit un des autres hommes en gloussant.

— Eh bien, c'est quand même un bel endroit. Pourquoi ne pas faire une photo de groupe devant ce bâtiment fascinant avant de repartir ? Nous n'avons pas de temps à perdre sur des vins de mauvaise qualité et il semble y en avoir une quantité étonnante dans cette région. C'est étonnant. Moi qui avais cru que cette partie de la Toscane était une des meilleures destinations du monde pour les amateurs de vin, dit avec insistance la dame qui portait des lunettes.

— Mais — mais – laissa échapper Olivia.

C'était comme si elle avait été en train de regarder un accident affreux se dérouler sous ses yeux.

— Ne croyez-vous pas que cette exploitation viticole mérite au moins que vous lui achetiez une bouteille en échange de ce décor photogénique ? Je veux dire, personne ne veut passer pour un touriste malpoli. Ce serait terrible. Il faut toujours penser à la réputation de son pays.

Elle regarda la dame à lunettes de façon attrayante, car son opinion semblait prédominer sur le reste du groupe.

La femme regarda Olivia par-dessus ses lunettes à double foyer. Elle ne semblait pas convaincue.

— Vous pourrez toujours utiliser le vin pour la cuisine.

Olivia sourit d'un air complice. Elle détestait avoir à se rabaisser à ce point pour assurer une vente à Quercia Winery. Elle espéra qu'aucun membre du personnel de Quercia Winery ne découvrirait qu'elle avait dit une chose aussi déplaisante sur leurs crus, qui avaient été récompensés par des médailles d'or.

— C'est vrai, convint la dame à lunettes.

— Pourriez-vous prendre notre photo ? lui demanda Barry.

— Bien sûr, dit Olivia.

Les touristes se rassemblèrent devant les remparts et Olivia prit quelques clichés avec le téléphone de Barry.

— Cheese ! dit-elle.

Alors, ils changèrent de position et Olivia prit d'autres photos avec le téléphone de la dame à la veste rouge. Ensuite, la dame aux lunettes roses lui tendit un téléphone, elle aussi. Olivia commença à se demander si elle allait finir par arriver en retard au travail.

— Le temps tourne ! dit Barry quand Olivia eut fait la dernière série de photos. Il faut qu'on y aille, maintenant.

Le sourire d'Olivia disparut.

— Vous voulez dire que vous n'allez pas acheter de vin ici ?

— Pas maintenant, mais nous aurons ces belles photos comme souvenir.

— Siri, trouve-moi Oak Grove Winery, ordonna à son téléphone la dame qui se tenait à l'arrière du groupe tout en remontant dans le bus.

Les roues crissèrent sur le gravier et ils partirent tous, laissant Olivia seule dans le parking.

— Eh bien, dit-elle.

Elle aurait voulu en dire beaucoup plus. Quelle rencontre frustrante ! Il aurait fallu qu'elle traîne ce groupe à l'intérieur pour qu'ils achètent du vin à cette merveilleuse exploitation viticole. Ils avaient refusé d'y entrer à cause des évaluations horribles qu'un seul homme lui avait attribuées.

Olivia entra dans la salle de dégustation autrement vide.

— Bonjour, dit-elle au sommelier aux cheveux gris et à la moustache grise. Je n'ai pas le temps de déguster, mais j'adorerais acheter –

Elle hésita. Sa carte de crédit n'était pas inépuisable et elle avait déjà acheté beaucoup plus de vin qu'elle ne l'avait prévu. En plus, elle avait fait une folie en achetant la chaîne en or qu'elle avait tant désirée. Cette excursion à Florence lui semblait soudain remonter à longtemps. Elle avait été si insouciante à cette époque-là ! se dit-elle avec un soupir. Elle ne s'était pas attendue à ce que ses circonstances changent aussi radicalement en seulement deux jours.

Elle regarda dans la salle de dégustation vide, où le thème du château avait été appliqué à fond avec des grilles en métal et des lanternes et des bougeoirs spectaculaires. Sur les murs, il y avait même des portraits de nobles italiens avec leurs lévriers, peints en style faussement ancien. Quel endroit merveilleux !

— J'aimerais beaucoup acheter une caisse d'assortiment de vos vins rouges, dit-elle courageusement. Je m'appelle Olivia Glass.

Il fallait qu'elle les soutienne en ces temps difficiles, même si elle atteignait ainsi la limite de sa carte de crédit.

Le sommelier lui adressa un sourire soulagé.

— Merci, Olivia, dit-il. Je m'appelle Gianfranco et je suis le propriétaire de cette exploitation viticole. Aujourd'hui, notre sommelier est en congé et je suis toujours content d'avoir l'occasion d'interagir avec les visiteurs. Toutefois, je dois m'excuser : notre établissement est très vide. Cette semaine, il y a eu très peu d'activité parce que nous avons reçu une mauvaise évaluation de la part d'un critique célèbre.

Olivia se sentit encouragée. En effet, l'interrogatoire serait facile si son suspect potentiel lui fournissait déjà des informations.

— Je suis au courant, dit-elle. Je travaille pour La Leggenda. Il nous a fait le même coup.

Gianfranco secoua la tête.

— C'est injuste. Il devrait y avoir des contrôles et des harmonisations. Un seul homme ne devrait pas avoir autant de pouvoir sur l'industrie viticole locale. Je crois qu'il a fini par en abuser.

Il enveloppa soigneusement chaque bouteille dans du papier de soie avant de les placer dans la caisse.

— Après que notre évaluation a été publiée, j'ai dit à ma femme que j'enverrais un courriel au critique pour lui demander s'il pouvait retirer complètement cette évaluation, parce qu'elle est injuste. Bien sûr, quand j'ai essayé d'écrire ce courriel, j'ai été à court d'inspiration. J'ai repoussé l'échéance, puis j'ai décidé qu'il faudrait que j'aille le voir si je voulais avoir une chance de le faire changer d'avis.

— Quand aviez-vous prévu de le faire ? demanda Olivia.

— Dès que possible, dit Gianfranco. En fait, j'ai essayé de le contacter trois fois avant sa mort. Je n'ai jamais pu lui parler et son assistante m'a franchement barré le chemin. Quand elle a su quel était le but de ma démarche, elle a refusé de m'accorder un rendez-vous.

Soudain, il s'interrompit comme s'il s'était rendu compte qu'il en disait trop.

— Saviez-vous où il résidait ? demanda Olivia.

Elle soupçonnait de plus en plus ce propriétaire d'exploitation viticole aux cheveux gris.

— Je ne l'ai plus jamais revu.

Gianfranco n'avait pas répondu directement à la question d'Olivia et elle trouva qu'il avait l'air mal à l'aise. Il tambourinait nerveusement des doigts sur le comptoir.

— Aviez-vous prévu d'aller à son hôtel ? demanda Olivia, anxieuse.

— On prévoit beaucoup de choses dans la vie, répondit Gianfranco de manière énigmatique.

Alors, il détourna les yeux et refusa de croiser le regard avec Olivia, qui sentit qu'il avait décidé de se taire et de ne plus lui donner d'informations.

Elle porta la caisse lourde dans sa voiture en se sentant déchirée. Gianfranco lui cachait quelque chose, elle en était sûre.

Était-il l'assassin ? S'il ne l'était pas, pourquoi n'avait-il pas accepté de lui dire tout ce qu'il savait ?

CHAPITRE DIX-HUIT

À l'exploitation viticole, pendant tout le long après-midi désespérément calme, Olivia ne put se débarrasser de la certitude dérangeante qu'on lui avait menti. Dès que le travail fut fini, elle envoya un message à Danilo et demanda s'il aimerait venir boire un coup et manger un morceau pour parler de l'affaire.

Elle espérait qu'il accepterait. Elle avait désespérément besoin d'un autre point de vue sur cette situation complexe et déroutante et de pouvoir partager ses idées avec une personne à laquelle elle puisse faire confiance.

Il répondit immédiatement et Olivia sentit son cœur battre plus vite.

— Ce serait un plaisir ! Que puis-je apporter ?

— Juste du vin ! répondit Olivia par SMS en souriant.

Elle était impatiente de discuter de ce qu'elle avait appris jusque-là et de découvrir ce qu'il lui conseillerait pour la suite.

Elle s'arrêta rapidement dans quelques magasins qui se trouvaient sur le trajet et, dès qu'elle fut rentrée chez elle, elle commença frénétiquement à préparer la nourriture.

Après les difficiles interrogatoires qu'elle avait dû mener dans la matinée, elle trouva apaisant de pouvoir se concentrer sur la préparation de ses en-cas et de ne plus penser à cette affaire troublante pendant quelque temps.

Elle avait beaucoup à faire. Pour préparer ce mini-festin, elle n'avait triché qu'en achetant l'erbazzone à la boulangerie. Ces petites tartes salées étaient remplies d'épinards, de blettes, de poireaux, de jambon et de parmesan. C'était un des en-cas italiens préférés d'Olivia et, comme ils contenaient de l'épinard et des blettes, elle considérait que c'était aussi un plat diététique.

Elle avait décidé qu'elle préparerait tout le reste elle-même.

La première tâche d'Olivia fut de couper la miche de pain rustique en fines tranches puis de les couper en deux pour obtenir des morceaux nets et faciles à manger. Elle les recouvrit d'huile d'olive avec un pinceau et les mit à griller sous le grill.

À ce moment-là, son téléphone sonna.

Olivia le saisit en se demandant si ce serait Danilo. Elle espéra qu'il ne l'appelait pas pour annuler, mais elle pria aussi pour qu'il ne lui demande pas s'il pouvait arriver plus tôt. Elle allait avoir beaucoup à faire dans l'heure qui suivrait.

C'était sa mère.

— Bonjour, mon ange. J'ai pensé que je t'appellerais quand tu serais susceptible d'être à la maison, dit Mme Glass. Toutefois, comme tu le sais, je ne crois toujours pas que l'Italie soit ta maison. J'ai seulement l'impression que tu y passes des vacances prolongées ! Ta maison, c'est Chicago, n'est-ce pas ? Ou n'importe quelle autre ville située à une distance raisonnable de notre maison en voiture.

Olivia contempla tous ses ingrédients en attente. Elle n'avait pas un moment à perdre pour préparer sa nourriture mais, en même temps, elle ne voulait pas offenser sa mère en disant qu'elle ne pouvait pas lui parler pour l'instant.

Avec un soupir, elle mit le téléphone sur haut-parleur. Elle allait devoir bavarder avec sa mère tout en préparant plusieurs en-cas différents. Même une personne qui savait bien mener plusieurs tâches de front aurait de sérieux problèmes quand elle essaierait de mener toutes ces activités en même temps et, au bout de trente-quatre ans d'expérience personnelle de la vie, Olivia savait qu'elle n'était pas ce genre de personne.

— Bonjour, maman, dit-elle.

Oui, on entendait que le ton de sa voix était joyeux mais tendu, comme elle s'y était attendue.

Un de ces jours, il faudrait qu'elle se décide à dire fermement à sa mère qu'elle était capable de prendre elle-même des décisions cohérentes, qu'elle n'avait aucunement l'intention de revenir habiter aux États-Unis et que c'était un choix de vie permanent.

Toutefois, Olivia reconnut qu'elle n'avait pas le temps de mener cette conversation difficile pour l'instant.

— J'ai une nouvelle excitante pour toi ! annonça sa mère.

— Vraiment ? Qu'est-ce que c'est ? demanda prudemment Olivia.

Elle sortit les asperges fraîches du sac de courses en papier. Elle n'avait absolument aucune idée de ce que cette nouvelle pouvait être. Est-ce que ses parents avaient adopté un chien ? Est-ce qu'ils rénovaient leur cuisine ?

Olivia sentit un frisson lui parcourir l'échine quand elle se demanda si la nouvelle pourrait être que sa mère avait réservé des vols vers l'Italie pour rendre visite à Olivia. Réserver les tickets en premier puis annoncer la nouvelle catastrophique à sa fille ensuite, ça serait typique d'elle.

Sa mère avait un don pour le mauvais timing. Si elle arrivait pendant qu'Olivia était empêtrée dans une enquête pour meurtre et tentait d'éviter de se faire arrêter, ce serait typique de Mme Glass.

— Je crée un club de dégustation de vin, poursuivit sa mère. En fait, je l'ai créé. Nous avons déjà eu notre première petite fête.

— Un club de dégustation de vin ?

Olivia était étonnée. Elle n'aurait jamais deviné ça ! Elle écouta soigneusement, juste au cas où un séjour impromptu en Italie aurait été la seconde partie de la nouvelle.

— Tu ne savais pas que j'aimais le vin et, ces dernières années, ma boisson alcoolisée préférée était Bailey's Irish Cream, mais laisse-moi te dire que j'ai beaucoup aimé le xérès dans ma jeunesse.

Olivia rinça les asperges, les tapota pour les sécher, les plaça sur un plat de cuisson et les recouvrit d'huile d'olive avec un pinceau.

— C'est passionnant. Je suis sûre que vous apprécierez de vous rencontrer, dit-elle pour encourager sa mère.

— Comme je l'ai dit à Gladys, ma voisine, je ne peux pas éviter d'affûter mon palais déjà prometteur maintenant que j'ai une fille qui s'essaye au commerce du vin, même si c'est à l'étranger. Après tout, il faut bien que tu aies hérité ton goût pour le vin de quelqu'un et ton père n'a jamais bu du tout.

— Je suis sûre que vous allez beaucoup progresser, dit Olivia en ouvrant la porte du four juste à temps.

Un moment de plus et ses crostinis auraient été trop cuits. Elle sortit le pain, enfourna les asperges et espéra qu'elle ne les oublierait pas, elles aussi.

— Je voulais que tu me conseilles quelques bons vins pour débutantes, pour les filles et moi, poursuivit sa mère.

— Euh, dit Olivia.

Elle supposa que des vins mi-sucrés pourraient être l'idéal, si sa mère avait eu l'habitude de boire de la liqueur Bailey's Irish Cream. Peut-être un Gewurztraminer, pensa-t-elle.

Avant qu'elle n'ait pu lui suggérer ce vin, sa mère poursuivit.

— Le vin pétillant au goût de pêche que nous avons bu lors de notre première séance était très bon. C'est Gladys qui l'a apporté. Nous ne savions pas ce que c'était. Alors, nous avons lu l'étiquette et constaté qu'il contenait du jus de pêche sucré. Pourtant, nous avons toutes préféré un vin aux fruits à noyaux.

— C'est excellent, dit prudemment Olivia.

Du vin pétillant à la pêche ? Où sa mère avait-elle acheté ça ? Elle ne pensait pas qu'une telle chose soit facilement disponible en Italie. Elle imaginait ce que penserait Nadia si on lui proposait de mélanger du jus de fruit sucré avec du vin.

— Vous pourriez peut-être essayer d'autres saveurs fruitées ? suggéra-t-elle en espérant que cette idée ne dérangerait pas le groupe.

— L'autre chose que je voulais te dire, c'est qu'une dame du groupe, une dame très gentille qui habite en face du parc, a apporté une bouteille de Valley Red.

Olivia essaya de parler, mais s'étouffa. Elle se versa rapidement un verre d'eau pendant que sa mère continuait à parler sans interruption.

— Nous ne l'avons pas bu et je me souviens qu'il y avait eu une controverse sur ce vin après ta campagne de marketing très réussie. Recommanderais-tu que nous le buvions la prochaine fois ? Ou que nous le laissions ? J'aimerais prendre une décision rationnelle et ne pas avoir l'impression que je dénigre ce vin parce que tu ne travailles plus à l'agence de publicité, même si je suis convaincue que tu reprendras ta carrière de prédilection après cette petite pause. Ce n'est pas parce que ça a tourné au vinaigre … Oh, tu entends ? Au vinaigre ! J'ai fait un jeu de mots !

— Je ne conseillerais pas de boire ce vin, avertit Olivia. Tu te souviens peut-être qu'il a été retiré de la vente après que l'Agence américaine des produits alimentaires et médicamenteux a inspecté l'usine. De plus, d'après mon expérience personnelle, je peux te dire qu'il donne de graves maux de tête.

— Oh, oui, bien sûr. Je me souviens, maintenant. Il y avait des rats dans les cuves de vin et ils utilisaient des produits chimiques interdits ! Comment ai-je pu oublier ça ? L'ai-je effacé de ma mémoire ? suggéra sa mère d'une voix basse et horrifiée. Rien d'étonnant à ce que tu aies décidé de prendre un congé sabbatique après avoir été impliquée dans la promotion de ce produit !

Olivia leva les yeux au ciel mais, comme sa mère continua sans s'arrêter, elle ne put pas placer le moindre mot de protestation.

— Dans ce cas, je n'en boirai certainement pas, car il n'a pas l'air sain. Cela dit, puisque la chaleur a des vertus désinfectantes, crois-tu qu'on pourrait l'utiliser pour la cuisine ?

La cuisine ! Se souvenant de ce qu'elle faisait juste à temps, Olivia sauva les asperges du four.

— Non, je ne recommanderais pas ça non plus, conseilla-t-elle.

— Mon Dieu ! Il semblerait qu'on ne puisse pas en faire grand-chose, mon ange.

— Non, pas grand-chose, admit Olivia.

Elle prit une cuillerée de ricotta dans le pot et l'étala sur le premier de ses crostinis. Olivia soupira. Le résultat avait immédiatement l'air peu soigné, comme si un élève d'école maternelle avait joué avec de la nourriture. Quand Gabriella faisait la même chose, la ricotta avait l'air parfaite, comme étalée par un designer.

— J'ai trouvé ! Je vais commencer une collection de vins ! décida Mme Glass. Le Valley Red pourra être ma première bouteille. Je le mettrai à vieillir sur le casier.

Elle éleva la voix.

— Andrew, il faut qu'on achète un casier à bouteilles. Un grand. Il faudra peut-être qu'il contienne huit ou même dix bouteilles dans l'avenir si notre collection s'agrandit. Eh bien, mon ange, j'ai adoré bavarder avec toi. Edna est arrivée. Il faut que j'aille faire notre promenade matinale.

Soudain, sa mère raccrocha et Olivia secoua la tête. Déroutée, elle se remit urgemment à préparer sa nourriture.

Plus tard, le pick-up de Danilo s'arrêta devant le portail de la propriété d'Olivia. Il lui semblait que seulement quelques minutes s'étaient écoulées mais, en fait, c'était plutôt une heure.

Toute la nourriture était prête. De plus, Olivia s'était remis du rouge à lèvres et avait mis un pull-over chaud mais stylé.

Fallait-il qu'elle allume des bougies ? En se précipitant vers la porte d'entrée, elle jeta un coup d'œil dans la salle à manger et se posa la question.

Non, décida-t-elle. Ce n'était pas une soirée romantique, mais une réunion de travail pendant laquelle ils allaient discuter de l'enquête.

— Bonjour ! dit-elle en retrouvant Danilo à la porte d'entrée.

Ses cheveux étaient encore violets et de la même longueur (visiblement, sa nièce n'avait pas eu l'occasion d'essayer de nouveaux styles cette semaine) et il portait une bouteille de vin.

— Merci de m'avoir invité, dit-il.

Excitée par son arrivée, Olivia oublia son étiquette italienne et se pencha en avant pour le prendre dans ses bras pendant que Danilo essayait de l'embrasser sur la joue.

Leurs têtes se heurtèrent avec un bruit sourd audible.

— Oh, mon Dieu, dit Olivia.

Elle laissa échapper un rire embarrassé. Même si leur relation était platonique et décontractée, elle semblait souvent donner naissance à des moments embarrassants comme celui-là.

— J'essayais de te prendre dans mes bras. J'oubliais dans quel pays j'étais.

— Je peux apprendre de nouvelles coutumes, répondit Danilo en souriant.

Il se pencha prudemment vers elle et la serra chaleureusement de sa main libre. Elle appuya le visage contre son cou et sentit la douceur de sa veste en cuir qui lui frottait le menton.

Alors, Danilo recula et l'embrassa sur les deux joues.

Olivia se rendit compte que son visage lui semblait être étrangement chaud. C'était probablement parce qu'elle s'était dépêchée de rendre la nourriture présentable.

— J'ai préparé des en-cas pour nous. Et puis, j'ai du vin à t'offrir, dit-elle.

Elle avait sélectionné trois des plus belles bouteilles de sa séance shopping de la matinée : un bel assemblage Merlot-Sangiovese acheté chez Quercia Winery, le rosé de Cantina Carducci et le Sangiovese qu'elle avait acheté à l'exploitation viticole de Vino Sul Mare, qu'elle avait tant aimée.

La table de la salle à manger était couverte d'assiettes de nourriture alléchante.

Olivia avait préparé de la polpette, des boulettes de viande italiennes avec du persil, de l'ail, des œufs et du parmesan. Ces bouchées bien cuites avaient un parfum délicieux et Olivia les avait enfilées sur des cure-dents et disposées dans un bol pour qu'elles soient faciles à manger.

Sur ses crostinis à la ricotta, elle avait ajouté plusieurs délices différents. Certains avaient des olives mélangées et hachées, d'autres étaient décorés avec des champignons frits à l'ail et les autres avec les asperges rôties.

La seule chose qu'elle ait faite avec les erbazzones avait été de les réchauffer et de les mettre sur une assiette.

130

— Ouah ! dit Danilo en regardant le buffet. Quand tu as parlé d'en-cas, j'avais pensé à un paquet de chips Amica. Tu es une excellente cuisinière. Ces en-cas ont l'air délicieux.

Olivia se rendit compte que, dans son enthousiasme, elle avait préparé à manger pour six personnes plutôt que pour deux. C'était un buffet de taille dîner. Cependant, comme c'étaient officiellement des en-cas et pas un dîner, ce n'était pas grave.

— J'ai acheté les pâtisseries, admit-elle en leur versant le vin. J'ai fait tout le reste, ou du moins, je l'ai assemblé.

Danilo se dirigea vers la cheminée pour saluer Pirate. Le chat lui adressa un miaulement de salutation amical et Danilo se mit à quatre pattes pour frotter la tête contre celle de l'animal, qui ronronnait maintenant.

— Il a l'air en bonne santé. Et puis, il est domestiqué.

— Je suis presque prête à l'emmener chez le vétérinaire, dit Olivia. Il accepte de plus en plus qu'on le prenne dans ses bras.

Elle tendit son vin à Danilo. Ils trinquèrent et s'assirent.

— *Saluti*, dit Danilo pour trinquer. Olivia, j'ai regardé ce site web. Ce critique, il était fou. J'ai visité quelques-unes de ces exploitations viticoles. Elles ne méritent absolument pas ces évaluations affreuses, et c'est aussi valable pour celle où tu travailles. De plus, je trouve choquant qu'il ait démoli ton nouveau rosé. Je ne l'ai pas encore goûté mais, si les propriétaires de La Leggenda considèrent que c'est un bon vin, tu peux être certaine qu'il est bon. Les Vescovi font partie des experts les plus connus de la région. Ce sont des leaders, pas un mec qui est devenu célèbre avec un site web.

— Je me sens mieux quand tu me dis ça, dit Olivia, reconnaissante qu'il la soutienne. Le rosé n'est pas encore sorti. J'étais censée l'ajouter à notre menu de dégustation cette semaine mais, après avoir lu l'évaluation, nous avons tous été trop découragés pour y penser.

Danilo mit une part de crostinis sur son assiette et mâcha admirativement une boulette de viande.

— Donc, l'urgence, c'est de résoudre le problème, expliqua Olivia. La police a fermé le site web avec toutes ses critiques catastrophiques jusqu'à ce que le crime soit résolu. La conséquence, c'est que beaucoup d'exploitations viticoles souffrent d'une baisse grave du nombre de visiteurs, comme je l'ai vu aujourd'hui. De plus, l'inspectrice Caputi me soupçonne, parmi d'autres. Elle a interrogé des gens pour rassembler des preuves contre moi.

— Il aurait fallu que tu sois très rapide pour lire ce site web, décider de le tuer, aller à son hôtel en voiture et commettre le crime, fit observer Danilo.

— Malgré ça, c'est possible, dit Olivia. Il a été tué entre une heure du matin et cinq heures du matin. Brigitta, son assistante, pense que ça s'est passé plus près d'une heure du matin, car il n'a pas lu un SMS qu'elle a envoyé. Si tel est le cas, cela innocente tout le monde à La Leggenda, car notre évaluation n'a été publiée qu'à quatre heures du matin.

— Certes, tu n'aurais pas eu de mobile avant d'avoir lu l'évaluation, convint Danilo.

— Le problème, c'est que d'autres évaluations affreuses d'exploitations viticoles ont été publiées les jours d'avant et que n'importe lequel de ces propriétaires aurait eu un mobile et aussi plus de temps pour préparer le meurtre. J'ai en interrogé quelques-uns aujourd'hui et je suis sûre que l'un d'eux, Gianfranco, ne m'a pas dit tout ce qu'il savait. Je l'ai lu dans son langage corporel.

Danilo hocha la tête d'un air frustré.

— Il pourrait y avoir beaucoup de raisons pour ça. Après tout, tu es une inconnue et il ne t'avait jamais rencontrée. Il ne t'a peut-être pas fait confiance. Ou alors, il était embarrassé par ce qu'il avait fait.

Olivia soupira. Ce que Danilo avait suggéré était tout à fait possible.

— Il y a une autre chose qui complique la situation, poursuivit-elle. Brigitta a dit que le carnet de notes où Raffaele avait écrit ses critiques sur les vins n'était pas sur la scène de crime.

— Pense-t-elle que l'assassin l'a pris ? Mais pourquoi aurait-il, ou elle, eu besoin de le voler ? Comment le carnet de notes pourrait-il changer quoi que ce soit ? demanda Danilo, perplexe.

— Je ne sais pas ! Et s'il contenait des évaluations encore pires et que l'assassin ne voulait pas qu'on les lise ? hasarda Olivia. Ou alors, si la police trouvait le carnet de notes, elle saurait peut-être immédiatement qui a commis le crime !

Danilo mordit dans un crostini aux asperges rôties d'un air songeur.

— Je crois que c'était a crime passionnel et que le coupable a agi dans le feu de l'action, dit-il après avoir mangé le crostini avec un plaisir évident. Ce type d'action est de nature irréfléchie. Un moment de fureur et, hop, l'acte a été commis. Et pourtant, prendre le carnet de notes est plus logique, comme si l'assassin avait planifié son crime. Quel est le mot que je recherche ? Informatisé ?

— Calculé, dit Olivia en hochant la tête. Tu as raison. On dirait que deux processus de réflexion différents, ou deux mentalités différentes, ont été à l'œuvre. Quelqu'un est peut-être arrivé avec l'intention de voler le carnet et a fini par se battre contre Raffaele.

— Cela pourrait être une réponse. Vas-tu retourner à l'hôtel ? Il reste peut-être des choses à y découvrir. Que vas-tu faire ? demanda Danilo.

— Je vais reparler à Brigitta, dit Olivia. Il faut que je confirme l'histoire de Gianfranco. Comme ça, s'il refuse de me parler, j'obtiendrai l'information autrement. Je veux savoir s'il avait prévu d'aller voir Raffaele puis je veux découvrir à l'hôtel s'il y est allé. Si les réponses à ces deux questions sont positives ...

Olivia contempla Danilo et vit le reflet de son excitation dans ses yeux.

— Alors, tu as peut-être trouvé l'assassin, confirma-t-il.

CHAPITRE DIX-NEUF

Olivia appela Brigitta dès le début de la matinée. À sa grande surprise, elle constata que l'assistante était encore en résidence à l'hôtel Gardens of Florence.

— Comme l'inspectrice Caputi a dit qu'il fallait que je reste dans la région, l'hôtel me loge quelques jours de plus gratis, dit Brigitta. Comme on a parlé partout de la mort de Maestro Raffaele, beaucoup de gens demandent des chambres. Le directeur dit qu'il y a plus de réservations cet hiver que d'habitude parce que les gens veulent voir où c'est arrivé. Il y a même une compagnie de tourisme des scènes de crime qui veut s'allier avec l'hôtel pour y créer une série d'événements.

— C'est incroyable, dit Olivia.

Elle se rappela que le directeur s'était plaint que ce crime allait être catastrophique pour les évaluations, alors que, visiblement, l'effet avait été inverse.

Elle monta dans sa voiture avec un esprit positif. Brigitta lui avait paru plus amicale et plus approchable que la dernière fois qu'elles avaient parlé. Leur soirée pizza avait peut-être permis de briser la glace, espéra Olivia. De plus, une deuxième visite à l'hôtel lui permettrait d'interroger le directeur. Après tout, il avait été sur le site quand cet acte odieux avait été commis.

Quand Olivia arriva à l'hôtel trente minutes plus tard, elle se sentit encouragée quand elle vit le directeur lui-même à l'extérieur. Il fumait une nouvelle cigarette électronique blanc vif dans le parking.

Avec une voix douce, car il était visiblement très tendu et enclin à laisser tomber les choses, Olivia salua le directeur.

— Bonjour. Je me souviens vous avoir vu il y a quelques jours.

— Ah, oui, signora. c'est vous qui avez trouvé le corps, n'est-ce pas ? Oui, je me souviens m'être assis à côté de vous en attendant la police.

Le directeur avait l'air convenablement triste mais, soudain, ses lèvres formèrent un sourire involontaire. Il devait se souvenir que cet événement avait accru le nombre de réservations.

— Je crois qu'il était un client difficile ? demanda Olivia.

— Oh, oui, c'était un de nos clients les plus exigeants. Rien ne le satisfaisait. Il commandait un Frangelico Dom Pedro chaque nuit à deux heures du matin et, s'il n'était pas préparé comme il le voulait, il criait dans tout l'hôtel. Finalement, j'ai payé un supplément à notre barmaid, Celia, pour qu'elle reste et lui prépare sa boisson. Elle est la seule qui sache faire un Dom Pedro parfait. C'est une histoire d'équilibre entre la glace, la crème et la liqueur. Le temps de mélange est crucial, lui aussi.

— Est-ce qu'il en a bu un la nuit où il a été assassiné ? demanda Olivia.

Le directeur tira sur sa cigarette électronique en réfléchissant.

— Non. Nous nous y attendions et, en fait, nous avons attendu quelque temps dans le bar pour voir si la commande arrivait. Nous avons bavardé et peut-être bu un verre de vin. Officiellement, nous n'étions plus au travail, ajouta le directeur en rougissant.

Olivia eut la sensation qu'il y avait là plus que le simple désir de satisfaire un client exigeant. Elle avait l'impression de découvrir une histoire d'amour naissante !

— Donc, il n'a pas appelé ?

— Non. Il n'a pas appelé le service de chambre à l'heure habituelle. Comme j'étais de service à partir de huit heures du matin et comme Celia devait revenir à midi, nous avons décidé de rentrer chez nous à deux-trente heures du matin.

Olivia se dit que c'était une information intéressante. Cela fournissait un alibi au directeur et cela confirmait aussi l'hypothèse de Brigitta, selon laquelle le meurtre s'était produit plus tôt, plutôt que plus tard, dans la matinée.

Une autre idée lui vint en tête.

— Avez-vous une caméra de sécurité à l'entrée de votre hôtel ?

Olivia n'en avait remarqué aucune quand elle était venue en voiture, mais elle était peut-être cachée.

Le directeur haussa les épaules avec regret.

— Nous en avions une mais, récemment, un client qui s'en allait a foncé dans le poteau. Il est tombé et la caméra s'est cassée. Nous avons noté l'incident dans notre livre de réparations, donc, je sais exactement quel jour et à quelle heure c'est arrivé. La caméra ne sera remplacée que demain.

— Quel dommage, dit Olivia.

Le directeur hocha la tête.

— La police l'a dit, elle aussi. Elle a dit que la vidéo aurait été un outil très utile si elle avait été disponible.

Olivia le remercia et entra dans l'hôtel.

À son grand désarroi, la première chose — ou les premières choses — qu'elle vit furent deux pancartes imprimées qui indiquaient aux clients qu'il y aurait bientôt des conférences.

La première disait : « Réunion de planification de L'Association des Meurtres Mystérieux : Édition des Vignobles Toscans. 11 heures du matin dans la Salle des Lauriers-Roses ».

La deuxième pancarte était bien plus inquiétante. Elle disait : « Conférence de Presse avec L'inspectrice Caputi. 10 heures du matin dans la Salle des Bougainvillées ».

L'inspectrice allait bientôt venir ici. C'était là qu'elle renseignait les journalistes locaux sur la progression de l'enquête.

Olivia déglutit nerveusement. Une serveuse portait déjà des plateaux d'en-cas vers la Salle des Bougainvillées. Olivia ne voulait pas croiser l'inspectrice pendant qu'elle était ici. Ce serait extrêmement embarrassant. Elle prit son téléphone dans son sac à main pour appeler Brigitta mais, comme si cette action l'avait fait venir, l'assistante apparut. Elle allait vers la réception.

— Bonjour, dit-elle à Olivia.

Elle avait les cheveux tenus par des pinces rose vif et dorées et elle portait une veste d'un rose tape-à-l'œil sur un haut couleur barbe à papa et un jean bleu vif orné de strass.

Un éclat éblouissant attira les yeux d'Olivia vers le sol.

Brigitta portait les bottes à paillettes voyantes que Nadia lui avait prêtées !

Elle vit ce que regardait Olivia.

— J'ai appelé l'exploitation viticole trois fois pour leur demander si je pouvais les rendre. La troisième fois, j'ai même parlé à Nadia, mais elle a dit qu'elle était occupée et que, les bottes et moi, on pouvait aller voir ailleurs.

Olivia était quasiment sûre que Nadia n'avait pas dit à Brigitta d'aller voir ailleurs.

— Je suis sûre qu'elle ne veut pas les récupérer, dit-elle à Brigitta pour la rassurer.

— Vous croyez ? Elles sont très belles.

Olivia se dit que l'assistante avait l'air beaucoup plus heureuse. Son changement de style vestimentaire indiquait que son emploi avait dû être stressant et en fait très contraignant.

— Pouvons-nous parler quelque part ? Prendre un café, peut-être ? Je suis un peu pressée. Savez-vous où nous pouvons être servies vite ? demanda Olivia.

— Et si on allait au bar ? suggéra Brigitta.

Le bar était dans la direction opposée à celle de la Salle des Bougainvillées. Olivia fut tout de suite d'accord pour y aller.

Elles entrèrent dans le bar et s'assirent à une table près de la fenêtre, avec une vue ensoleillée sur le magnifique jardin de l'hôtel.

— J'ai parlé aux propriétaires des autres exploitations viticoles qui avaient reçu des évaluations consternantes, dit Olivia. L'un d'eux a dit qu'il avait eu l'intention d'envoyer un courriel puis qu'il avait finalement prévu de rendre personnellement visite au maestro, mais que vous aviez dit tout le temps que Raffaele n'était pas disponible.

Brigitta soupira.

— Eh bien, c'est vrai. C'étaient mes instructions. Le Maestro Raffaele disait que ses évaluations étaient définitives et qu'il ne voulait pas correspondre avec les gens qui essayaient de se plaindre.

Brigitta ramassa un peu de la crème riche du cappuccino avec sa cuillère.

— Je sais que ça n'était pas très sympathique de sa part, mais qu'y pouvais-je ? J'étais juste son assistante.

— Est-ce que quelqu'un est venu ici pour le voir ?

Quand l'autre femme répondit, Olivia la regarda très attentivement. Cette information pourrait s'avérer cruciale.

Brigitta y repensa.

— Oui. Le jour avant la visite de votre exploitation viticole par le Maestro, un homme en colère avec une moustache grisonnante est arrivé à la réception et a exigé de le voir. Je l'ai reconnu, probablement parce que je l'avais vu sur une des exploitations viticoles que le Maestro avait visitées pendant son tour de la Toscane. Il a dit qu'il avait envoyé un courriel ce matin mais qu'il avait décidé de parler au Maestro en personne.

Olivia hocha la tête. Il devait s'agir de Gianfranco. Il lui avait dit qu'il n'avait pas envoyé son courriel et qu'il avait seulement envisagé la visite en personne. En fait, il avait fait les deux.

Pourquoi lui avait-il menti ?

Avec un peu de chance, Brigitta allait pouvoir remplir les trous.

— Quand vous lui avez parlé, qu'a-t-il dit ?

— Quand je lui ai dit que le Maestro Raffaele ne voulait pas le rencontrer, il s'est mis en grande colère. Il a commencé à crier et a refusé de se taire. Il a tapé les pieds et agité les bras. Il appuyait aussi tout le temps sur la sonnette du comptoir, sans arrêt.

— Qu'est-il arrivé après ? demanda Olivia.

Elle était impatiente de savoir comment ce moment tendu s'était terminé. Cela avait été un moment important. Des émotions s'étaient manifestées. Quelle en avait été la conséquence ?

— Le directeur de l'hôtel est arrivé. Il a menacé d'appeler la police si l'homme continuait à semer le désordre. Je crois que, à ce moment, l'homme s'est rendu compte qu'il était allé trop loin. Il a presque eu l'air embarrassé, dit Brigitta en appuyant le menton contre sa cuillère et en contemplant le plafond tout en se rappelant la rencontre.

— Et après ?

Olivia attendait la réponse en retenant presque son souffle.

Brigitta haussa légèrement les épaules.

— Après, il s'est retourné et il est sorti. Je ne l'ai jamais revu à l'hôtel.

Olivia laissa échapper un long soupir de déception. Cette histoire l'avait fait trembler d'anticipation mais s'était terminée de façon décevante.

Brigitta rit.

— Il était en une telle colère qu'il a foncé dans un poteau en quittant l'hôtel. Il l'a complètement renversé ! Il conduisait une vieille Fiat qui n'avait pas l'air endommagée, mais il ne s'est même pas arrêté ! Il n'a fait qu'accélérer puis s'éloigner !

Olivia écarquilla les yeux.

Gianfranco avait renversé le poteau de la caméra de sécurité !

L'avait-il fait intentionnellement pour que sa prochaine visite ne soit pas filmée ?

Ou alors, est-ce que cela avait été un accident, une erreur authentique commise lors d'un moment de colère et de mauvais jugement ?

Les preuves, ou l'absence de preuves, étaient tentantes. Comme la caméra était hors service, il n'y avait aucun moyen de prouver s'il était revenu. Olivia était profondément agacée par l'idée qu'il aurait pu

138

commettre un meurtre en toute impunité et, ce faisant, détruire toute l'industrie viticole locale !

Le pire, c'était qu'Olivia se rendait compte qu'elle était obligée de se forcer à soupçonner le propriétaire de cette exploitation viticole. Même s'il lui avait menti, elle sentait instinctivement qu'il ne pouvait pas avoir commis ce crime et elle avait du mal à penser que l'attitude de l'homme qu'elle avait interrogé correspondait à celle d'un assassin brutal et téméraire.

— Que disait son courriel ? demanda-t-elle en espérant qu'il avait contenu des éléments compromettants susceptibles de la rendre plus soupçonneuse et de la remmener sur le bon chemin.

— Oh, je ne l'ai pas vu, expliqua Brigitta.

Dans la façon dont elle avait accentué le mot « je », il y avait quelque chose qui intriguait Olivia.

— Que voulez-vous dire ? Je croyais que vous traitiez toute la communication !

Brigitta lui adressa un sourire patient.

— Je traitais tous les messages entrants et sa correspondance personnelle. Les courriels envoyés directement au site web vont à l'éditeur. Il répondait à certains d'entre eux, ou les transmettait à Raffaele, ou alors à moi s'ils étaient moins importants.

Olivia reposa bruyamment sa tasse sur la soucoupe.

— L'éditeur ? dit-elle, incrédule.

Brigitta hocha la tête, prit son cookie et en grignota un coin comme si elle ne s'était pas rendu compte qu'il y avait un problème !

— Vous n'avez jamais dit qu'il y avait un éditeur, bredouilla Olivia.

— Eh bien, si je n'en ai pas parlé, c'est parce qu'il travaille chez lui.

Brigitta finit son cookie.

— Que fait-il d'autre ? demanda Olivia.

— Il édite les évaluations avant qu'elles ne soient publiées. L'anglais du Maestro Raffaele n'est pas parfait et il était conscient qu'il fallait que le site web le soit. L'éditeur, Silvano, s'occupait de ça. Il corrigeait l'anglais, gérait le design final, postait les évaluations puis consultait les courriels au jour le jour.

Olivia avait l'impression que cette enquête venait d'évoluer de manière spectaculaire. Cela pourrait être une piste d'une importance vitale.

— Je crois qu'il serait très utile que j'interroge Silvano, dit-elle. Pouvez-vous me dire comment le contacter ?

— Bien sûr, dit Brigitta.

Elle fouilla dans son sac à main, en sortit du papier et un stylo puis nota une adresse et un numéro de téléphone pour Olivia.

Laissant échapper un soupir de soulagement qu'elle espéra discret, Olivia prit le papier et le mit dans son sac à main.

Elle était impatiente d'interroger ce mystérieux éditeur, mais elle allait devoir attendre d'avoir fini sa journée de travail à l'exploitation viticole.

Remerciant Brigitta, Olivia se leva et consulta sa montre.

Il était juste après dix heures du matin et la conférence de presse de l'inspectrice Caputi avait dû commencer.

Une idée lui vint si brusquement et elle était si tentante qu'elle ne put pas y résister.

Il pourrait être possible d'espionner la conférence de presse par la porte. Cela lui fournirait des informations précieuses sur l'enquête de l'inspectrice, elle apprendrait si l'inspectrice avait progressé et, enfin, l'inspectrice allait peut-être effectuer des révélations importantes pendant cette conférence de presse !

Au lieu d'aller dans le parking, Olivia passa devant la réception et se dirigea résolument vers la Salle des Bougainvillées.

CHAPITRE VINGT

Olivia fut soulagée de voir que la porte de la Salle des Bougainvillées était fermée. À l'extérieur, le thé, café et les en-cas avaient été bien appréciés par les journalistes affamés. Sur les grands plateaux, il ne restait que deux mini-cornettos, un petit crostini aux œufs et au bacon et plusieurs brochettes de fruits avec du melon et de la pomme qui étaient visiblement ce qui avait le moins plu dans le buffet.

Olivia fut tentée de manger le crostini, qui avait l'air tout simplement délicieux, mais elle se souvint que ce serait très impoli. Elle mangeait quand elle était stressée, elle était attirée par la nourriture pendant ses moments de tension, c'était sûr, mais elle n'était pas ici pour se comporter comme Boucles d'Or et s'empiffrer de ce qui ne lui était pas destiné mais plutôt pour écouter à la porte et noter les informations les plus importantes.

Elle se pencha près de la porte.

Elle entendit tout juste une voix. Ce n'était pas Caputi qui parlait, mais un inspecteur, qui devait être en train de débuter la conférence de presse. Olivia se sentit découragée quand elle comprit qu'il parlait rapidement en italien.

L'italien d'Olivia s'améliorait à chaque jour, mais comprendre un discours technique prononcé rapidement de derrière une porte fermée lui était encore impossible. C'était très frustrant de pouvoir entendre ce que disait l'inspecteur, mais de ne pas encore avoir les compétences pour traduire ses mots les plus importants.

Alors, à son grand soulagement, elle entendit la voix claire et sonore d'une femme.

— Monsieur l'inspecteur de police, je suis l'éditrice de la communauté en ligne des expatriés de Grande-Bretagne. Pourrions-nous s'il vous plaît entendre cette conférence en anglais, je vous prie, pour que je puisse transmettre ces informations cruciales à mon public inquiet ?

— Bien sûr ! dit l'inspecteur de police d'un air confus en changeant de langue. Est-ce que tous les autres journalistes pourront comprendre ? Si tel n'est pas le cas, je répéterai en italien.

141

Olivia entendit le murmure approbateur de l'audience et en déduisit que tous les occupants de la salle comprenaient l'anglais. Elle écouta attentivement l'inspecteur poursuivre son discours.

— Notre équipe travaille d'arrache-pied pour résoudre ce crime infâme. Comme il s'agit d'une victime très en vue, cela nous force bien évidemment à fournir des résultats rapidement. Toutefois, nous travaillons avec méthode parce que, quand nous arrêterons quelqu'un, nous voudrons que notre travail soit irréprochable. Nous sommes certains que, si nous effectuons correctement le travail préparatoire, notre suspect ira droit en prison et sera accusé sans pouvoir faire appel.

Alors, un membre de l'audience sembla poser une question qu'Olivia ne put pas entendre. Après, l'inspecteur de police reprit la parole.

— Oui, nous faisons appel à des informateurs, comme c'est souvent le cas dans ces affaires, et nous travaillons avec plusieurs d'entre eux en ce moment. Nous avons reçu des preuves importantes d'une personne en particulier et cela a orienté notre enquête.

Des informateurs ? Avec qui travaillaient-ils ?

Quand elle entendit qu'il y en avait plusieurs, Olivia frissonna parce qu'elle avait parcouru la Toscane et y avait interrogé sa liste de suspects avec enthousiasme. Si ça se trouvait, un de ces suspects aurait pu prendre son téléphone dès son départ pour répéter à la police les questions qu'Olivia avait posées.

Pouvait-elle même faire confiance à Brigitta ? se demanda Olivia, l'estomac noué, mal à l'aise.

Il semblait qu'un membre de l'audience ait posé une question sur les informateurs, parce que l'inspecteur de police répondit à nouveau, d'un ton enjoué.

— Non, non, nous ne pouvons ni révéler leur identité ni en dire plus sur eux. À ce stade, l'enquête est hautement confidentielle. C'est seulement de cette façon que nous pourrons attraper efficacement le coupable.

Alors qu'elle se tenait avec l'oreille contre le trou de la serrure, de plus en plus inquiétée par ce qu'elle entendait, Olivia se souvint qu'il faudrait qu'elle soit prête à se sortir du chemin à toute vitesse si la porte s'ouvrait. À n'importe quel moment, un journaliste pourrait avoir envie de sortir précipitamment pour prendre le dernier crostini, ou peut-être pour avaler une brochette de fruits.

À ce moment, Olivia se rendit compte qu'il y avait une ombre derrière elle. La lumière avait perdu en intensité.

Elle se redressa précipitamment en décollant l'oreille du trou de la serrure puis se retourna vers le couloir qui s'étendait derrière elle.

— Argh !

Olivia laissa échapper un cri étranglé.

Elle se tenait face à l'inspectrice Caputi. Vêtue d'un costume chic et portant des lunettes à montures dorées, l'inspectrice portait un dossier sous le bras.

— Eh bien ! dit l'inspectrice d'un ton assez tranchant pour couper de l'acier.

C'était du jamais-vu. Pourquoi Caputi avait-elle ramassé des papiers un peu partout dans l'hôtel au lieu d'être confortablement installée dans la salle de conférence, où elle était censée être ?

— Je — je croyais – bafouilla Olivia, sous le choc.

Elle allait dire qu'elle avait cru que l'inspectrice serait à l'intérieur, mais elle se rendit compte que ce serait un désastre. La policière la soupçonnait déjà. Maintenant, à cause du comportement très irrégulier d'Olivia, Caputi allait être dix fois plus tentée de lui imputer le crime.

Réfléchissant aussi vite que possible malgré ses émotions, Olivia bafouilla une excuse.

— Je croyais que c'était la conférence sur les meurtres mystérieux. Ces choses-là m'ont toujours intéressée. Cependant, je vois que je me suis trompée de salle. J'ai pensé que j'allais écouter de l'extérieur pour n'interrompre personne, bafouilla-t-elle en s'écartant hâtivement.

— Vous ne vous êtes pas seulement trompée de salle, chantonna Caputi d'une voix qui montrait clairement qu'elle ne croyait pas un mot de l'excuse peu crédible et hâtivement inventée d'Olivia. Vous êtes aussi dans la mauvaise aile de l'hôtel et l'heure de commencement est complètement fausse, elle aussi.

— Euh … Quel dommage ! Je vais trouver la bonne salle.

Quand Olivia partit en toute hâte en sentant le regard de Caputi lui vriller le dos, elle se rendit compte que ce détour impromptu avait été un désastre. Elle en avait seulement appris assez pour se faire peur et, maintenant, elle avait l'air plus coupable que jamais aux yeux de cette policière méfiante.

Il était temps d'arrêter l'enquête pour la matinée et d'aller travailler à l'exploitation viticole.

Olivia avait rêvé de voir des bus de touristes s'arrêter devant La Leggenda, mais ses espoirs furent déçus quand elle arriva. Le parking était presque vide et les rares véhicules qui s'y trouvaient semblaient tous appartenir à des clients du restaurant. La salle de dégustation était vide et pleine d'échos. On n'y voyait qu'un Jean-Pierre apparemment inquiet.

Olivia grimaça en entrant. Quelle pression ! Il fallait qu'elle résolve cette affaire aussi vite que possible. Si seulement la caméra de surveillance de l'hôtel avait fonctionné !

Elle espéra que, quand elle irait voir l'éditeur, elle découvrirait des preuves concrètes parce que, jusque-là, il y en avait un manque criant.

Prenant un air courageux, elle sourit à Jean-Pierre.

— Cela pourrait être un bon moment pour reprendre l'inventaire, suggéra-t-elle. C'est une de ces tâches qui ne semblent devenir importantes qu'en période de forte activité. Profitons de cette accalmie temporaire.

Elle mit l'accent sur le mot « temporaire » en espérant que, si elle le prononçait, il deviendrait réalité.

À ce moment-là, Nadia traversa la salle de dégustation en parlant au téléphone tout en allant vers le bureau de Marcello.

— Que voulez-vous dire ? Vous annulez notre commande ? cria la vigneronne.

Olivia frissonna quand elle se rendit compte que c'était le même dialogue que celui qu'elle avait entendu la veille à Cantina Carducci.

Par contre, Olivia se rendit compte qu'il y avait une différence. En écoutant la moitié de la conversation, elle comprit que Nadia ne comptait pas se laisser faire.

— Nous avons un contrat d'un an avec vos restaurants.

Nadia écouta la réponse.

— Les mauvaises évaluations, ça m'est égal. C'est la seule mauvaise évaluation que ce vin ait jamais eue. Vos restaurants n'ont-ils jamais eu de mauvaises évaluations ? Je devrais peut-être ne plus jamais revenir chez vous parce qu'un critique a cru que vos calamars étaient insuffisamment cuits ou que le poisson était mal assaisonné ? Je crois que je vais regarder en ligne pour voir si vous avez des mauvaises évaluations et, si j'en trouve, nous avertirons tous les clients de notre exploitation viticole de ne pas manger chez vous.

Nadia attendit.

— OK, parions. Si je vais en ligne maintenant et si je ne trouve rien de négatif sur vos restaurants, alors, allez-y, annulez votre commande de vin. Je vais commencer le pari à quatre mille euros, puisque c'est le montant de votre commande.

Elle s'interrompit avant de continuer d'un ton triomphant.

— Bien. Je le savais. Je suis contente que nous ayons pu nous entendre. Oui, j'enverrai les vins demain. Comme vous avez retardé les choses avec cette absurdité, le camion est déjà parti et je vais maintenant devoir vous envoyer le premier lot par coursier, ce qui fait qu'il y aura un supplément de cinquante euros. Je l'ajouterai à votre facture.

Elle disparut dans le couloir.

Olivia poussa un soupir de soulagement. Nadia avait gagné cette bataille, mais elle savait que la guerre faisait encore rage. L'exploitation viticole était vide. Il n'y avait aucun moyen de retirer cette évaluation désastreuse et sa présence diminuait le nombre de leurs clients jour après jour.

Quand elle retourna à la salle de dégustation, elle fut contente d'entendre le vrombissement d'un moteur à l'extérieur. Une voiture de sport remontait l'allée à toute vitesse et ses pneus crissaient sur les pavés bien alignés. Elle entendit les roues faire crisser le gravier quand la voiture s'arrêta devant l'entrée. Finalement, des clients étaient arrivés.

Olivia se tint devant le comptoir de dégustation et accueillit le couple avec un sourire chaleureux quand il entra.

Son sourire se figea puis disparut. C'était impossible. Ça ne pouvait pas arriver. Elle avait l'impression d'être plongée dans cauchemar éveillé.

Matt et Xanthe étaient en train d'entrer dans l'exploitation viticole.

CHAPITRE VINGT-ET-UN

— Tu vois, ma chérie, je me suis dit que nous pourrions déguster un peu de vin dans cette excellente exploitation viticole. J'ai regardé en ligne et elle a une des meilleures évaluations, dit Matt d'une voix tendre en regardant Xanthe dans les yeux pendant qu'Olivia les observait avec consternation.

Matt mentait. En matière d'évaluations en ligne, La Leggenda était devenue le mouton noir de la famille des vignobles toscans. S'il avait choisi ce vignoble parmi les centaines d'autres de la région, c'était parce qu'il avait découvert qu'Olivia y travaillait.

À ce moment, Matt leva les yeux et regarda Olivia droit dans les yeux.

— Ça alors ! Qui voilà ! annonça-t-il d'une voix faussement surprise. C'est vraiment un choc. Je dois dire que je suis stupéfait de te voir ici, Olivia. Es-tu venue visiter cet endroit, toi aussi ?

Matt approcha en penchant la tête de côté.

— Non, attends. Tu es du mauvais côté du comptoir. Ça doit vouloir dire que tu travailles ici. Mon Dieu, quel changement de vie ! s'exclama-t-il d'un ton incrédule.

Il se tourna vers Xanthe, qui venait de sortir son téléphone et se recoiffait, sans doute pour se préparer à prendre un selfie, devina Olivia. Elle avait l'air plus mince que jamais dans son jean moulant qui semblait avoir été peint sur sa silhouette délicate. Elle portait une paire de bottes stylées couleur crème qui lui arrivaient aux genoux et qui, visiblement toutes neuves, avaient l'air chères. Donc, ils étaient bien allés acheter des chaussures, se dit Olivia qui, à sa grande surprise, ressentit une pointe de jalousie amère.

C'étaient vraiment des bottes magnifiques, merde. Elle aurait adoré en avoir une paire mais, après avoir acheté une partie non négligeable du stock de vin de la Toscane, elle devait se limiter et ne pourrait pas se permettre ce genre d'achat dans un avenir immédiat. Elle en voulait amèrement à Matt parce qu'il avait soigneusement tout prévu pour lui gâcher la vie pendant ses vacances en lui présentant sa nouvelle petite amie et ses bottes chics de styliste.

— Tu sais, quand j'ai connu Olivia aux États-Unis, elle avait un vrai travail. Elle travaillait pour une des plus grandes agences de publicité de Chicago, annonça Matt d'une voix perçante. Elle était très bonne, mais tout le monde ne peut pas supporter le stress d'une carrière normale.

À côté d'elle, Olivia sentit Jean-Pierre se crisper.

— Qu'est-ce qu'il entend par « vrai travail » ? marmonna-t-il.

— C'est mon ex, chuchota Olivia. Il essaie de m'humilier devant sa nouvelle petite amie.

Jean-Pierre regarda le couple d'un air furieux.

— C'est honteux, murmura-t-il.

Se sentant légèrement mieux grâce au soutien fidèle de Jean-Pierre, Olivia se retourna vers son ex. Elle avait bien deviné. Xanthe était effectivement en train de préparer un selfie.

— Bon, Olivia, je suis impatient de te voir au travail, pour ainsi dire. Nous allons faire une dégustation, maintenant. Je serai intéressé de voir ce que tu as appris jusque-là sur ton nouveau lieu de travail, mais j'imagine que c'est plus un hobby, n'est-ce pas ?

Olivia se força à sourire. Elle n'allait pas lui permettre de la mettre en colère, ou, du moins, elle ne lui montrerait pas à quel point elle l'était.

— Malheureusement, je suis en plein inventaire, dit-elle en indiquant son porte-bloc avec un haussement d'épaules faussement désolé. Mon assistant compétent que voici, Jean-Pierre, sera très heureux de vous proposer notre dégustation.

Elle sentit Jean-Pierre se crisper à côté d'elle, visiblement perturbé par cette responsabilité inattendue. Même si Olivia était désolée de lui infliger Matt alors qu'il était en mode super-agaçant, elle ne voulait pas passer plus de temps en compagnie de son affreux ex. Elle était impatiente de s'en aller. S'en aller lui semblait être le meilleur choix possible.

— Oh, non, non, non, je ne crois pas.

Matt secoua la tête. Il avait pris un ton qu'Olivia ne reconnaissait que trop bien. Il l'utilisait autrefois sur les serveurs quand il pensait qu'il fallait les remettre à leur place.

Olivia était sûre qu'il allait être insupportable pendant la dégustation et, quand il continua à parler, elle se rendit compte qu'elle avait raison.

— Tu vois, Olivia, nous ne sommes pas des touristes ordinaires. Nous sommes riches, des clients de haut niveau susceptibles d'acheter quelques caisses de vin à remmener au pays s'ils apprécient le service. De plus, nous avons du discernement. Je ne veux pas d'un assistant qui ne sait rien. Si j'ai une question à poser, je veux que ce soit l'expert qui y réponde, pas le débutant.

Quand Jean-Pierre entendit cette insulte, il inspira brusquement. Il bougea fébrilement d'un pied sur l'autre.

— Autrement, ça ne vaut pas la peine, ajouta Xanthe. Je me souviens que, dans ce magasin de chaussures Ferragamo de Florence, nous avons dû insister pour que le directeur s'occupe de nous, ou alors, nous n'aurions jamais pu nous faire servir et nous n'aurions jamais dépensé autant d'argent. Je suis d'accord. Nous devons bénéficier des conseils les plus experts sur ces vins, ou alors, je ne serai pas assez convaincue pour acheter.

Elle baissa les yeux vers ses bottes d'un air satisfait et Olivia sentit sa tension artérielle monter subitement. Merde, elle pourrait se faire à la taille de guêpe de cette autre femme après s'être remise en question, mais ces bottes Ferragamo l'énervaient vraiment.

Alors qu'elle cherchait les mots qui lui permettraient d'éviter de passer une heure à se faire torturer par son ex immonde, sa petite amie narcissique et ses nouvelles bottes, Jean-Pierre craqua soudain.

— En fait, rugit-il d'une voix si forte que Matt tressaillit de manière visible et que Xanthe laissa tomber son téléphone, aucun de nous n'est disponible pour l'instant. Vous êtes venus au mauvais moment, imbéciles de touristes. Vous ne voyez pas que nous tenons des porte-blocs ? On est en plein inventaire ! Normalement, on a dû placarder une affiche sur la porte. Vous ne l'avez peut-être pas lue, ou alors, vous l'avez faite s'envoler en passant avec votre bolide. Nous ne voulons ni de vous, ni de vos questions idiotes, ni de votre arrivée agressive dans notre exploitation viticole.

Matt et Xanthe contemplaient Jean-Pierre d'un air horrifié. Ils semblaient hypnotisés. Olivia devina qu'ils n'avaient jamais rencontré la tornade qu'était son assistant sommelier quand il perdait les pédales. Heureusement, elle avait de l'expérience en la matière et avait mis au point des techniques pour gérer son comportement. Toutefois, en ce moment-là, elle ne pouvait pas se résoudre à les employer. C'était beaucoup trop agréable de regarder Matt reculer d'un pas d'un air perplexe et confus pendant que Xanthe se baissait pour ramasser son téléphone qui, vit alors Olivia, avait maintenant une grande fêlure en étoile dans le coin supérieur droit de l'écran.

Jean-Pierre contourna le comptoir à toute vitesse en agitant son porte-bloc vers eux comme s'il comptait l'utiliser pour les souffler vers la sortie. Son accent français semblait se renforcer en ce moment de grande émotion, où il leur criait dessus.

— Dehors ! Allez-vous-en ! Vous ne pouvez pas nous insulter ici pendant que nous sommes occupés à compter nos nombreuses bouteilles de vin excellent que nous ne voulons pas ou n'avons pas besoin de vous vendre. Si notre vin passait vos lèvres, ce serait une insulte. Vous êtes aussi impolis que — que Gino Galletti en personne. Si vous voulez revenir, prenez un rendez-vous. On ne peut pas satisfaire les clients déplaisants sans préavis !

Olivia n'en croyait pas ses yeux. D'une façon ou d'une autre, la force de caractère de Jean-Pierre avait fait reculer Matt et Xanthe jusqu'à la porte d'entrée. Sous ses yeux, ils se retournèrent et s'enfuirent, poursuivis par son assistant sommelier.

Un moment plus tard, elle entendit le grondement du moteur de la voiture, moins fort cette fois-ci, quand elle démarra.

Jean-Pierre retourna à la salle de dégustation. Sa fureur avait disparu et, maintenant, il avait l'air penaud.

— Je suis désolé, marmonna-t-il la tête baissée en se faufilant jusqu'au comptoir de la salle de dégustation. Je n'ai pas pu me retenir. Olivia, si tu veux me renvoyer, j'accepte. Je veux seulement préciser que j'ai été excessivement provoqué.

Olivia contempla Jean-Pierre avec admiration. Elle n'aurait jamais eu le courage, ou la capacité, de chasser son ex de l'exploitation viticole comme s'il était une odeur déplaisante et comme s'il fallait ouvrir la fenêtre pour aérer. Elle se rendait soudainement compte que son stagiaire était une perle.

— Qui est Gino Galletti ? demanda-t-elle.

En entendant ce nom, elle avait pensé à de la glace.

— Je ne le connais pas, mais mon ami, qui travaille au domaine situé plus loin sur la route, m'a parlé de lui. Il y a quelques années, il était encore vigneron là-bas. Il était si arrogant et impoli que beaucoup d'autres employés ont démissionné pour ne plus être obligés de travailler avec lui. Finalement, les propriétaires lui ont demandé de s'en aller et il l'a fait. On parle encore de lui, à cette exploitation viticole.

J'imagine que tu vas me demander de partir, à moi aussi ? dit-il humblement.

Commençons par le commencement, se dit Olivia en comprenant qu'il fallait qu'elle s'occupe des choses les plus importantes.

Elle jeta un coup d'œil vers le restaurant. Gabriella n'était pas en vue.

Jean-Pierre vit dans quelle direction elle regardait.

— Elle n'est pas encore arrivée, confia-t-il à voix basse. Hier, je l'ai entendue dire qu'elle allait récupérer des caisses d'œufs bio avant de venir.

— Eh bien, dans ce cas, dit Olivia, je crois que nous pourrons garder le secret sans risque.

Jean-Pierre hocha la tête d'un air entendu.

— Il n'est rien arrivé, essaya-t-il.

— Comme nous avons été occupés à compter les bouteilles toute la matinée, nous n'avons pas vu arriver de visiteurs, confirma Olivia.

— L'endroit était complètement déserté, ajouta Jean-Pierre en agitant son porte-bloc en l'air.

— Maintenant que nous avons établi ce fait sans aucun doute, reprenons notre inventaire tout en gardant un œil sur la salle au cas où nos premiers visiteurs de la journée arriveraient, dit Olivia en souriant d'un air satisfait, en sortant son stylo de sa fente et en se retournant vers la réserve.

*

Dès que la salle de dégustation fut fermée pour l'après-midi, Olivia monta dans sa voiture.

L'absence de visiteurs les avait incités à fermer les portes une demi-heure plus tôt que d'habitude. Il était clair que personne n'allait venir à l'exploitation viticole. C'était positif parce que cela donnait à Olivia le temps d'aller chez l'éditeur avant qu'il ne fasse noir mais, le côté négatif, c'était que, si ça continuait, l'exploitation viticole ne pourrait pas survivre. Le tourisme et les ventes directes contribuaient énormément aux profits toute l'année et Nadia ne pouvait pas s'attaquer à tous les restaurants qui commençaient à annuler leurs commandes.

Inquiète, Olivia démarra le pick-up et partit vers la côte.

L'adresse de l'éditeur l'emmena dans un village lointain qui était si près de la Mer Tyrrhénienne que le bistrot local avait été nommé Spruzzo di Mare, ou Écume de Mer.

Olivia se dit que c'était un nom ravissant.

Elle roula dans le petit village et regarda à gauche et à droite avec curiosité pour contempler tous les bâtiments pittoresques rose et crème, les marchands de poisson, les cafés, les magasins qui vendaient du matériel de navigation et de randonnée et les minuscules restaurants.

Alors, elle sortit de la ville et parcourut la route du littoral jusqu'à trouver le numéro trente, huit cents mètres plus loin. C'était là où l'éditeur habitait.

Elle s'arrêta devant en approchant son pick-up aussi près que possible du mur de pierre bas de la maison pour que les autres voitures aient la place de passer. C'était vraiment une route minuscule. Olivia supposait qu'elle montait dans les collines et finissait en cul-de-sac.

Elle sortit de sa voiture et inspira l'air piquant et salé de la mer. Le choc des vagues sur la côte lui remplissait les oreilles et le vent amenait de l'océan un brouillard fin et froid qui lui picotait le visage et les mains.

L'endroit et la vue étaient magnifiques. Olivia contempla la mer pendant quelques moments d'admiration. Si elle habitait dans ce cottage tout simple, elle demanderait aussi à travailler de chez elle. Avec le village voisin qui suffirait à satisfaire tous ses besoins, elle pourrait ne plus jamais être obligée de remonter dans une voiture.

Avec un soupir, elle se détourna. Si elle voulait avoir encore un travail dans les jours qui suivraient, il faudrait d'abord qu'elle résolve un meurtre.

Elle ouvrit le portail bas rouillé (elle était sûre que, dans cet environnement saturé d'eau de mer, tout devait rouiller très vite) et se dirigea vers la porte d'entrée peinte en vert et maltraitée par les éléments.

Elle frappa et on lui répondit quelques moments plus tard.

— Ah, c'est vous qui m'avez appelé ? Entrez, entrez. Je suis Silvano.

L'homme qui avait ouvert la porte portait un survêtement gris et des mocassins apparemment confortables. Il était joyeux et son visage rond était souriant. La maison dégageait un délicieux arôme d'ail.

Olivia le suivit dans le hall et dans un petit salon. Dans le coin, il y avait un meuble de rangement compact qui, devina-t-elle, devait contenir une télévision. Elle avait l'air d'être rarement utilisée. L'attraction principale des lieux était l'énorme baie vitrée qui surplombait l'océan. Olivia eut du mal à détourner le regard de la mer agitée gris bleuté. Alors, elle vit l'énorme casier à bouteilles qui s'étendait tout au travers de l'autre côté de la pièce. Il était rempli de bouteilles. Au-dessus, il y avait trois natures mortes avec de la nourriture, du vin et des fleurs.

Elle remarqua un ordinateur portable argenté haut de gamme posé sur un grand bureau en bois dans le coin de la salle. L'ordinateur portable était le seul objet neuf qu'elle voyait. Tout le reste était confortable, patiné et utilisé depuis des années.

Le côté gauche du sofa à deux places était occupé par un petit chien à la fourrure blanche et duveteuse. Quand il vit Olivia, il l'accueillit d'un jappement et frappa les coussins en agitant la queue.

— C'est Garibaldi, dit Silvano.

— Il est beau. Est-ce un bichon maltais ?

Olivia s'y connaissait fort peu en races de chiens. Elle tendit une main et laissa le petit chien la renifler avant de le caresser et de s'asseoir de l'autre côté du sofa.

— Il est en partie bolognais. Pour le reste, je ne sais pas, expliqua Silvano avec un sourire. Puis-je vous offrir un verre de vin ?

Elle n'eut pas le temps d'accepter. Il était déjà en train de choisir un beau rouge Barbera dans le casier et de tendre le bras pour prendre le tire-bouchon.

— Vous êtes venue pour parler du meurtre du Maestro Raffaele ? demanda l'éditeur.

— Oui. Est-ce que quelqu'un d'autre est venu vous poser des questions ?

— Absolument, dit Silvano en lui tendant un verre. La police est venue hier et m'a interrogé pendant une heure. Je pense qu'ils auront encore autre chose à me demander, mais ils n'ont pas dit quand ils reviendraient.

Une fois de plus, Olivia se sentit mal à l'aise. L'inspectrice Caputi avait une étape d'avance sur elle. Elle avait rendu visite à l'éditeur avant qu'Olivia n'ait appris son existence. Est-ce qu'elle faisait erreur et avait-elle perdu un temps précieux à enquêter de manière infructueuse ?

— Avez-vous été choqué quand vous avez entendu dire que Raffaele avait été assassiné ? demanda-t-elle en espérant que cela inciterait Silvano à s'ouvrir et à partager ses sentiments.

Il hocha la tête.

— Choqué, oui, mais pas étonné. Vous voyez, pendant les quelques derniers mois, j'ai senti qu'il allait droit dans le mur. J'ai essayé de l'arrêter, mais il a refusé d'écouter.

— Pourquoi ? demanda Olivia.

Silvano s'assit sur un fauteuil en cuir en face du sofa et sirota son vin.

— Son site web est devenu très grand et a acquis beaucoup d'influence. Les gens se sont mis à lui donner des voitures, des vêtements, des bijoux. Il est devenu une célébrité internationale et a acquis tant de pouvoir qu'il pouvait favoriser ou détruire une exploitation viticole. De plus, il le savait.

L'éditeur soupira.

— Il s'est arrêté de se soucier de ce qui était bien ou mal et ne s'est plus soucié que de lui-même. J'ai constaté qu'il se faisait beaucoup d'ennemis, mais il refusait d'écouter mes avertissements. Je lui ai dit à de nombreuses reprises que ce qu'il faisait n'était pas éthique. On ne peut pas détruire une exploitation viticole seulement parce qu'on s'est senti offensé d'une façon ou d'une autre ou qu'on n'a pas aimé cet endroit pour des raisons personnelles. Il ne m'a jamais remercié et n'a jamais tenu compte de mes conseils. En fait, il a commencé à m'insulter et m'a menacé de me licencier et de détruire ma réputation si je continuais à le harceler comme ça.

— Est-ce ce qu'il a dit ? demanda Olivia.

L'éditeur hocha tristement la tête.

— Seul son ego comptait pour lui. Les exploitations viticoles passaient au second plan.

Olivia se sentit stupéfaite par cette nouvelle inattendue. Si les Vescovi avaient su que ce critique était devenu corrompu et sournois, elle était sûre que Marcello ne lui aurait jamais permis d'entrer sur sa propriété. Elle aurait voulu pouvoir repartir dans le passé pour l'en avertir.

— Est-ce que la police vous a demandé de ne pas changer le contenu du site web ? demanda Olivia.

Elle était sûre que l'inspectrice Caputi l'avait fait, mais cela valait la peine de poser la question.

Silvano hocha la tête.

— Le site doit rester tel quel jusqu'à ce que l'enquête soit terminée ou fermée.

Olivia encaissa cette déception sans broncher. Elle y arriva plus facilement en prenant une autre gorgée de vin. Elle décida qu'il était temps de passer au but original de sa visite.

— Alors que je parlais à un des propriétaires d'exploitation viticole, il a précisé qu'il avait envoyé un courriel à Raffaele. Vous souvenez-vous avoir reçu récemment des courriels menaçants ou inhabituels dans lesquels l'auteur se plaignait d'avoir reçu une mauvaise évaluation ?

Silvano ne répondit pas immédiatement. Il fronça les sourcils et sembla réfléchir intensément.

— Pas que je me souvienne, dit-il finalement en secouant la tête.

— Pourriez-vous vérifier ? demanda Olivia de sa voix la plus suppliante en espérant qu'elle n'abusait pas trop de la bonne nature de l'éditeur. C'est important. Son assistant a dit que son carnet de notes avait été volé sur la scène de crime. Donc, je ne peux m'empêcher de me dire que les évaluations et le meurtre sont liés d'une façon ou d'une autre.

Silvano leva brusquement les sourcils. D'un air étonné, il jeta un coup d'œil à son ordinateur mais n'alla pas vers lui. Olivia fut soudain consciente du silence qui régnait dans la pièce. Elle entendait Garibaldi qui ronflait légèrement et les vagues qui heurtaient le rivage de manière régulière.

Alors, avec un son strident, le téléphone de Silvano sonna.

— Excusez-moi, dit-il. C'est ma sœur de Rome qui appelle. J'en ai pour cinq minutes. Veuillez apprécier votre vin.

Visiblement soulagé, il sortit par la porte et elle l'entendit se dépêcher de monter à l'étage tout en parlant italien avec animation.

Olivia prit une autre gorgée de son vin et caressa le chien sur la tête.

Elle s'assit sur le sofa pendant au moins trente secondes puis se rendit compte qu'elle était en train de gâcher une opportunité et que c'était inexcusable. Elle était seule dans la maison de Silvano et son ordinateur était sur le bureau, dans le coin. Si Olivia avait de la chance, elle pourrait accéder au site web elle-même et en retirer l'affreuse évaluation. Au minimum, jeter un coup d'œil aux courriels de Silvano lui fournirait des informations utiles, surtout parce que l'éditeur n'avait pas semblé avoir envie de le faire. En fait, elle s'était attendue à ce qu'il refuse.

C'était sa seule chance.

Olivia se releva hâtivement. À n'importe quel moment, Silvano pourrait finir sa conversation téléphonique et revenir au salon. Il allait falloir qu'elle agisse aussi vite que possible.

Cependant, quand elle bougea, Garibaldi leva la tête et produisit un aboiement tonitruant.

CHAPITRE VINGT-DEUX

Olivia se figea puis se rassit prudemment.

— Chut, dit-elle au chien.

Son cœur battait la chamade. Si le chien aboyait trop souvent, Silvano reviendrait sûrement à toute vitesse.

— Tout va bien.

Heureusement, Garibaldi reposa la tête sur les pattes. Visiblement, il considérait que son repos était plus important que les fâcheuses activités d'Olivia.

Olivia se releva, lentement et de manière détendue, cette fois. Elle alla au bureau sur la pointe des pieds et secoua la souris gris métallique.

L'écran s'illumina.

— Merde, marmonna-t-elle.

L'ordinateur lui demandait un mot de passe.

Frustrée, Olivia commença à regretter ses choix de vie. À l'université, pourquoi avait-elle passé si longtemps à étudier le marketing et la rédaction publicitaire ? Si elle avait étudié le codage informatique et appris comment pirater un ordinateur, elle aurait peut-être déjà dépassé cet écran et accédé aux évaluations.

Elle se souvint que son incompétence totale en maths lui avait interdit plusieurs carrières, dont la programmation. De toute façon, elle ne pouvait pas deviner ce mot de passe. Cependant, Olivia fit un essai intelligent et tapa « Garibaldi ».

Ça ne marchait pas. Silvano n'avait pas utilisé le nom de son chien. En dehors de ça, elle n'avait aucune idée. Laissant échapper un soupir frustré, Olivia baissa la tête, vaincue.

Son regard baissé tomba sur le sac de l'ordinateur portable, qui était appuyé contre le bureau.

Dans le sac ouvert, il y avait un objet blanc qui lui semblait étrangement familier. Étonnée de le voir hors de son contexte, Olivia le contempla pendant ce qui lui sembla être un long moment avant de finalement le reconnaître.

Alors, elle se retrouva bouche bée.

C'était le carnet !

Cette reliure distinctive en cuir blanc, cette armature en métal doré sur les coins, c'était le carnet de notes que Raffaele di Maggio avait utilisé pour griffonner ses idées peu flatteuses pendant sa dégustation.

Olivia eut brusquement le souffle coupé.

Elle sortit le carnet du sac et passa les doigts sur le cuir texturé d'un air incrédule avant d'en ouvrir une page au hasard. Un coup d'œil lui suffit pour constater que c'était indubitablement le même carnet. Cette écriture extravagante bleu profond lui était familière. Elle entendait presque le grattement de ce stylo onéreux et implacable sur la page.

Quand Olivia se rendit compte de ce que cela signifiait, elle faillit laisser tomber le carnet.

L'éditeur était l'assassin.

C'était forcé. Il n'était pas étonnant qu'il ait eu l'air tellement choqué quand elle lui avait dit qu'elle croyait que le vol du carnet et le meurtre de Raffaele étaient liés.

Il ne lui avait pas du tout dit que ce carnet était maintenant en sa possession. C'était une preuve évidente de sa culpabilité. De plus, il avait même révélé son mobile à Olivia. Quand Silvano avait essayé de faire des reproches à Raffaele, ce dernier l'avait insulté, avait menacé de le licencier et de détruire sa réputation.

Olivia sentit son cœur battre plus vite quand elle se rendit compte que l'appel téléphonique aurait pu être un prétexte. Et s'il n'était pas du tout en train de parler à sa sœur ? Et s'il était parti à l'étage pour trouver une autre arme à utiliser contre elle après avoir décidé qu'elle en avait trop compris ?

Olivia laissa échapper un petit gémissement. Cette situation était dangereuse.

Avant d'avoir pu réfléchir aux conséquences de ses actions, elle se retrouva à la porte d'entrée, le carnet de notes encore en main.

— Au revoir, chuchota-t-elle au chien endormi.

Alors, elle sortit dans la brise fraîche et fonça vers la route pour se réfugier dans sa voiture.

*

Quand elle fut revenue à sa ferme, il faisait complètement noir et il recommençait à bruiner. Elle laissa échapper un soupir de soulagement et gara sa voiture, heureuse d'être bien rentrée. Quelle après-midi stressante !

Les nerfs encore en pelote, elle posa le carnet de notes sur la table de la cuisine.

Qu'allaient révéler ses pages ? Elle avait les mains qui tremblaient. Elle se versa un verre de vin et en prit une grande gorgée pour se calmer.

Elle s'assit à la table et toucha à nouveau le carnet avec incrédulité. Sa couverture en cuir brillant était fraîche et lisse entre ses mains.

Silvano avait dit que Raffaele était devenu de plus en plus déraisonnable, égoïste et injuste dans ses évaluations et qu'il avait menacé de le licencier. L'éditeur avait dû craquer. Ils s'étaient peut-être battus pour cette raison, lui et Raffaele.

Il avait tué Raffaele et volé le carnet de notes.

Pourquoi l'avait-il volé ? Il avait peut-être eu l'intention d'induire la police en erreur parce qu'il avait supposé qu'ils penseraient, comme Olivia l'avait fait, que les évaluations négatives étaient liées au meurtre.

Au moins, le carnet de notes allait peut-être fournir des informations à Olivia. De plus, elle espérait qu'elle y apprendrait aussi quelle avait été la véritable opinion de Raffaele sur son rosé.

Inspirant profondément, elle osa finalement ouvrir le carnet à la luxueuse couverture en cuir.

Elle lut l'évaluation de Cantina Carducci. Olivia se rapprocha des mots et écarquilla les yeux en les lisant. Le critique avait griffonné :

« Assemblage de rouges très prometteur. J'ai apprécié l'ajout de raisins Dolcetto. Il lui faudrait un peu plus de chêne. Excellent Sangiovese de nouvelle saison. »

Olivia eut du mal à déchiffrer les gribouillis furieux qui suivaient et fronça les sourcils.

« Pendant cette dégustation, le propriétaire de l'exploitation viticole a répondu à un appel téléphonique. Quelle impolitesse ! Quel manque de considération ! De plus, la nappe n'était pas blanc pur mais avait d'affreuses rayures brun clair. Une fois de plus, quel manque de respect ! »

Olivia posa son verre de vin.

— Eh bien ! s'exclama-t-elle.

À cause d'un simple appel téléphonique et de la nappe choisie par l'exploitation viticole, Raffaele avait condamné les vins ? Olivia n'arrivait pas à le croire.

Et Quercia Winery ?

Fascinée, Olivia tourna les pages en cherchant le nom de cette exploitation viticole. Elle le trouva.

« Un assemblage de Sangiovese bien conçu, facile à boire, mais un peu léger pour mériter sa place dans la cave d'un collectionneur sérieux. L'assemblage Merlot-Montepulciano était mieux conçu, plus fort et avait plus de caractère. Quel bon vin ! »

Visiblement, le critique avait adoré ce vin puis avait fourni une évaluation cinglante. Donc, qu'avait-il reproché à cette exploitation viticole ?

Elle poursuivit sa lecture :

« D'affreuses images de chiens sont accrochées aux murs. Pourquoi, oh, pourquoi ? De plus, le propriétaire a une moustache affreuse. Ça m'a donné envie de vomir. On aurait dit qu'il avait une brosse à récurer sale qui lui poussait sous le nez. On a enfin oublié, et à raison, les modes désastreuses des années 1980 ! Rase-moi ça, imbécile ! »

Olivia cligna rapidement des yeux. Est-ce qu'il s'agissait bien de l'homme qu'elle avait vu ? Elle n'avait pas du tout trouvé que la moustache de Gianfranco était affreuse. Elle allait parfaitement bien à son look raffiné. Elle était élégante et bien entretenue. En fait, elle n'arrivait pas à l'imaginer sans. Quant aux peintures accrochées aux murs, elles étaient belles.

Juste après cela, constata Olivia avec intérêt, Raffaele avait écrit ses notes sur Boschetto di Querce. C'était l'exploitation viticole Bosquet de Chênes qui avait produit le vin qu'il avait décrit comme étant « incroyable » sur son site et où les touristes britanniques avaient essayé d'aller.

« C'est le meilleur Sangiovese que j'aie jamais goûté ! Un triomphe absolu de la vinification. Cependant, le vigneron est un égoïste. »

— Intéressant, dit Olivia à voix haute.

Donc, Raffaele avait légèrement nuancé son évaluation, tout en couvrant le vin de louanges, parce qu'il n'avait pas aimé l'attitude du vigneron. Cependant, il considérait visiblement qu'être égoïste était moins grave qu'avoir une moustache ou prendre un appel téléphonique.

Olivia secoua la tête, perplexe, puis tourna la page et faillit s'étouffer sur son vin. Elle venait de voir le nom de « La Leggenda » avec cette écriture bleu foncé assurée.

Qu'avait-il vraiment pensé ? Olivia avait presque trop peur pour lire son évaluation.

« Assemblage de rouges : très bien fait. Quand il mûrira, il gagnera certainement un prix. »

« Miracolo de nouvelle saison : conserve toutes les qualités des années précédentes, incroyablement constant. Comment font-ils ??? »

Ensuite, dessous, il y avait l'évaluation du vin d'Olivia.

« Nouveau rosé : remarquable. Excellente qualité, parfaitement assemblé, un très bon exemple de son type, remportera des récompenses. »

Un cri échappa à Olivia. Il avait aimé son vin ! En fait, il avait adoré sa création. Son vin n'avait eu aucun défaut. Le soulagement lui donnait le vertige.

Quel avait été le problème, dans ce cas ?

Là, en noir et blanc, ou plutôt en bleu, se trouvait la raison que Raffaele avait gribouillée pour justifier son évaluation affreuse.

« Une sommelière américaine ??? Pourquoi donc ? Sommes-nous à court d'Européens pour exercer ce travail essentiel ? Inacceptable ! Qu'est-ce que les Américains, qui ont commis Valley Wines, connaissent au noble héritage de la vinification européenne ? Je suis dégoûté ! »

Les mots « sommelière américaine » étaient soulignés trois fois et le mot « dégoûté » aussi.

Avec un frisson, Olivia se rendit compte que, si l'expert avait condamné La Leggenda, cela avait été de sa faute. Cela n'avait rien à voir avec son erreur de style vestimentaire. Raffaele n'en avait même pas parlé. Dès qu'Olivia avait ouvert la bouche, elle avait condamné l'exploitation viticole à ces évaluations désastreuses et à cette affreuse grappe de raisins noirs.

Quand elle finit de boire son vin en se disant qu'elle aurait dû rester à la maison ce jour-là ou au moins prétendre avoir une laryngite, Olivia se rendit compte de quelque chose d'encore pire.

Cette évaluation s'en prenait personnellement à elle et lui donnait un mobile incontestable pour avoir assassiné le critique lors d'une crise de colère.

Elle était ici, seule dans sa ferme, en possession du carnet de notes du critique. Si l'inspectrice Caputi arrivait maintenant, cela fournirait des preuves accablantes contre elle. De plus, Olivia ne savait que trop bien que cette policière avait un talent incroyable pour arriver au mauvais moment.

Olivia pourrait dire qu'elle l'avait pris dans le sac de l'éditeur et qu'elle était convaincue qu'il était l'assassin, mais il n'y avait personne pour corroborer cette déclaration, parce qu'elle l'avait pris et s'était enfuie avec. En se souvenant du regard d'aigle sans pitié de l'inspectrice Caputi, Olivia comprit que sa déclaration semblerait peu convaincante et insuffisante.

Sa témérité avait été une énorme erreur. Pire encore, elle ne savait pas du tout comment y remédier avant d'être découverte.

CHAPITRE VINGT-TROIS

Olivia dormit mal et finit par faire un rêve étrange où elle était assise dans une cellule de prison où elle attendait que l'inspectrice Caputi vienne l'interroger. Il faisait très froid dans la cellule. Olivia regardait le givre se former sur les barreaux en fer et des stalactites pendre du plafond. Elle frissonnait sur le banc dur en acier.

Quand l'inspectrice Caputi arriva, elle était enveloppée dans un grand manteau en velours blanc et elle portait un chapeau doublé de fourrure.

— J'ai froid, expliqua Olivia en claquant des dents.

— C'est normal ! Vous méritez d'avoir froid, dit l'inspectrice d'un ton moqueur en tendant les bras entre les barreaux et en tirant sur la couverture trop fine qu'il y avait sur la couchette. Je vous enlève ça ! Vous n'en avez pas besoin ! Vous avez un carnet de notes pour vous couvrir.

— Non ! cria Olivia.

Alors, elle constata qu'elle s'était réveillée elle-même en criant.

Ses rideaux étaient illuminés par les premiers rayons du soleil matinal et la chambre était très froide. Elle n'avait pas imaginé la température. Un front froid avait soufflé pendant la nuit et l'air était si glacial qu'il semblait lui brûler la peau et qu'elle avait la chair de poule.

Olivia se rendit compte qu'elle avait commis deux grosses erreurs : elle avait porté un pyjama d'été la nuit dernière et elle avait laissé la fenêtre ouverte. Le seul à être prêt à affronter ce temps était Pirate qui, roulé sur lui-même, formait la boule la plus petite qu'elle l'ait jamais vu former, blotti dans un pli chaud du duvet d'été.

Pirate connaissait la meilleure façon de survivre à la journée qui s'annonçait, c'était sûr. Olivia allait avoir plus de mal. Elle allait devoir trouver quoi faire avec le carnet compromettant tout en évitant d'être arrêtée parce qu'elle le possédait !

Elle écarta les rideaux et contempla le paysage, blanc étincelant sous le gel.

Olivia trouva le paysage d'une beauté à couper le souffle mais ne tarda pas à retrouver le sens des réalités.

Ses vignes ! Les jeunes plants ne survivraient pas à ce gel violent et précoce. Danilo l'avait dit. Il l'en avait avertie.

Olivia se mit ses pantoufles duveteuses et son pantalon de survêtement le plus vieux et le plus chaud. Alors, elle s'enroula dans sa robe de chambre rembourrée et sortit en toute hâte. Prise par l'anxiété, elle se demandait ce qu'elle allait trouver.

Avec un bruit de petits pas, Erba émergea de la grange, impatiente de rejoindre sa maîtresse pour cette aventure matinale. Olivia glissait autant qu'elle marchait sur l'herbe gelée et elle était jalouse de sa chèvre, qui évoluait avec assurance sur ce terrain et gambadait d'une touffe d'herbe gelée à l'autre comme si ses ancêtres avaient habité dans les Alpes.

D'ailleurs, pour ce qu'Olivia en savait, ils y avaient probablement habité.

— Viens, Erba, nous avons un problème grave à régler, conseilla-t-elle à la chèvre.

Le vent lui tirait sur les cheveux, qu'elle n'avait même pas eu le temps de peigner parce qu'elle avait eu hâte d'examiner les vignes. La brise froide semblait arriver tout droit du Pôle Nord. Qui aurait cru qu'il puisse faire aussi froid en Toscane ?

Quand elle approcha de la plantation, Olivia sentit le découragement l'envahir. Les vignes n'étaient plus vert vif comme la veille. Leurs petites feuilles étaient marron et desséchées. Olivia approcha, la mort dans l'âme.

Les plants avaient bel et bien souffert du gel.

Elle cueillit une feuille, horrifiée. Elle était molle et marron, recouverte de givre, et elle se détacha facilement du cep pour lui tomber tristement dans la paume de la main.

— Ce n'est quand même pas possible ? chuchota Olivia, horrifiée.

Comment tant de choses pouvaient-elles se passer aussi mal ? Même Erba, qui gambadait joyeusement entre les rangées de vignes d'apparence pitoyable, n'arrivait pas à lui remonter le moral.

Olivia ne savait pas si les ceps pouvaient survivre à ce gel. Ce gel violent et précoce les avait peut-être détruits complètement. Il ne semblait pas y avoir d'espoir pour les vignes. Le manque d'expérience d'Olivia la désespérait encore plus.

Brusquement, Olivia se souvint des vignes sauvages qui poussaient çà et là sur son terrain, chargées de raisins qu'elle avait eu l'intention de cueillir mais avait laissés où ils étaient. Elle avait été distraite par le meurtre et son enquête et n'avait pas trouvé le temps de s'occuper de ses vignes. Maintenant, c'était trop tard, parce que les raisins auraient sans doute gelé, eux aussi. Cela signifiait qu'elle ne pourrait pas produire de vin cette année, même en petite quantité !

— Oh, Erba, dit-elle plaintivement, est-ce que cette exploitation ne produira jamais de vin ? Est-ce que les propriétaires précédents sont partis parce que c'était trop difficile ?

La chèvre s'arrêta devant elle en dérapage contrôlé et Olivia lui gratta gentiment la tête.

— Au moins, je me débrouille très bien avec toi, se rappela Olivia en cherchant le bon côté des choses en ces temps difficiles. Tu as l'air en très bonne forme. Je dirais que tu as beaucoup d'énergie, pour une chèvre. Peut-être trop.

Olivia essaya d'imaginer le terrain vallonné de sa ferme parsemé de chèvres de diverses couleurs. Elle se l'imagina avec une clarté troublante. Ce terrain montagneux était probablement beaucoup plus adapté aux chèvres. Si seulement c'était le but de sa vie ! Pourtant, ça ne l'était pas. En matière de chèvres, elle était heureuse de n'en avoir qu'une.

Olivia essaya frénétiquement de penser à une chose positive pour se remonter le moral.

— Il y a du café dans la cuisine, dit-elle finalement.

Ce n'était pas grand-chose, mais ça fournissait une petite lueur d'espoir dans ce monde soudain hostile. Le café l'aidait à accepter la vie, presque toutes les boutiques du village vendaient ses grains préférés en paquets et elle en avait un.

— Du café pour moi et des carottes pour toi, dit-elle à Erba.

Alors, son attention fut attirée par une voiture qui approchait et remontait l'allée de sable vers sa ferme à toute vitesse.

Olivia se sentit soudain coupable quand elle se souvint que le carnet du critique était visible sur le comptoir de la cuisine. Elle avait pensé à le cacher mais avait décidé que cela ne ferait que lui donner l'air encore plus coupable. Maintenant, Olivia se disait qu'elle aurait dû le cacher.

La voiture ne faisait peut-être que passer. Parfois, les touristes prenaient cette allée de sable par erreur.

Elle plissa les yeux pour se protéger de l'éclat du soleil levant. Non. La voiture ralentissait et passait son portail.

Perplexe, Olivia vit que ce n'était pas la Fiat grise qu'elle avait pris l'habitude d'associer à l'inspectrice. Cette dernière avait-elle changé de voiture ? Elle était grise, elle aussi, mais c'était un modèle élancé et sportif, puissant et bas de caisse.

Elle entendit que cette voiture était vraiment basse de caisse quand un caillou qui dépassait érafla le châssis de la voiture en produisant un raclement désagréable.

La voiture s'arrêta en dérapant derrière son pick-up et Olivia la regarda en respirant rapidement. Elle leva le menton et tenta de se calmer et de se préparer à rester de marbre pendant que la police fouillait sa maison et l'interrogeait.

Alors, Olivia perdit tout son calme et laissa échapper un cri outragé.

Ce n'était pas la policière aux cheveux acier qui descendait de cette voiture infernale.

C'était Matt !

Olivia le regarda fixement et fut encore plus choquée quand Xanthe descendit du siège passager. Elle était enveloppée dans un duffle-coat blanc et épais qui accentuait la maigreur de ses jambes et elle portait à nouveau ses magnifiques bottes.

Matt s'était fait coiffer avec beaucoup de chic. Olivia constata qu'il avait utilisé tellement de gel que ses cheveux semblaient immuables en dépit de la brise qui tirait dessus. Ils lui rappelaient la tête couverte de laque de Raffaele.

— Eh bien, salut ! Quelle coïncidence incroyable. Je n'arrive pas à croire que tu habites ici. Avec toutes les maisons qu'il y a en Toscane, tu habites dans cette ferme. Toi ? Ici ? C'est tellement bizarre que je crois que ça me donne la chair de poule. Tu sais, Olivia, j'ai presque l'impression que tu me harcèles, avoua Matt avec un rire délibérément décontracté.

Elle le harcelait, elle ? Outrée, Olivia se retrouva à court de mots.

Heureusement, Matt n'était pas à court de sujets de conversation et poursuivit.

— Tu sors du lit ? demanda-t-il.

Avec un embarras soudain, Olivia se souvint qu'elle était encore en robe de chambre, ou alors, en grande partie. Son pantalon de survêtement élimé était hideux le jour comme la nuit, mais les pantoufles duveteuses en forme de lapin étaient incontestablement conçues pour la nuit et c'était aussi le cas de sa robe de chambre bien isolée mais remarquablement informe.

Elle ne s'était même pas peignée. Olivia savait qu'elle était en train de rougir fortement.

— Que — que fais-tu ici ? bafouilla-t-elle.

Elle se passa les bras autour du corps, sur la défensive. Depuis qu'elle s'était réveillée, elle vivait un nouveau cauchemar pire que le précédent. Elle aurait préféré repartir dans cette cellule de prison glaciale et y affronter une inspectrice Caputi habillée en Inuit.

— J'ai trouvé cette exploitation en vente sur un site. Nous avons décidé de partir en excursion tôt le matin pour voir ce que vaut cette région en matière d'investissement immobilier. J'ai créé un portefeuille international. Il est modeste mais, jusque-là, il a des performances surprenantes. Pas vrai, mon amour ?

Il adressa la question à Xanthe, qui sembla ne pas l'entendre. Elle cherchait à se photographier sur fond de soleil levant et ce problème complexe occupait toute son attention.

— Cette exploitation n'est pas à vendre. Je l'ai achetée, dit Olivia.

Elle dut crier ces mots, parce qu'elle ne voulait pas se rapprocher de ce couple heureux. Elle allait rester là où elle était, à l'abri de sa plantation de vignes détruite par le gel.

Matt leva un sourcil.

— Vraiment ? J'imagine qu'ils oublient parfois de mettre les sites à jour. Tu aimes forcément le chaos italien qui règne ici, n'est-ce pas ?

Olivia ne croyait pas un mot de ce qu'il disait. Elle était convaincue que Matt avait appelé son réseau de contacts et, par des moyens sournois et rusés, avait découvert où se trouvait la ferme qu'elle avait achetée. Cette histoire de ferme en vente était un mensonge plus éhonté que tous ceux qu'elle avait jamais entendus et, comme elle avait vécu avec Matt pendant qu'il la trompait, Olivia se dit qu'elle avait acquis un peu d'expérience, bien que rétrospective, en détection de ses mensonges éhontés.

— C'est très beau, ici, mais rustique.

Les bras croisés, Matt se tourna et contempla sa ferme robuste mais humble. Alors, il avança avec assurance vers la porte d'entrée comme s'il avait acheté un ticket de visite qui l'autorisait à aller faire tout seul le tour des lieux.

Olivia sentit monter sa colère. Elle ne les avait pas invités. Elle voulait qu'ils s'en aillent, et maintenant !

À ce moment, Xanthe laissa échapper un hurlement et Olivia se retourna brusquement vers elle.

Erba avait approché pour voir ce que Xanthe faisait. La chèvre avait passé le museau par-dessus l'épaule de Xanthe avec curiosité. Xanthe avait eu la peur de sa vie et, en plus, son selfie avait été gâché.

Xanthe se releva maladroitement et recula.

— Est-ce que votre chèvre mord ? s'écria-t-elle d'un air nerveux quand Erba avança joyeusement vers elle en croyant visiblement que cette petite humaine essayait de commencer un jeu.

— Ce n'est pas ma chèvre, cria Olivia.

Alors, voyant Erba pencher la tête d'une façon familière, elle ajouta :

— Cela dit, elle donne des coups de tête.

— Elle quoi ?

Xanthe hurla à nouveau quand Erba chargea et poussa le front contre les cuisses maigres de Xanthe. Agitant les bras, Xanthe perdit l'équilibre et tomba en arrière dans le parterre de fleurs d'Olivia.

Olivia secoua la tête. Elle ne savait pas où la chèvre avait pris cette habitude méchante et extrêmement antisociale. Olivia n'avait jamais donné de coup de tête à une autre personne en présence de sa chèvre. La seule explication qui lui vienne en tête était qu'Erba avait appris ça en regardant les autres chèvres de l'exploitation viticole. Olivia allait devoir l'éduquer pour qu'elle perde cette habitude et elle voyait qu'il lui faudrait exercer beaucoup d'autorité, malgré tout l'amour qu'elle ressentait pour cette créature.

Cependant, elle y penserait un autre jour. Pour l'instant, son besoin le plus pressant était de chasser Matt de sa propriété.

— Tu vas où, là ? cria-t-elle.

Matt s'arrêta immédiatement et se retourna vers elle. Elle vit un soupçon de culpabilité lui passer sur les traits.

— Je — je pensais que j'allais jeter un coup d'œil à l'intérieur.

Visiblement, Xanthe n'avait pas envie de partir en exploration avec lui. Elle était occupée à se brosser le derrière et à ramper vers la voiture en utilisant le mur de la ferme pour protéger ses arrières et éviter de se prendre un autre coup de tête.

— Non, dit Olivia en croisant les bras. Tu n'es pas le bienvenu, ici. C'est une propriété privée et les intrus font l'objet de poursuites. Tu as vu la pancarte à l'entrée ?

Même s'il n'y avait pas de pancarte à l'entrée, cette idée avait bien fonctionné quand Jean-Pierre l'avait utilisée à l'exploitation viticole. De toute façon, elle était sûre que Matt était entré trop vite pour remarquer sa présence ou son absence. Il jeta un coup d'œil vers le portail d'un air incertain.

— Il faut que je me prépare pour le travail, maintenant, poursuivit Olivia en espérant qu'elle donnait une impression de calme et de fermeté malgré l'hystérie qu'elle sentait monter en elle. Je n'ai pas le temps d'accueillir les visiteurs non désirés et, qui plus est, impolis qui ne s'intéressent qu'aux opportunités immobilières. Contacte un agent. Il y en a deux au village. Ils pourront te montrer les propriétés disponibles mais, pour l'instant, tu t'en vas. Pars. Sors d'ici !

— Je croyais juste que – commença à dire Matt, sur la défense.

Alors il marmonna quelque chose. Olivia n'entendit pas tout mais comprit le mot « café ».

— Il y a un bistrot en ville, cria Olivia. Je n'offre pas de café gratuit aux gens qui arrivent sans rendez-vous. Ce n'est pas une maison d'hôtes, c'est une ferme !

Enveloppée dans sa robe de chambre, Olivia avança, contente de voir que Matt était maintenant en train de reculer de la maison et de battre en retraite vers sa voiture.

Plaquée contre le mur, Xanthe fonça vers le côté passager et l'atteignit juste avant Erba.

— Partez ! Maintenant ! Sortez et ne revenez jamais ! cria Olivia.

Elle se sentait soulagée de pouvoir crier ses frustrations à tue-tête. Qui se souciait de ce qu'ils pensaient d'elle ? S'ils se souvenaient d'elle comme d'une folle aux cheveux en bataille qui leur criait dessus, elle s'en moquait. Pour elle, tout ce qui les empêcherait de revenir serait une bonne idée.

— On s'en va.

Matt retourna du côté du conducteur, accélérant le pas quand Erba approcha avec curiosité.

Matt démarra la voiture et recula avec soin. Quand il repartit, il évita prudemment le caillou qui avait failli détruire le châssis lors de leur arrivée.

Quand ils furent partis, Olivia poussa un soupir de soulagement. Bon débarras. Elle espérait fortement ne plus jamais les revoir.

— Erba, tu – commença-t-elle.

Elle ne savait pas s'il fallait qu'elle félicite ou réprimande sa chèvre récalcitrante. Cependant, les mots se figèrent sur ses lèvres quand elle vit un grand minivan blanc remonter le chemin de sable avec détermination et ralentir en atteignant sa ferme.

Elle n'était pas encore sortie de l'auberge. Elle allait devoir affronter d'autres ennuis.

CHAPITRE VINGT-QUATRE

Olivia regarda nerveusement le minivan s'arrêter sur la piste qui menait à la ferme.

En voyant la taille qu'il faisait, elle se demanda brièvement si l'inspectrice Caputi passait chercher plusieurs suspects pour les emmener en prison. Ou alors, elle avait peut-être emmené une équipe d'enquêteurs pour fouiller sa ferme.

Olivia mordit sa lèvre glacée. Pourquoi fallait-il que tout cela se passe le seul matin où elle était sortie en robe de chambre ? Est-ce que la police allait accepter qu'elle se mette des vêtements normaux avant de l'enfermer dans le minivan ?

Cependant, soudain, la vitre du conducteur descendit avec un vrombissement et un Britannique l'appela.

— Hé ! Excusez-moi. Pourriez-vous nous aider ? Je crois que nous nous sommes perdus.

À sa grande surprise, Olivia le reconnut. C'était Barry, le conducteur désigné du groupe qu'elle avait rencontré devant Quercia Winery. Maintenant, ils étaient là, devant sa ferme.

Elle soupira. Ils avaient besoin d'aide. Elle n'avait pas le temps de se changer de vêtements. Même si elle n'en avait aucune envie, elle allait juste devoir leur donner l'impression qu'elle était une habitante locale excentrique et remercier le ciel que ce ne soit pas l'inspectrice.

Avançant avec soin avec ses pantoufles épaisses, Olivia remonta l'allée sablonneuse jusqu'à la voiture.

— Que puis-je faire pour vous ? demanda-t-elle.

Une autre vitre s'ouvrit et la femme aux lunettes roses jeta un coup d'œil à l'extérieur.

— Ça alors, je me souviens de vous. Nous nous sommes rencontrés devant cette exploitation viticole l'autre jour !

— Oui, c'est exact, dit Olivia.

Elle se sentait inquiète que ces touristes britanniques l'aient reconnue aussi facilement. Est-ce que cela signifiait qu'elle avait eu l'air aussi cinglée et décoiffée quand ils l'avaient rencontrée devant

Quercia alors qu'elle avait cru qu'elle était propre et qu'elle maîtrisait la situation ?

C'était une idée inquiétante.

Cependant, Olivia n'avait pas le temps d'y penser. Il fallait qu'elle aide ces gens à retrouver leur route.

— Nous aurions dû rester à Quercia. Le vigneron de cette exploitation viticole très recommandée, Boschetto di Querce, était très arrogant. Ce n'était pas une expérience agréable de se faire servir par lui, même si ses vins étaient bons, annonça la femme aux lunettes roses.

— Vous pourrez peut-être retourner à Quercia aujourd'hui. Leurs vins sont d'excellente qualité et ils sont aussi très gentils avec les visiteurs, dit Olivia.

Se souvenant de ce que Raffaele avait écrit dans le carnet de notes, elle ajouta :

— L'assemblage de Sangiovese est très facile à boire. Quant au Merlot-Montepulciano, il a beaucoup de caractère et c'est un très bon vin.

— Nous allons y aller aujourd'hui, c'est sûr, promit la femme aux lunettes roses.

Une autre vitre se baissa.

— On y serait déjà revenus si notre chauffeur ne nous perdait pas tout le temps, fit observer la femme en veste rouge.

Dans le minibus, tout le monde rit. Le visage déjà rougeaud de Barry rougit encore plus.

— Cette fois, le GPS a bugué.

— C'est très crédible, dit quelqu'un à l'arrière en gloussant, à moins que tu n'aies bu trop de grappa hier soir.

— Où voulez-vous aller ? demanda Olivia.

— Nous voulons aller au village de Collina, expliqua la femme en veste rouge. On dit qu'il y a un magnifique château en ruine à l'entrée. Nous avons aussi entendu dire qu'il y avait deux boulangeries rivales en ville et que leurs propriétaires se disputaient l'un avec l'autre toute la journée. Nous voudrions acheter des pâtisseries et des gressins pour la route et nous ne serions pas offensés si nous entendions des jurons. En fait, quelques-uns d'entre nous ont déjà préparé la caméra de leur téléphone.

Du fond du minibus, Olivia entendit une voix familière parler à son téléphone d'une voix perçante.

— Siri, allume ma caméra. Maintenant !

Olivia cacha un sourire. Elle ne savait pas combien d'habitants du village étaient conscients du fait que la querelle supposée entre les propriétaires des deux boulangeries situées face à face n'était que du théâtre. Ils avaient commencé ça pour s'amuser et continué quand ils avaient constaté que cela attirait des visiteurs en ville et augmentait leurs ventes. En réalité, les propriétaires de Chez Mazetti et de Forno Collina étaient des amis proches.

Comme le tourisme viticole local avait fortement baissé, Olivia était contente de voir que le pain aidait l'économie locale à survivre.

— Bien sûr, que je peux vous aider, répondit-elle en souriant. Repartez sur la route principale, tournez à gauche puis prenez la prochaine route à droite huit cents mètres plus tard. C'est une route goudronnée étroite, donc, faites attention à ne pas la rater.

— Excellent. Ça a l'air assez simple. Vous êtes au courant de la rivalité entre les boulangers ? Ça a l'air spectaculaire ! Dans quelle boulangerie allons-nous faire nos courses ? demanda Barry.

— C'est une rivalité très amère et de très longue date, expliqua Olivia. Je vous recommande absolument d'acheter des quantités égales aux deux magasins pour éviter d'envenimer les choses. Les prix sont toujours exactement les mêmes.

Du fond du minibus, on entendit une autre supplication plaintive :

— Tu es là, Siri ?

— Ils ont aussi un excellent café, à emporter ou moulu ou en grains, ajouta Olivia.

— Ce sera idéal à ramener à Deans Bottom après nos vacances, convint la femme en veste rouge. Bon, Barry, tu ferais mieux de faire demi-tour avant qu'on ait tous oublié l'itinéraire. Et puis, il faut que quelqu'un aide Shirley à activer la caméra de son téléphone parce qu'on dirait que Siri n'écoute pas.

Le minivan repartit où il était venu. Olivia était heureuse de se dire que ces touristes allaient découvrir le village pittoresque de Collina pour la première fois. Même si c'était la ville la plus proche de chez elle, elle ne se lassait jamais de la voir et se sentait toujours aussi émerveillée quand elle passait devant ce château en ruine avec ses pierres croulantes et ses anciens remparts.

Elle était sûre que les propriétaires des boulangeries seraient en forme. Ils faisaient toujours des efforts pour les touristes qui arrivaient avec des caméras.

Quand Olivia repartit dans sa maison, elle se rendit compte qu'elle avait trouvé ce qu'elle ferait du carnet de notes.

Elle l'emmènerait au travail et, dès qu'elle aurait le temps, elle irait au poste de police local et le leur remettrait en tant que preuve. Elle pourrait expliquer à l'inspectrice Caputi où elle l'avait obtenu et pourquoi elle l'avait pris avant de s'enfuir.

Si elle le rendait, cela prouverait son innocence et cela montrerait qu'elle agissait avec les meilleures intentions qui soient. Elle espérait aussi que cela permettrait que Silvano soit arrêté avant qu'il ne puisse commettre d'autres crimes.

Heureuse d'avoir trouvé une solution pour se débarrasser de ce carnet compromettant tout en faisant arrêter un suspect, Olivia partit au travail à pied avec Erba, car la météo prévoyait qu'il ferait beau.

À l'exploitation viticole, le découragement s'abattit à nouveau sur Olivia. On voyait de manière évidente que les ventes souffraient beaucoup. Il n'y avait absolument aucun touriste. Le parking était vide et Marcello et Nadia étaient en réunion dans le bureau de Marcello.

Ils parlaient à voix basse et, ponctuellement, à chaque heure, Gabriella emmenait une série d'expressos d'un air aussi sinistre que si c'était la fin du monde. Olivia était sûre qu'ils essayaient d'endiguer la baisse des commandes des restaurants de tout le pays.

Jean-Pierre la contempla d'un air désespéré.

— Qu'allons-nous faire ? demanda-t-il.

Olivia ne pouvait même pas proposer de faire l'inventaire parce qu'ils l'avaient déjà terminé.

— Je vais te faire découvrir de nouveaux vins, décida-t-elle. Va dans la réserve et apporte un des derniers Sangiovese, du Miracolo, des assemblages de blancs et du Vermentino. Nous allons effectuer une séance de dégustation pour t'affiner le palais. Ensuite, il faudra que j'aille brièvement au poste de police, donc, si tu veux bien me prêter ta voiture, je te laisserai en charge des lieux pour la matinée.

L'air encouragé, Jean-Pierre partit chercher les bouteilles.

Olivia nota toutes ces bouteilles sur la liste des ventes de la journée. Elle allait toutes les acheter ! Elle pourrait inviter des amis et ils l'aideraient à les finir. Un seul ami, en fait. Danilo boirait ces bouteilles avec elle avec son enthousiasme coutumier.

Olivia ouvrit les deux vins blancs en premier et en versa dans des verres.

— Maintenant, ferme les yeux, dit-elle à Jean-Pierre. Je vais intervertir ces verres et tu vas devoir reconnaître lequel est le vermentino pur et lequel est l'assemblage de blancs. Il faut que tu restes conscient des caractéristiques du vin que tu bois puis que tu les compares avec celles de l'autre. Voici de l'eau pour te nettoyer le palais.

Pour s'assurer que Jean-Pierre joue le jeu, Olivia tourna le dos et intervertit les verres. Alors, elle se retourna vers le jeune stagiaire.

— Voici ton premier vin, dit-elle.

— Je ne suis pas obligé de cracher, n'est-ce pas ? demanda anxieusement Jean-Pierre. Quand j'ai regardé ça l'autre jour, ça m'a donné la nausée.

— Comme tu ne vas déguster que quelques crus, tu peux avaler le vin, dit Olivia pour le rassurer.

Elle repensa au critique qui avait recraché le vin. Ça la mettait mal à l'aise, elle aussi. Comme elle avait été stressée par ce moment puis avait dû regarder le maestro cracher, elle avait eu l'estomac brouillé.

Alors qu'Olivia repensait au critique antipathique maintenant décédé, elle entendit des pas devant l'exploitation viticole. Elle faillit laisser tomber les verres de dégustation quand elle vit qui entrait. C'était Silvano, l'éditeur.

Il était clair que c'était Olivia qu'il était venu voir. Quand il la repéra, il plissa les yeux et se dirigea vers elle avec détermination.

Olivia commença à faire de l'hyperventilation. Jean-Pierre sentit sa tension et ouvrit les yeux.

— Est-ce que tout va bien ? demanda-t-il. Je crois que c'était le vermentino. Qui est cette personne ?

— Olivia, dit Silvano, puis-je vous parler en privé ?

Olivia sentit sa tension artérielle crever le plafond. En privé, que risquerait-il d'arriver ? Qu'est-ce que cet assassin prévoyait de faire maintenant ? Quels autres articles de bureau pointus avait-il cachés sur sa personne ?

Olivia eut une idée.

— Jean-Pierre, pourrais-tu attendre à l'extérieur de la salle de dégustation, s'il te plaît ? Si tu entends des cris ou du remue-ménage, reviens immédiatement.

Se souvenant de ses devoirs en tant que mentor, elle ajouta hâtivement :

— Tu as raison. C'était le vermentino.

— Je tendrai l'oreille, dit Jean-Pierre d'une voix ferme.

Il sortit en jetant un coup d'œil méfiant à Silvano.

Elle espéra que, si Silvano avait des projets odieux, la présence attentive de son assistant devant la porte les contrarierait.

Elle versa deux verres de l'assemblage de blancs et les emmena à une table de l'autre côté de la salle.

Silvano s'assit en face d'elle. Quand elle le regarda de plus près, Olivia se rendit compte que l'éditeur paraissait secoué, très mal à l'aise, sinon même craintif, comme s'il avait perdu le contrôle de la situation.

Cela convenait parfaitement à Olivia. Elle ne contrôlait pas la situation, elle non plus, mais, au moins, cela signifiait qu'ils étaient sur un pied d'égalité. De plus, son garde du corps français à l'humeur changeante arriverait en un éclair pour la secourir si nécessaire.

Silvano sirota nerveusement son vin.

— Je sais que vous avez pris le carnet de notes de Raffaele, dit-il. Quand j'ai terminé mon appel téléphonique et constaté que vous étiez partie, je me suis rendu compte que vous aviez dû voir le carnet dans mon sac et imaginer le pire. J'aurais dû le cacher, dit-il tristement, ou, au moins, j'aurais dû avoir le courage de vous dire que je l'avais pris quand vous en avez parlé.

— Vous —vous l'avez – commença à dire Olivia, qui avait du mal à prononcer le mot crucial, « tué ».

— Je vous promets que non, dit Silvano en la regardant bien en face, les yeux écarquillés et anxieux. Je vais vous expliquer ce qui s'est passé. Croyez-moi, je vous en prie. C'est la vérité, je n'ajoute rien. Je le jure. Si je vous ai caché ça hier, c'est uniquement parce que je craignais que vous n'ayez déjà décidé que l'assassin et le voleur étaient la même personne.

— D'accord, dit Olivia.

Elle sirota son vin en essayant d'imiter l'inspectrice Caputi. Si elle pouvait prendre un regard aussi intimidant, elle était sûre que l'éditeur n'oserait pas lui mentir.

— Comme je vous l'ai dit chez moi, ce que Raffaele faisait m'inquiétait. Ses évaluations étaient inexactes et basées sur ses goûts personnels, pas du tout sur le vin. Il était arrogant, certain de son pouvoir. Donc, je me suis dit que c'était ma seule chance de redresser la situation. Je suis allé à l'hôtel Gardens of Florence dans l'après-midi qui a suivi le meurtre de Raffaele et je me suis assis au bar jusqu'à être sûr que la police soit partie et qu'il ne reste personne sur les lieux.

Alors, je me suis introduit dans sa chambre et j'ai pris le carnet. Je voulais changer immédiatement toutes les évaluations, mais la police a fermé le site web. Dès qu'ils attraperont l'assassin et rouvriront le site web, je corrigerai les évaluations.

Olivia sirota à nouveau son vin pour gagner du temps pendant qu'elle réfléchissait frénétiquement à ce que Silvano lui disait.

D'un certain point de vue, cela paraissait vrai et crédible. Ses actions étaient logiques et étaient, en fait, héroïques. D'un autre point de vue, cela pouvait être un mensonge élaboré et habilement construit.

— Qui l'a fait, à votre avis ? demanda-t-elle.

Il secoua la tête d'un air impuissant.

— Si je le savais, je le dirais immédiatement à la police. Ça pourrait être n'importe lequel des vignerons qui ont souffert de la cruauté du stylo de Raffaele.

Silvano grimaça en prononçant le mot « stylo », se rappelant visiblement quelle avait été sa dernière utilisation.

— Rendez-moi le carnet, je vous en prie, supplia-t-il Olivia. Je veux vraiment me racheter. Si ce carnet tombe dans de mauvaises mains, jamais on ne pourra réparer ces dégâts. Beaucoup des vignerons sont devenus mes amis personnels. Je sais ce qu'ils subissent en ce moment !

Olivia prit une autre gorgée de vin, ne sachant que décider. Elle avait été extrêmement sûre que Silvano était le coupable mais, en y réfléchissant, elle se demanda ce qu'elle aurait fait à sa place.

Aurait-elle volé le carnet elle aussi pour essayer de sauver les exploitations viticoles que Raffaele avait si durement maltraitées ?

Olivia secoua la tête. Elle ne savait pas si Silvano était coupable ou si elle pouvait se fier à ses propres instincts ! Toutefois, c'était maintenant qu'il fallait qu'elle prenne la bonne décision, quelle qu'elle soit.

— D'accord, s'entendit-elle dire. Je vous le rendrai si vous me promettez de changer les évaluations dès que possible.

— Bien sûr que je le ferai ! dit Silvano d'un air soulagé.

Olivia était bouleversée. Dès qu'elle avait prononcé ces mots, elle avait commencé à les regretter. Elle ne savait pas si elle avait pris la bonne décision ou commis une erreur terrible.

Elle se leva et alla au comptoir de dégustation. Elle tendit le bras derrière, jusqu'à l'étagère où elle gardait son sac à main, et sortit le carnet.

Avant d'avoir pu changer d'avis, elle revint à la table à grands pas et le lui tendit.

— Voilà, dit-elle.

— Merci, merci ! dit Silvano en serrant le carnet, la voix pleine de gratitude. Je vous promets que, dès que je le pourrai, je —

Il ne put pas terminer ce qu'il disait.

De l'extérieur, Olivia entendit approcher des bruits de pas. Jean-Pierre poussa un cri d'avertissement. Un moment plus tard, la porte de la salle de dégustation s'ouvrit brusquement.

CHAPITRE VINGT-CINQ

— Le voilà ! C'est l'assassin du Maestro Raffaele.

Choquée, Olivia regarda Brigitta emmener la police dans la salle de dégustation et montrer Silvano d'un air triomphant.

Encadrée par deux agents en uniforme, l'inspectrice Caputi arriva juste derrière Brigitta.

— Vous voyez ? Regardez, il tient le carnet de notes qu'il a volé.

Brigitta gesticula de manière sensationnelle.

— C'est ce que je soupçonnais, inspectrice. Mon enquête a porté ses fruits.

— Je n'ai pas –

Silvano essaya de se défendre d'une voix tremblante, mais il ne put finir sa phrase et contempla le carnet d'un air démoralisé. Quand la police était arrivée, il avait renversé son verre à vin, qui gisait sur le côté sur la table en bois poli. Heureusement, il était déjà vide.

Olivia était stupéfaite. Était-il vraiment le coupable ou était-il seulement victime de preuves indirectes ?

De toute façon, Olivia ne pouvait rien faire maintenant. Les deux agents de police en uniforme entouraient déjà Silvano et l'aidaient, pas très aimablement, à se lever.

— Donnez-moi ça !

L'inspectrice Caputi arracha le carnet relié de cuir à Silvano et le glissa dans un sac pour pièces à conviction. Quand elle le fit, Silvano gémit de désespoir.

Olivia se retint tout juste de gémir, elle aussi. Le carnet de notes était maintenant entre les mains de la police. Il pourrait rester enfermé dans une salle des preuves pendant des mois. L'exploitation viticole semblait avoir de moins en moins de chances de s'en remettre. En fait, décida Olivia, ces chances étaient peut-être même inexistantes.

— Je n'ai rien à dire, murmura Silvano quand les menottes se refermèrent avec un clic autour de ses poignets. Je sais que ça a l'air louche. Je coopérerai entièrement avec vous.

Il se retourna vers Olivia.

— S'il vous plaît, je vous en supplie, pouvez-vous demander à ma voisine de s'occuper de Garibaldi jusqu'à mon retour ?

— Bien — bien sûr, dit Olivia.

Silvano hocha la tête, soulagé, puis la baissa à nouveau.

Brigitta croisa les bras et sourit, satisfaite, en regardant Silvano avancer vers la porte en trébuchant suivi par l'inspectrice Caputi, qui aboyait des instructions dans son talkie-walkie.

Jean-Pierre s'écarta pour les laisser passer en fronçant les sourcils comme si la rapidité des événements le rendait perplexe.

— Est-ce que c'était un piège ? demanda-t-il en revenant prudemment dans la salle de dégustation. Une mise en scène ?

Brigitta eut l'air encore plus satisfaite d'elle-même.

— Je l'ai suivi jusqu'à votre exploitation viticole, dit-elle. Je soupçonnais qu'il allait essayer de cacher le carnet ailleurs. Heureusement, la police est arrivée pendant qu'il était encore en sa possession.

Ce n'était pas du tout ce qui s'était passé ! Olivia sentait qu'il fallait qu'elle rappelle la vérité, mais elle ne savait pas par où commencer. Si elle expliquait qu'elle avait volé le carnet puis qu'elle le lui avait rendu, cela ne ferait que compliquer les choses.

— C'était très habile de votre part, dit Olivia pour complimenter Brigitta.

L'assistante se tournait et se dirigeait vers la porte car, visiblement, elle ne voulait pas manquer le moment où l'homme qu'elle avait traqué monterait dans un camion de police.

Dans son for intérieur, Olivia dut admettre qu'elle se sentait légèrement contrariée par la vitesse et le style incontestable avec lesquels l'assistante avait agi. Elle avait filé le suspect, appelé la police sur place et pris des mesures fermes pour parvenir à un résultat.

Olivia eut honte de ses techniques d'interrogatoires subtiles, qui s'étaient avérées complètement inutiles. Maintenant, l'affaire avait l'air terminée et cela signifiait qu'Olivia avait pris la mauvaise décision en faisant confiance à Silvano.

Elle posa les coudes sur le comptoir de la salle de dégustation en poussant un soupir et contempla le bois poli tout en s'interrogeant avec inquiétude sur ses actions récentes. Assise en face de l'éditeur, elle s'était sentie incertaine. Elle n'avait pas vraiment été sûre de son innocence mais, en fin de compte, elle avait décidé de très peu de le croire. Maintenant, Olivia commençait à douter d'elle-même. Ses instincts d'enquêtrice l'avaient trahie.

Alors, Olivia inspira brusquement quand une main chaude lui toucha le dos. Sa présence lui remonta immédiatement le moral.

— Olivia, je suis choqué par ce qui vient d'arriver, dit Marcello en lui massant doucement les épaules. J'ai vu la police s'en aller. L'inspectrice Caputi a dit que l'éditeur du site web avait été arrêté ici parce qu'il était en possession de preuves importantes.

Olivia hocha la tête.

— C'était le carnet dans lequel Raffaele notait ses évaluations.

Marcello plissa les yeux et son beau visage se fit sévère.

— Je suis sûr que ce carnet contenait des vérités qui n'ont jamais été publiées sur le site web, dit-il.

Olivia ne put qu'admirer sa perspicacité.

— J'ai pu le lire un peu, admit-elle. Raffaele a trouvé que nos vins étaient merveilleux. Silvano a dit que la célébrité lui était montée à la tête et qu'il laissait ses propres préjugés personnels influencer ses évaluations.

Marcello hocha tristement la tête.

— Et maintenant, le carnet est entre les mains de la police, l'éditeur est en garde à vue et le site web ne peut pas être modifié.

Il se pencha en avant et écarta une mèche de cheveux égarée du visage d'Olivia.

— Je crois que tu devrais prendre une journée de congé, après le stress de ce matin. Nous n'aurons sans doute pas beaucoup de visiteurs, aujourd'hui. Repose-toi pendant que tu en as la possibilité, lui dit-il gentiment.

Olivia leva les yeux vers lui avec gratitude.

Après sa nuit blanche, ses vignes gelées et l'arrivée de Matt chez elle, elle avait eu plus qu'assez de problèmes avant même l'arrivée de Silvano. Pire encore, la gentillesse de Marcello l'émouvait. Si elle ne rentrait pas chez elle immédiatement, elle serait capable de se jeter dans ses bras en sanglotant. Le faire maintenant serait une mauvaise idée.

Tentante, mais mauvaise.

— Merci, dit-elle. J'ai eu beaucoup de stress et je vais suivre ton conseil. Demain, je serai reposée et prête à foncer quand on se ressaisira !

Quand elle fit ainsi preuve de résilience, elle vit de l'admiration dans les yeux de Marcello. Cette sombre journée lui parut s'illuminer.

— Occupe-toi des clients, Jean-Pierre, appela-t-elle en prenant son sac à main sur l'étagère et en sortant la tête haute.

Alors qu'elle marchait sur la desserte qui passait devant l'élevage caprin, ses épaules s'affaissèrent à nouveau et la bravade dont elle avait fait preuve s'évapora.

— Erba, je ne sais pas quoi faire ! avoua-t-elle à Erba quand la chèvre la repéra et gambada vers elle.

Elle se sentait jalouse de sa chèvre. Son animal d'adoption avait passé une matinée fantastique pendant laquelle elle avait rencontré des visiteurs intéressants qui étaient tombés dans des parterres de fleurs quand elle leur avait envoyé des coups de tête. Olivia se dit que ce jour, qui avait été un de ses plus noirs, avait été le plus beau de la vie de sa chèvre. Il valait peut-être la peine d'en tirer une leçon, se dit-elle. C'était une question de point de vue.

— Tu rentres avec moi, Erba ? demanda Olivia.

La chèvre hésitait. Visiblement, elle comprenait que c'était le mauvais moment de la journée et qu'elle jouerait moins longtemps avec ses amies.

Décidant d'abandonner Olivia, Erba repartit en trottinant vers la laiterie et bondit énergiquement par-dessus un rocher de taille moyenne qui se trouvait sur le côté de la route.

— Tu es beaucoup trop espiègle, lui reprocha Olivia.

Elle se demanda brièvement si la luzerne nourrissante donnait trop d'énergie à Erba. Cela expliquerait peut-être son comportement excessivement joyeux et les coups de tête. Après tout, ses ancêtres s'étaient uniquement nourris d'herbes sauvages et probablement d'une corde à linge de temps à autre.

Olivia décida de réduire la ration de la chèvre et de voir si elle se calmait. Elle pourrait toujours l'augmenter à nouveau si Erba paraissait fatiguée.

Comme Erba devenait un peu folle parce qu'elle mangeait trop de luzerne, il serait mieux que la chèvre reste à l'exploitation viticole toute la journée. Olivia décida de la récupérer plus tard. Entre temps, elle espéra que son trajet à pied lui donnerait le temps de s'éclaircir les idées.

Quand elle sortit de l'exploitation viticole à grands pas, sans chèvre et seule, Olivia se demanda si elle abordait cette affaire du mauvais point de vue.

Et si elle avait observé toute cette situation à l'envers, comme Xanthe après le jeu impromptu d'Erba ?

Et s'il existait une autre manière d'aborder les choses ?

CHAPITRE VINGT-SIX

Alors qu'Olivia remontait la piste de sable qui menait à sa ferme, elle remarqua qu'une autre voiture s'était garée dans son allée.

Elle courut jusqu'au portail, craignant que ce ne soit une personne indésirable.

Quand elle approcha, elle fut soulagée de constater que le visiteur était Danilo. Enfin une personne dont elle désirait la compagnie !

Il se précipita vers elle d'un air inquiet.

— Est-ce que tout va bien ? Je suis venu travailler dans ta grange. J'espérais pouvoir te surprendre en trouvant une bouteille intacte avant ton retour ! Par contre, j'ai remarqué que tu avais été touchée par le froid. Je vois que tes jeunes vignes ont été endommagées par le gel.

Olivia se sentit touchée. C'était vraiment gentil de sa part. Ce n'étaient ni sa ferme ni ses vignes, et pourtant, il était venu l'aider.

— Penses-tu qu'elles survivront ? demanda-t-elle anxieusement.

— Si la température ne baisse pas trop, elles s'en sortiront peut-être. Tu devrais le savoir dans un jour ou deux. Entre temps, j'ai pris un peu de paille dans ta grange et je l'ai placée entre les rangées. La paille volante aidera à conserver la chaleur pendant la nuit. Comme ça, les vignes ne souffriront plus et auront plus de chances de se remettre.

— Merci, dit Olivia avec gratitude. C'est un souci de moins. Malheureusement, il y en a d'autres et ils sont graves.

— Tu as peur pour le meurtre ? demanda Danilo. C'est pour ça que tu es revenue tôt et que tu as l'air inquiète ?

— Oui. Il y eu un fait nouveau dans l'affaire, aujourd'hui. Quelqu'un a été arrêté à l'exploitation viticole après avoir été pris avec des preuves compromettantes.

Danilo écarquilla les yeux.

— Qui ? Pas un des Vescovi, quand même ?

— Non, non. L'homme qui est maintenant en garde à vue est l'éditeur du site web, Silvano. Il avait le carnet de notes sur lui.

Danilo leva brusquement les sourcils.

— Le carnet de notes avec les évaluations ? Celui qui contenait la vérité ? Alors, la police croit que l'éditeur a tué le maestro et volé le carnet ?

Olivia hocha la tête.

— Brigitta, son assistante, en est certaine et la police le croit aussi.

— Mais pas toi ?

Olivia décida qu'il fallait qu'elle lui dise tout.

— Aimerais-tu aller faire une excursion en voiture sur la côte ? J'ai promis à Silvano que je demanderais à sa voisine de s'occuper de son chien pendant qu'il est sous les verrous. Je pourrai tout te raconter pendant le trajet, car c'est plus compliqué qu'on ne pourrait le croire.

— Excellente idée ! dit Danilo en souriant. Je me réjouissais à l'idée d'effectuer une matinée de travail dans la grange mais, si l'autre choix est une excursion en ta compagnie — eh bien, le choix est vite fait ! Est-ce qu'on prend ma voiture ?

Olivia sentit son cœur bondir de joie quand elle entendit ses mots. Danilo aimait sa compagnie ? C'était très aimable de sa part de le dire.

C'est un homme gentil et un vrai ami, se dit-elle en s'installant avec enthousiasme sur le siège passager du pick-up. Pendant ce trajet, elle pourrait peut-être apprendre s'il avait une relation amoureuse. Elle allait devoir attendre le bon moment, car elle ne voulait pas poser de question aussi personnelle au mauvais moment. En fait, pour une raison ou pour une autre, Olivia se rendait compte qu'elle hésitait de plus en plus à lui poser cette question.

*

Quand ils s'arrêtèrent devant le cottage de Silvano, Olivia avait raconté à Danilo tous les détails de son enquête, sans oublier ses interrogatoires des propriétaires et des vignerons des exploitations viticoles, son passage dans ce cottage et la manière dont elle avait subtilisé le carnet avant de s'enfuir.

— Maintenant qu'il a été arrêté, je ne sais toujours pas s'il est coupable ou pas, expliqua Olivia. Ai-je bien fait de lui rendre le carnet ? Est-il vraiment l'assassin ? J'ai peur d'avoir tout compris de travers ! De plus, je n'arrive pas à comprendre pourquoi j'ai honte de soupçonner Gianfranco alors qu'il a un mobile clair, qu'il est allé à l'hôtel, qu'il s'y est mis en colère et qu'il a même détruit la caméra en partant !

Ils sortirent de la voiture et Olivia se tourna vers la mer. Elle était plus calme que lors de son dernier passage et le soleil étincelait sur les vagues. Olivia inspira l'odeur entêtante de l'air salé.

— Olivia, tes instincts sont très avisés, dit Danilo en venant admirer la vue avec elle et en se protégeant les yeux de la main. L'assassin est peut-être quelqu'un d'autre et Silvano et Gianfranco pourraient tous les deux être innocents.

— J'ai l'impression qu'il faut que je change de point de vue, avoua Olivia. Je ne peux m'empêcher de penser que je suis passée à côté d'un élément important qui se trouve juste hors de portée.

Danilo hocha la tête d'un air compréhensif.

À contrecœur, Olivia s'arracha à la vue fascinante et se tourna vers la maison où s'était déroulée la première partie de ce drame.

Quand Silvano l'avait suppliée de demander à la voisine de garder Garibaldi, Olivia s'était demandée qui pouvait être cette voisine mais, quand elle regarda à nouveau les maisons, elle constata que Silvano n'avait qu'une voisine. De l'autre côté, il y avait un terrain vide. Un jour, une personne aurait peut-être la chance de l'acheter et d'y construire sa maison. Pour l'instant, il n'y avait qu'une voisine et cela facilitait le travail à Olivia.

Ils se dirigèrent vers le petit cottage battu par les éléments qui paraissait presque identique à celui de Silvano. La seule différence, c'était que la porte était fraîchement peinte en un joli bleu vif et qu'il y avait deux pots de géraniums rose vif des deux côtés. L'effet ainsi produit valait une photo sur Instagram et Olivia décida alors d'adopter cette idée pour sa propre ferme. Pour elle, ces fleurs qui encadraient la porte d'entrée symbolisaient l'Italie. Elle sortit rapidement son téléphone et prit une photo de la porte pendant que Danilo la regardait faire avec un amusement évident. Alors, elle souleva le petit heurtoir en cuivre et frappa poliment à la porte.

Une femme au visage rond, aux cheveux grisonnants et au sourire accueillant ouvrit. Elle tenait une laisse rose. À l'autre bout de la laisse, il y avait une petite chienne à belle fourrure qui, pensa Olivia, était peut-être en partie une levrette italienne. La chienne agita la queue quand elle aperçut Olivia et Danilo.

— *Buon giorno*. Que puis-je faire pour vous ? demanda la femme.

— Silvano, votre voisin, m'a demandé si vous pouviez vous occuper de Garibaldi pendant quelque temps. Je ne sais pas combien de temps. Peut-être un jour ou deux, peut-être plus. Il est — euh —

Olivia eut du mal à trouver les bons mots pour expliquer l'épreuve que traversait Silvano mais, heureusement, l'autre femme prit la conversation en main.

— Ah, il a à nouveau quitté la ville ? dit-elle. Il m'a dit qu'il risquait de partir en voyage bientôt parce qu'on lui avait envoyé beaucoup de demandes pour ses services en ligne.

Olivia aurait aimé être capable de se contenter d'approuver d'un hochement de tête, mais cette dame au visage sympathique méritait de savoir la vérité.

— En fait, il a été placé en garde à vue. J'espère que ce sera pour très peu de temps, ajouta hâtivement Olivia quand elle vit le sourire de la dame disparaître et céder la place à une expression choquée. Je suis sûre que ce problème sera résolu très vite.

Olivia, qui tenait déjà débusquer un autre suspect, sentit sa détermination se renforcer à mesure qu'elle parlait. La consternation qu'elle voyait dans les yeux de cette voisine prouvait sûrement que Silvano n'était pas l'assassin.

— C'est terrible ! Comment la police a-t-elle pu se tromper à ce point ? demanda la femme en faisant écho à ce que pensait Olivia. J'ai entendu parler du meurtre, bien sûr. Jamais Silvano n'aurait pu faire une telle chose. C'était visiblement un *crimine di passione*, un meurtre commis dans le feu de l'action. Silvano a les idées claires et un tempérament égal. La police devrait chercher une personne que l'on peut facilement pousser à bout et qui recourt alors à la violence. J'espère qu'ils relâcheront vite mon ami. Il est innocent.

— Je l'espère, moi aussi, convint Olivia. Merci beaucoup de vous occuper de Garibaldi. Silvano s'inquiétait vraiment pour lui.

— J'ai une clé et je vais le chercher tout de suite. Ma petite Tortellini sera ravie de revoir son compagnon tout poilu.

Elle se pencha pour tapoter la tête à sa chienne.

— Quand je la promène, je passe très souvent chez Silvano pour emmener aussi Garibaldi. En fait, j'allais frapper chez lui maintenant, car je sors promener Tortellini.

Olivia comprit avec soulagement que Garibaldi serait sans nul doute aux petits soins jusqu'au retour de son propriétaire.

Quand Olivia et Danilo s'écartèrent du porche coloré et pittoresque, la voisine sortit avec sa chienne brun roux qui gambadait impatiemment à ses côtés et se rendit directement chez Silvano. Une minute plus tard, la voisine fit traverser la route aux deux chiens heureux et les emmena sur le sentier en sable du littoral.

— Tu réfléchis intensément, fit observer Danilo quand ils repartirent à sa voiture. Tu as l'air inquiète. Maintenant que tu m'as parlé de tes soupçons, je ressens la même chose. J'ai l'impression que quelque chose ne va pas.

— La voisine de Silvano m'a rappelé ce qui me préoccupe depuis le début. C'est la façon dont elle a prononcé le mot « innocent ». Danilo, c'est plus que ne pas être coupable. Ça nous dit qui cette personne est ! Silvano est un individu gentil et les vignerons de ces autres exploitations viticoles le sont aussi. Ce sont des gens raisonnables qui aiment et protègent leur exploitation viticole et leur famille. Oui, tout le monde a son point de rupture, mais une personne normale ne serait pas poussée à commettre une action aussi extrême juste à cause d'une mauvaise évaluation.

Quand Danilo approuva d'un hochement de tête, Olivia eut une idée, ou plutôt une révélation ! Finalement, elle avait compris où elle avait fait erreur.

Elle avait enquêté de manière méthodique, cherché les gens qui avaient une raison de tuer Raffaele et qui avaient eu la possibilité de le faire. Elle avait examiné les emplois du temps des suspects et analysé leurs alibis, comme l'inspectrice Caputi avait dû le faire, elle aussi.

Le problème, c'était que cette recherche méthodique fonctionnait bien en théorie mais que, comme la voisine de Silvano l'avait signalé et comme Olivia le sentait elle-même en son for intérieur, ce n'était pas la théorie qui comptait.

C'étaient les gens.

Quel qu'ait été leur désespoir, aucun des gens qu'elle avait interrogés jusque-là n'aurait pu se comporter de manière aussi irrationnelle. Pour commettre un tel meurtre sous l'effet de la colère, il fallait un type de personnalité perverti avec un caractère instable.

Il fallait qu'elle cherche la personne dont le caractère possédait ces qualités. Alors, le mobile apparaîtrait de lui-même.

Quand elle comprit cette vérité, Olivia repensa au carnet de notes et à ce qu'elle y avait lu.

Avec un éclair de perspicacité, elle comprit ce qui manquait à son enquête.

— Je sais où il faut qu'on aille ! s'exclama-t-elle. Danilo, aimerais-tu déguster du vin ?

CHAPITRE VINGT-SEPT

Peu avant l'heure du déjeuner, Olivia et Danilo passèrent les portes imposantes de Boschetto di Querce. Cette exploitation viticole, Le Bosquet de Chênes, était celle qui avait reçu l'évaluation élogieuse sur le site du critique.

Olivia se sentait si nerveuse qu'elle était obligée de serrer les poings pour s'empêcher de se ronger les ongles. Elle ne savait pas ce qui allait se passer dans cette magnifique exploitation viticole, mais elle savait que cette visite était son dernier espoir de résoudre l'affaire.

Quand ils avaient quitté la maison de Silvano, elle avait été extrêmement sûre de son intuition mais, pendant le trajet, le doute l'avait assaillie et, maintenant, elle se sentait à nouveau incertaine. Elle s'ordonna d'avoir foi en elle-même. Son intuition ne pouvait pas la tromper, n'est-ce pas ?

— Regarde comme ces vignes sont belles, fit observer Danilo pendant qu'ils remontaient la longue allée.

Olivia comprenait qu'il avait senti à quel point elle était nerveuse et qu'il faisait de son mieux pour la distraire.

— Comme cette exploitation viticole se situe sur une plaine plate située entre une rivière et une série de collines, elle doit être la plus fertile de Toscane.

— Rien d'étonnant à ce qu'ils soient de si gros producteurs, convint Olivia.

— Qualité et quantité, dit Danilo.

Olivia savait que la qualité du vin n'était pas seulement le produit du terroir mais aussi le résultat d'une connaissance, d'un soin et d'une plantation spécifiques.

— *Mio Dio*, quelle foule ! s'exclama Danilo quand ils entrèrent dans le parking.

L'endroit débordait de bus de touristiques et de voitures privées. Il y avait même quelques bicyclettes enchaînées aux arbres. Quoi qu'il lui en coûte, le public venait en masse visiter cette exploitation viticole pour goûter les vins auxquels Raffaele avait donné une évaluation si élogieuse.

La salle de dégustation était luxueusement meublée avec des fauteuils à oreilles, des sofas en cuir et des tables en bois foncé. Olivia avait l'impression d'être entrée dans une maison privée et remarquait qu'une grande partie du décor avait l'air ancien. Équiper cette salle de dégustation avec ces meubles, ces tapisseries, ces ornements et ces lampes avait dû coûter très cher.

Olivia avait froid aux mains. Elle aurait voulu que ce décor ne soit pas aussi intimidant ou aussi chic. Immense, la salle était pleine de touristes mais, dans cet environnement élégant, les gens parlaient à voix basse.

Une serveuse en tailleur noir chic les emmena à la seule table vide de la salle, qu'un groupe de touristes venait de quitter.

— Voulez-vous essayer tout notre menu de dégustation ? demanda-t-elle.

— Oui, dit Olivia.

Il était temps qu'elle commence à jouer son rôle. Allait-elle pouvoir déclencher les événements qu'elle avait prévus ? Elle continua à répondre à la serveuse, l'estomac noué.

— Nous avons beaucoup entendu parler de cet établissement. Quand nous essayerons les vins, j'aimerais beaucoup parler au vigneron qui les a fabriqués. Est-ce que cela sera possible ?

— Oh, oui, dit la serveuse. Le vigneron chef tient toujours à présenter son nouveau vin aux clients. Il vous servira le premier vin. Veuillez patienter quelques minutes, car nous sommes plutôt occupés.

— Avec plaisir. Comment s'appelle le vigneron ?

— Gino Galletti.

Olivia sursauta. Elle connaissait ce nom. Elle l'avait déjà entendu, mais où ?

Pendant que la serveuse posait une assiette d'en-cas, Olivia se creusa frénétiquement la cervelle. Cette information était peut-être cruciale. Gino Galletti. Qui était-il et pourquoi connaissait-elle son nom ?

Alors, un homme stressé arriva rapidement à leur table. Il était grand et mince et ses traits semblaient figés en un ricanement permanent. Il portait un plateau avec une bouteille et deux verres.

— Bienvenue à Boschetto di Querce. Je suis le vigneron en chef Gino Galletti. Je suis sûr que vous êtes impatients de goûter les vins de qualité que j'ai créés. Ce sont les meilleurs de Toscane, annonça-t-il.

— Bien sûr, dit Olivia avec un sourire pincé et mensonger.

Pendant qu'il parlait, elle se souvint soudain où elle avait entendu son nom.

Jean-Pierre l'avait crié pour s'en servir d'insulte quand il avait chassé Matt et Xanthe de la salle de dégustation. Ensuite, Jean-Pierre avait dit que Gino avait travaillé dans une exploitation viticole voisine mais qu'on l'avait licencié à cause de son arrogance.

C'était une autre pièce du puzzle et elle était importante. Quand Olivia se rendit compte de ce que cela pourrait signifier, elle eut le souffle coupé.

Gino versa les parts de dégustation.

— Voici notre Sangiovese. Il est si subtil et si bien fabriqué que, par rapport à lui, ses concurrents des autres domaines ressemblent à du sirop pour la toux, déclara-t-il.

Olivia fit tournoyer le vin et le sirota.

— Il est très bon, très agréable, dit-elle pour le féliciter mais en choisissant ses mots avec soin parce qu'elle ne voulait pas trop complimenter cet homme.

Danilo hocha la tête.

— Très bonne qualité, convint-il.

— C'est tout ce que vous avez à dire ?

Gino les regardait en fronçant les sourcils d'un air agressif, comme si leurs commentaires positifs insultaient ce vin de qualité.

— Quelles insultes ! Je n'en crois pas mes oreilles. Vous n'avez donc aucune expérience du vin ? Aucune connaissance ?

Son regard menaçant cloua Olivia sur place et elle décida qu'il serait stratégiquement avisé de lui avouer la vérité.

— En fait, j'ai une expérience du vin. Je suis sommelière à La Leggenda.

— Ah bon ?

L'autre homme eut brièvement l'air interloqué mais se remit rapidement de ses émotions.

— Je crois que cet établissement a été à la mode il y a quelque temps mais qu'il ne vaut plus rien, maintenant.

Cet homme était odieux, mais Olivia aimait le tour que prenait la conversation. Il était temps de faire monter la pression et de voir si elle pouvait déclencher l'explosion qu'il fallait.

— La Leggenda fabrique de très bons vins. Vous avez entendu parler du Miracolo, n'est-ce pas ? C'est probablement l'assemblage de rouges le plus célèbre de toute la Toscane, répliqua-t-elle.

Gino fronça encore plus les sourcils.

— Je trouve votre cru le plus récent très décevant.

— L'assemblage est extrêmement cohérent. Donc, si les années précédentes ont reçu beaucoup d'éloges, alors que ce cru récent n'a été critiqué que par une personne, cela doit vouloir dire que cette personne avait tort, non ? dit-elle avec insistance.

Gino haussa les épaules.

— Vous ne pouvez pas baser toute votre réputation sur ce vin-là, dit-il. Ce Sangiovese récemment évalué était une toute nouvelle création. Nous avons utilisé trois différents types de raisins Sangiovese pour créer cet assemblage.

Olivia s'était attendue à ce qu'il produise un sourire suffisant en mentionnant l'évaluation mais le vit afficher une grimace amère.

— Cette toute nouvelle création a jusque-là été sous-estimée. Un jour, ce vin sera acclamé par le monde entier.

— Mon rosé est aussi une toute nouvelle création, affirma-t-elle, volontairement sur la défense.

L'homme leva brusquement les sourcils.

— Ce rosé a reçu des évaluations très mauvaises. C'est bien évidemment un vin de qualité inférieure, cracha-t-il.

Même si les insultes de cet homme faisaient souffrir Olivia, elle se sentit encouragée. Elle était venue ici en espérant confirmer son intuition et, jusque-là, elle pensait qu'elle avait eu raison. Gino paraissait instable, le type d'homme susceptible de commettre un crime par pure colère. Cependant, l'avait-il fait ? Comment pourrait-elle le découvrir ?

Gino poursuivit en envoyant un coup de poing dans l'air.

— Je ne suis pas dans la même catégorie que vous, avec votre rosé de débutante amer et mal fait. Mon vin a reçu des critiques exceptionnelles, et pourtant, elles ne lui rendaient pas justice, loin de là. Si ce stupide critique avait écrit des évaluations honnêtes, alors, tout le monde saurait qu'il avait été considéré comme le meilleur vin de Toscane !

Olivia sentit qu'elle avait la chair de poule dans le dos.

Elle avait réussi ! Mais qu'allait-elle faire, maintenant ? Il lui fallait plus de preuves. Comment allait-elle pouvoir les obtenir ?

Il fallait qu'elle tende à son suspect un piège si subtil qu'il ne remarquerait son existence que quand il y tomberait.

Olivia se creusa la cervelle pour trouver quoi dire en espérant que Gino ne remarquerait pas qu'elle avait soudain les mains qui tremblaient. C'était une situation stressante. Si elle ne choisissait pas exactement les bons mots, elle risquerait de perdre définitivement sa chance.

— Écoutez, suggéra-t-elle à Gino.

Elle s'efforça de lui donner encore l'impression qu'elle était sur la défensive pour qu'il s'imagine qu'il l'avait déstabilisée.

— Venez à notre exploitation viticole et essayez le nouveau rosé ! Alors, vous verrez par vous-même qu'il est très bon. En fait, je vous affirme que mon vin est meilleur que le vôtre. Je pense que vous vous trompez !

En disant ces derniers mots, elle avait élevé la voix. Elle vit Danilo lever brusquement les sourcils. Il craignait qu'Olivia ne provoque une bagarre. C'était bien, car ça signifiait qu'elle avait bien joué son rôle.

Gino fronça les sourcils. Olivia voyait qu'il n'avait pas aimé son invitation et qu'il pensait que ce serait une perte de temps. En fait, il avait l'air insulté par l'idée même qu'on le défie.

Il secoua fermement la tête. Il allait refuser. Alors, au moment où il ouvrait la bouche pour rejeter impoliment l'invitation d'Olivia, Danilo comprit ce qu'Olivia espérait accomplir.

Danilo se racla la gorge et parla d'une manière provocante.

— Je suis sûr que ce vigneron va refuser ton défi parce que, même s'il le cache, il a peur de perdre, surtout face à une femme, dit-il en souriant et en donnant un petit coup de coude à Olivia.

Cela suffit à faire craquer Gino. Olivia se sentit brusquement soulagée quand elle vit le vigneron changer d'avis au dernier moment.

— Je n'ai pas peur ! Oui, j'accepte ! dit-il sèchement.

CHAPITRE VINGT-HUIT

Olivia arriva à La Leggenda tout excitée. Elle sortit de la voiture de Danilo et entra à toute vitesse dans l'exploitation viticole. Pendant tout le trajet de retour, elle avait parlé au téléphone pour préparer son plan, mais elle ne savait pas du tout si sa ruse porterait ses fruits.

— Donc, on va attendre dans la salle de dégustation ? demanda Danilo. Ça faisait longtemps que je n'étais pas venu ici ! Quel bel endroit ! Magnifico.

Quand ils entrèrent dans la salle de dégustation, Marcello quitta son bureau et remonta le couloir.

Il hésita et écarquilla les yeux en voyant Olivia.

— Tu es revenue ? demanda-t-il.

Alors, il s'arrêta sur place et parut encore plus étonné quand il vit Danilo arriver derrière Olivia.

Olivia se rendit compte que l'atmosphère de l'exploitation viticole venait soudain de changer étrangement pour le pire. D'un coup d'œil, elle vit que Danilo et Marcello se contemplaient l'un l'autre avec les mêmes expressions méfiantes. D'un air légèrement consterné, Danilo remarqua que Marcello était grand, imposant et qu'il avait une beauté classique. De son côté, avec un froncement de sourcils presque imperceptible, Marcello posa le regard sur les épaules larges et bien définies de Danilo avant de passer à ses pommettes ciselées et à ses cheveux violets.

— Euh, dit Olivia en espérant briser la tension qui remplissait l'air, Marcello, je te présente Danilo, un ami qui habite près de ma ferme. Nous avons décidé de — euh — de revenir ici pour y retrouver quelqu'un.

Pendant leur retour bref et rapide à l'exploitation viticole, Olivia n'avait pas eu le temps d'appeler Marcello et de le mettre au courant des derniers développements. Maintenant, elle en avait encore moins le temps, car Gino allait arriver dans quelques minutes.

— Danilo, je te présente mon patron, Marcello, qui m'a offert des quantités de perspectives professionnelles, ajouta Olivia avec enthousiasme en espérant que, si elle animait assez la conversation, cela pourrait mettre fin au silence embarrassant qui s'était abattu sur les lieux.

— *Buon giorno*. Bienvenue, Danilo.

Marcello avança et, même s'il offrit son sourire habituel en tendant la main, Olivia se dit que ce sourire avait l'air forcé.

— *Buon giorno*, Marcello. Vous avez une très belle exploitation viticole, dit Danilo.

Il tendit la main à son tour. Il adressa un hochement de tête amical à Marcello en lui serrant la main mais, pour une raison indéfinie, Olivia trouva Danilo moins amical qu'elle s'y serait attendue.

— Eh bien, je suis impatiente de te faire goûter mon nouveau rosé, dit Olivia à Danilo. Et si on s'asseyait ?

— J'espère que vous apprécierez nos vins, dit Marcello.

Il se détourna et repartit dans le couloir pour aller dans son bureau, comme si l'arrivée de Danilo l'avait poussé à changer ses projets pour l'après-midi, à moins qu'il n'ait oublié ce qu'il avait voulu faire quand il avait quitté son bureau, se dit Olivia, perplexe.

De toute façon, quand Marcello était parti, l'atmosphère s'était détendue dans la salle. Cependant, Olivia se sentait plus tendue que jamais parce qu'elle ne savait pas comment les minutes suivantes allaient se dérouler. Elle se précipita au comptoir de dégustation où Jean-Pierre, qui, hâtivement informé de la situation, allait les soutenir dans leur conspiration, était occupé à verser du vin pour une autre cliente, une femme assise seule à côté.

Alors qu'ils avaient à peine eu le temps de s'asseoir, Gino arriva.

Il entra dans l'exploitation viticole le menton en l'air et, à la différence de la majorité des visiteurs, ne s'arrêta même pas pour admirer le décor magnifique de tonneaux en bois qui, pour Olivia, étaient toujours le cœur de cette grande salle.

— Je n'ai pas beaucoup de temps, dit-il sans les saluer. Comme je vous l'ai expliqué, j'avais de toute façon prévu d'aller faire des courses. C'est la seule raison pour laquelle j'ai accepté votre requête ridicule.

Olivia lui offrit son sourire le plus charmeur.

— C'est très gentil de votre part. Naturellement, vous êtes notre invité en ces lieux, aujourd'hui, et nous paierons votre dégustation. Jean-Pierre va immédiatement vous verser le rosé.

Les lèvres serrées par la concentration, conscient du rôle essentiel qu'il jouait, Jean-Pierre versa une part de dégustation du nouveau rosé d'Olivia et la tendit à Gino.

Olivia prit son propre verre. Même si elle était trop nerveuse pour apprécier son propre vin en ce moment, elle constata que Danilo le contemplait avec admiration et cela lui fit chaud au cœur.

Danilo sirota le vin et, même s'il ne formula aucune remarque, il écarquilla les yeux et leva un sourcil à l'intention d'Olivia. Le message était clair. Danilo pensait que le vin d'Olivia était étonnant.

Gino était un critique plus difficile à satisfaire. Il contemplait attentivement le vin, comme s'il était déçu par sa couleur vive de bijou. Elle était sûre qu'il voulait désespérément lui trouver des défauts et sentait qu'il était frustré de ne pas avoir pu l'accuser directement d'être du vin de bas étage.

Il fit tournoyer le vin, inspira le bouquet et finalement goûta le vin.

Il y eut un long silence.

— Il est moins mauvais qu'on ne m'a incité à le croire, dit-il à contrecœur, déçu. C'est un vin bien fait. C'est certainement un bon effort, mais très inférieur à ma propre création.

L'autre cliente assise au comptoir posa son verre avec un tintement audible.

— Votre propre création ? demanda-t-elle innocemment. Vous êtes vigneron, vous aussi ?

Gino se tourna vers l'inconnue, surpris, comme s'il avait été honteux qu'elle lui parle sans avoir demandé la permission au préalable. Son regard dédaigneux contempla ses cheveux foncés, fixés par cinq barrettes à cheveux rose étincelant, parcourut sa veste lilas vif ornée de licornes turquoise et se posa finalement, avec une expression étonnée, sur ses bottes cerise à paillettes.

— Je suis le meilleur vigneron de la région, sinon même du pays. Je dirige l'équipe de Boschetto di Querce et mon nouveau Sangiovese est un triomphe de vinification, dit-il avec mépris.

L'autre femme écarquilla les yeux.

— Mais j'y étais hier ! s'exclama-t-elle. J'ai goûté ce vin.

Olivia ressentit un frisson d'admiration. Brigitta jouait son rôle avec brio, même s'il lui avait fallu se presser comme une folle pour arriver ici à temps.

— Donc, vous êtes forcément d'accord avec moi, déclara Gino comme si cela avait été un fait incontestable.

Brigitta fronça les sourcils.

— En fait, non. J'ai aimé votre vin, bien sûr. La dégustation a été vraiment agréable.

Olivia entendit Gino inspirer brusquement quand il entendit cette utilisation insultante du mot « agréable », mais Brigitta continua sans se laisser impressionner.

— Oui, il était vraiment agréable. Facile à boire. Cela dit, ce rosé est unique. Je veux dire, avez-vous jamais vu cette couleur ? Je dois dire que c'est mon préféré.

Elle leva une de ses bottes et la remua d'un côté à l'autre en plaçant son verre près d'elle comme pour comparer les deux teintes de rose vif.

Gino faillit s'étrangler.

Comme il était à court de mots, Olivia fit avancer la conversation.

— Et voilà ! Je crois bien que ça fait deux contre un !

Danilo se racla la gorge.

— Trois contre un. Ce rosé est étonnant. Pour moi, c'est incontestablement le meilleur.

Alors, Olivia constata avec inquiétude que Gino, qui avait eu les joues cireuses, venait de prendre la couleur de son rosé. En fait, ses joues rouges faisaient concurrence aux bottes de Brigitta.

— Vous êtes tous des ignorants ! Comment pouvez-vous préférer ce vin à mon exceptionnel rouge Sangiovese ? Vous n'avez pas lu la critique publiée sur le plus grand site œnologique de Toscane ? Elle dit que mon vin est incroyable. Le vôtre a reçu la pire des évaluations. Le mien est le meilleur de Toscane.

Olivia leva un sourcil.

— Le site web n'a pas dit ça. Il a juste dit « incroyable ». Il n'a pas dit ce qu'il avait d'incroyable. Cela aurait pu signifier « incroyablement quelconque ». Je ne crois pas que cette critique ait été très bien éditée.

— Exactement. Le critique voulait probablement dire « incroyablement quelconque », convint Danilo.

— C'est le meilleur vin de la région ! bafouilla Gino.

— Pas selon le site, insista Olivia. Et si cela signifiait incroyablement aigre ? ajouta-t-elle d'un air songeur. Je l'ai trouvé un peu amer, surtout l'arrière-goût.

— Oui, je suis d'accord avec vous. Il est amer, dit Brigitta. J'avais l'impression qu'il manquait de sucre. Je suis sûre que c'est ce que le critique a voulu dire. C'était un vin incroyablement amer mais, comme tentative de vinification, il n'était pas mal.

— Eh bien, je suis contente que nous ayons trouvé notre réponse. Visiblement, avec un vote à trois contre un, c'est de loin une victoire éclatante pour le rosé, dit Olivia avec un sourire satisfait. Quel dommage que l'évaluation de votre site web n'ait pas été plus positive. Enfin, au moins, elle était exacte.

— Pas du tout ! dit Gino en claquant son verre vide sur le comptoir et en descendant de son tabouret. Vous ne comprenez pas, bande d'imbéciles ! Raffaele di Maggio pensait lui-même que mon vin était le meilleur de Toscane et le meilleur vin nouveau qu'il ait bu cette année.

Olivia le contempla d'un air incrédule.

— Eh bien, n'importe qui peut le prétendre, mais ce n'est pas ce qu'il a écrit.

— Mais si, mais si, mais si ! C'est exactement ce qu'il a écrit et ce sont les mots qu'il a utilisés quand il m'a parlé. Je les ai vus moi-même, dans son propre carnet de notes où il notait ce qu'il pensait des vins qu'il goûtait. Cet homme stupide et malhonnête n'a pas noté mon magnifique vin avec exactitude. Son évaluation était pitoyable, insultante ! Pourquoi n'a-t-il pas écrit la vérité sur son site ? Pourquoi n'a-t-il pas écrit que mon vin était le meilleur qu'il ait jamais goûté ? Il a même refusé de changer sa critique quand je suis arrivé à son hôtel —

Le vigneron s'arrêta brusquement, comme s'il avait compris que, à cause de sa crise de fureur, il en avait trop dit.

— Vous avez assassiné Raffaele di Maggio, affirma Olivia. Vous n'avez pas supporté que l'évaluation ne soit pas aussi bonne que ce qu'il vous avait dit. Même si Raffaele avait un ego énorme, le vôtre est encore plus gros et ce n'est pas étonnant qu'on en parle partout en Toscane ! En fait, je ne suis pas étonnée que vous n'ayez pas pu garder votre travail à l'exploitation viticole qui se trouve plus loin sur la route. Vous êtes très impoli.

— J'en suis parti volontairement. Je voulais travailler pour une plus grande exploitation viticole pour montrer mes talents, bafouilla Gino. Et puis, comment pouvez-vous dire que j'ai commis un meurtre ? Je n'ai rien fait de la sorte !

— Oh, si !

Olivia était terrifiée parce que sa stratégie ne fonctionnait pas. Gino niait tout, même son licenciement ! En plus d'être arrogant, il mentait comme il respirait. Comment allait-elle obtenir des aveux ? Et où était la police ? Elle aurait cru qu'elle serait là, maintenant. Est-ce que l'inspectrice Caputi n'avait pas compris sa demande ou, pire encore, avait-elle refusé de la croire ?

Olivia commençait à craindre qu'on ne l'ait jetée dans la fosse aux lions !

— Vous êtes entré furieusement dans la chambre d'hôtel de Raffaele et vous avez exigé qu'il modifie les mots parce que vous trouviez l'évaluation insultante. Alors, comme vous étiez furieux qu'il ne reconnaisse pas que vous étiez un génie de la vinification, vous avez pris le coupe-papier sur son bureau. Ensuite, vous l'avez poignardé avec, déclara Olivia en espérant qu'elle avait l'air sûre d'elle malgré la peur qui lui rongeait le ventre.

— Je n'ai rien fait de tel !

À présent, Gino hurlait, les yeux écarquillés. Olivia pensa que ses cheveux allaient peut-être se dresser sur sa tête.

— Pourquoi aurais-je utilisé un coupe-papier, alors que ce stylo était à portée de la main ? Ce beau stylo bien pointu qu'il avait utilisé pour écrire la vérité ? N'est-il pas approprié que, quand je suis arrivé à l'hôtel pour le confronter et qu'il a refusé de changer son évaluation, j'aie utilisé sa propre arme pour le punir ?

Le silence se fit dans l'exploitation viticole. L'air sembla résonner sous l'écho des paroles furieuses de Gino.

Alors, se rendant compte de ce qu'il avait dit, Gino passa brusquement à l'action.

— Vous m'avez dupé !

Il se releva en un éclair. Olivia s'était attendue à ce qu'il tente de s'enfuir mais n'avait pas anticipé ce qu'il ferait ensuite.

Le vigneron en colère poussa violemment Danilo, qui tomba en arrière avec sa chaise. Alors, il s'enfuit, mais pas dans la direction de l'entrée de la salle de dégustation, où Jean-Pierre l'attendait déjà.

En fait, Gino fonça vers le restaurant.

— Stop ! Revenez ! cria Olivia.

Son plan était en train d'échouer ! Son suspect s'échappait.

Elle suivit Gino en courant aussi vite que possible.

L'homme brun s'écarta à gauche puis à droite pour éviter un groupe de clients qui s'en allaient. Olivia contourna le groupe par l'autre côté et constata qu'elle avait gagné du terrain.

Gino jeta un coup d'œil en arrière et vit qu'Olivia le suivait de près. Il saisit un chariot à desserts et le bouscula vers elle.

Des assiettes de tiramisu et de panna cotta, des tranches de gâteau de polenta et des pots de crème glacée emballés dans de la glace se répandirent sur le chemin d'Olivia pendant que le cri de fureur de Gabriella résonnait dans la salle.

198

Désespérée, Olivia bondit aussi haut que possible. Elle évita les desserts éparpillés, atterrit sur un glaçon égaré et glissa sur le carrelage poli en évitant tout juste de tomber.

Alors, elle reprit sa poursuite et suivit Gino par la porte latérale.

Gino fonçait frénétiquement vers la desserte. Il était plus grand qu'Olivia, il avait les jambes plus longues et, dut-elle admettre, il était en bien meilleure forme qu'elle. À chaque pas, il gagnait du terrain alors qu'Olivia commençait à fatiguer. Ses poumons la brûlaient. Elle n'avait jamais été une sprinteuse, ni une coureuse de fond, pour être honnête. En fait, elle était plutôt une marcheuse.

La route sinueuse montait sur une colline — les jambes tremblantes d'Olivia en souffraient — et passait devant l'élevage caprin. Cela donna à Olivia une dernière idée désespérée.

— Erba ! cria-t-elle le plus fort possible en ralentissant.

Elle ne pouvait pas faire autrement. Elle ne pouvait plus courir.

Quand Gino arriva au sommet de la colline, Olivia vit apparaître une silhouette familière.

C'était Erba, qui débordait d'énergie après avoir mangé beaucoup de luzerne.

Elle avait vu Olivia et elle avait aussi vu une nouvelle personne intéressante qui semblait être prête à jouer avec elle.

D'un air déterminé, Erba gambada dans la direction de l'homme qui courait.

— Fonce-lui dessus ! cria Olivia, à bout de souffle.

Derrière elle, elle entendit des pas. Quand elle se retourna, elle vit que Danilo la rattrapait rapidement et cela l'encouragea.

— Fonce-lui dessus, Erba, supplia Olivia. Juste une fois ! Après, ce sera officiellement une mauvaise habitude et tu ne devras plus jamais recommencer !

Au grand soulagement d'Olivia, Erba comprit ses instructions. Au petit galop, elle courut joyeusement vers Gino.

À la dernière minute, il vit Erba approcher sur le côté et bondit désespérément pour l'éviter, mais Erba était trop rapide pour lui. Avec un saut, elle heurta violemment Gino à la cuisse. Ensuite, elle s'éloigna avec satisfaction quand le vigneron roula sur le sol.

En un éclair, Danilo dépassa la chèvre. Avant que Gino ait pu se relever, Danilo lui bondit dessus et l'essouffla complètement.

Alors, Olivia entendit le rugissement métallique d'un moteur de Fiat.

La voiture remonta la desserte en accélérant et s'arrêta à côté d'eux en faisant crisser ses pneus.

L'inspectrice Caputi bondit du côté conducteur et, en même temps, un policier en uniforme émergea du côté passager. Jean-Pierre et Brigitta sortirent rapidement de l'arrière avec un Marcello anxieux.

L'inspectrice aux cheveux acier regarda froidement Olivia.

— Nous avons été retenus par la circulation, expliqua-t-elle. En ville, les boulangers se jetaient des petits pains de ciabatta l'un sur l'autre et toute la rue était immobilisée, avec cinq bus de touristes qui bloquaient le chemin. Nous avons dû faire demi-tour et prendre une autre route.

Olivia voyait que, si l'inspectrice Caputi avait eu plus de temps, elle aurait volontiers arrêté les deux boulangers et tous les touristes !

La policière se tourna vers Gino et son regard se fit glacial.

— Monsieur Galletti, dit-elle en le saluant froidement, vous avez avoué un crime devant quatre témoins et un cinquième vous a entendu crier depuis son bureau dans le couloir.

La policière jeta un coup d'œil à Marcello.

— Nous avons besoin de votre présence au poste de police. Vous avez le droit de rester silencieux mais, si vous ne mentionnez pas un fait susceptible de vous être utile plus tard au tribunal quand on vous interrogera dessus, cela pourra porter tort à votre défense.

Haletant encore comme un poisson que l'on aurait tiré hors de l'eau, Gino fut menotté. L'agent en uniforme l'aida à se relever et, un moment plus tard, au grand soulagement d'Olivia, l'assassin de Raffaele fut enfermé à l'arrière de la voiture de police.

CHAPITRE VINGT-NEUF

Le lendemain matin, quand Olivia arriva au travail, elle fut étonnée de voir plusieurs véhicules se diriger vers le parking, accompagnés par un petit bus de touristes.

Les quelques derniers jours, comme il n'y avait presque pas eu de touristes, elle était devenue négligente et avait pris l'habitude d'arriver seulement cinq minutes avant l'heure d'ouverture. Maintenant, elle allait devoir se dépêcher de se préparer à accueillir tous ces gens.

Elle courut jusqu'à l'entrée, où elle arriva en même temps que Jean-Pierre.

— Vite, lui cria Olivia, il faut qu'on se prépare.

Elle entra hâtivement dans la salle de dégustation et disposa les fiches de dégustation et les verres sur le comptoir juste avant que les premiers touristes n'entrent.

— Quel endroit ravissant !

Le couple qui était entré le premier dans la salle de dégustation avait un accent canadien.

— Je suis ravie que nous ayons trouvé cette exploitation viticole avant de rentrer à la maison. C'est vraiment un bijou caché, dit la brune vivace à son compagnon.

— Ma femme espère que votre nouveau rosé est disponible à la dégustation, dit l'homme blond à Olivia en tirant deux chaises et en contemplant avec admiration le décor de tonneaux de vin qui se trouvait derrière Olivia.

— Je — Oui, oui, bien sûr.

Elle ne l'avait pas encore ajouté au menu. Comment ces touristes en avaient-ils entendu parler ?

Elle allait être obligée de réimprimer ses fiches de dégustation en y incluant le rosé.

— Jean-Pierre, notre assistant sommelier, va vous servir en commençant par les vins blancs, dit hâtivement Olivia. Nous sommes en train d'imprimer une nouvelle série de fiches de dégustation. Elles seront prêtes dans quinze minutes.

— Parfait. Nous serons heureux de commencer par un vin blanc.

Heureusement, ni ce couple ni le suivant ni le groupe de touristes qui suivit ne semblèrent mécontents de devoir attendre.

Laissant Jean-Pierre servir le vermentino et l'assemblage de blancs à tout le monde, Olivia se précipita dans le bureau du fond. Elle se sentit heureuse d'avoir l'habitude d'écrire des textes rapidement et de savoir encore taper vite.

Quinze minutes plus tard, les nouvelles fiches étaient prêtes.

Elle se précipita dans le bureau de Marcello, où se trouvait l'imprimante laser, pour récupérer ses copies. Elle espérait qu'elle pourrait lui parler, mais Marcello était tellement occupé au téléphone qu'il ne put que lui adresser un sourire chaleureux et un clin d'œil complice.

— Oui, nous pouvons doubler la commande, aucun problème, disait-il. Vous voulez y ajouter le rosé ? Il y a eu une telle demande ces dernières heures que nous pensons qu'il vaudrait mieux en commander un minimum de cinq caisses.

Il écouta.

— Dix caisses ? Oui, nous pouvons vous les livrer.

Olivia saisit les fiches et sortit du bureau en dansant presque.

Alors qu'elle venait juste de finir de présenter la nouvelle liste des vins aux groupes qui attendaient, de nouveaux visiteurs entrèrent.

Du coin de l'œil, Olivia aperçut un éclat de cerise et se retourna vers les nouveaux arrivants.

Cette matinée étonnante n'avait pas fini de la surprendre.

Brigitta et Silvano entrèrent, tout sourire, bras dessus, bras dessous.

La dernière fois qu'Olivia les avait vus ensemble, Brigitta avait demandé à la police d'arrêter Silvano. Maintenant, ils semblaient être les meilleurs amis du monde.

— Bonjour, dit joyeusement Brigitta. Nous sommes venus goûter vos merveilleux vins ensemble. Après, nous déjeunerons au restaurant. C'est moi qui paie, car je dois des excuses à Silvano. À cause de moi, il a dû passer une après-midi dans une cellule de prison.

Elle rit joyeusement.

— Ils l'ont relâché la nuit dernière et lui ont rendu le carnet.

— Oh, je suis vraiment contente que vous ayez pu rentrer chez vous, dit Olivia, soulagée que cet éditeur sympathique n'ait pas été obligé de souffrir trop longtemps pour la bonne action qu'il avait essayé d'effectuer.

Cela dit, il avait fait plus que simplement essayer, songea Olivia. Silvano sourit chaleureusement.

— Après avoir récupéré Garibaldi, la première chose que j'ai faite a été de changer toutes les évaluations sur le site web de Raffaele, expliqua-t-il.

Olivia se retrouva bouche bée. C'était merveilleusement généreux de sa part.

— Votre évaluation est la première que j'ai éditée et j'ai donné le maximum à tous vos vins. Donc, La Leggenda est maintenant en tête de la liste des Exploitations Viticoles de Toscane à Visiter. J'ai été aussi content de pouvoir corriger les évaluations d'autres excellentes exploitations viticoles. Quercia, Cantina Carducci et Vino Sul Mare sont toutes en première page, maintenant, avec plusieurs autres grands vignobles de la région. Aucune exploitation viticole n'a de mauvaise note, car aucune n'en méritait. À présent, elles devraient toutes attirer des touristes, des visiteurs et des acheteurs.

Olivia eut chaud au cœur. C'était une merveilleuse nouvelle pour toute la Toscane.

— Merci beaucoup, de la part de toute la profession. Vous avez été un héros.

Il secoua humblement la tête.

— Ce fut un plaisir, dit-il.

Brigitta lui tira sur le bras.

— Viens, il faut y aller ou on n'aura plus de place, dit-elle. Ce restaurant est en train de se remplir. Je veux avoir une bonne table, avec une vue.

Au grand étonnement d'Olivia, le visiteur suivant ne fut pas un touriste mais un livreur. Petit et robuste, l'homme était presque entièrement caché par l'énorme composition de fleurs colorées qu'il portait.

— Euh, puis-je vous aider ?

Elle se précipita vers le livreur et repéra son visage quand elle eut contourné le bouquet parfumé.

— Merci, oui. Ces fleurs sont pour Olivia Glass. Où dois-je les poser ?

— Pour moi ?

Olivia recula, confuse. Ce n'était pas son anniversaire, non ? Avait-elle oublié ce jour faste à cause de toute la folie provoquée par les événements récents ?

Non, pas du tout. Son anniversaire était dans plusieurs mois. Donc, que faisait ici cette composition florale et qui donc avait pu l'envoyer ?

Non sans difficulté, Olivia et le livreur se frayèrent un chemin entre les groupes de touristes et placèrent les fleurs sur une table au fond de la salle de dégustation.

Ce ne fut qu'alors qu'Olivia eut le temps de lire la carte.

— Chère Olivia, nous avons entendu dire par des gens du cru — ha ha —que vos efforts acharnés avaient donné lieu à une arrestation et aussi réparé les dégâts subis par notre exploitation viticole. Voici un petit témoignage de notre constante gratitude. Vous êtes notre héroïne et nous n'oublierons jamais que vous nous avez personnellement acheté du vin et que vous nous avez soutenus pendant ces jours sombres, maintenant révolus. Avec nos remerciements reconnaissants, Gianfranco et l'équipe de Quercia Winery.

— Oh, mon Dieu.

Olivia avait les larmes aux yeux. Les fleurs étaient belles et d'autant plus précieuses qu'elle ne les avait pas attendues.

Quand le livreur s'en alla, il faillit entrer en collision avec un autre.

Ce livreur-là portait une grande boîte en bois remplie de fruits, de chocolats, de cookies et d'une bouteille de champagne rosé.

— Pour qui est-ce ? demanda Jean-Pierre avec curiosité. Je n'ai jamais vu autant de chocolats Ferrero Rocher dans une seule boîte.

Olivia indiqua au livreur la table qui se trouvait à côté des fleurs puis lut le message.

— Chère Olivia, Gianfranco vient de me dire que c'était grâce à vous que les mauvaises évaluations avaient été corrigées. En fait, ce matin, nous avons reçu des commandes supplémentaires de notre réseau de restaurants. Merci beaucoup pour ce dénouement incroyable. Nous n'oublions pas non plus que vous nous avez acheté des vins en ces temps difficiles. Quand vous le voudrez, vous serez notre invitée d'honneur dans notre exploitation viticole. M. Carducci et tout le personnel de Cantina Carducci vous souhaitent bonheur et longue vie.

— C'est encore pour moi ! s'exclama-t-elle. Je ne pourrai jamais manger tout ça. Je crois que ce merveilleux cadeau va devoir rester ici, pour que nous puissions tous en profiter.

Quand elle retira le message imprimé, qu'elle comptait garder parce qu'il était aussi touchant que spécial, Olivia entendit son assistant l'appeler à nouveau.

Une autre livraison ? Impossible.

Quand elle se retourna, elle vit que Jean-Pierre avait changé de comportement. Son attitude souriante et charmante avait disparu. Il fronçait les sourcils, avançait la mâchoire et crispait les épaules. En fait, il ressemblait à un taureau sur le point de charger et, alors qu'elle le regardait, il commença à en adopter le comportement : il fonça vers la porte tête baissée.

Un moment plus tard, Olivia comprit pourquoi.

Matt était en train d'entrer dans l'exploitation viticole.

CHAPITRE TRENTE

Quand elle vit entrer son ex, Olivia se hérissa. Maintenant, elle savait ce que Pirate avait ressenti la première fois qu'elle avait essayé de le prendre dans ses bras. Si elle avait eu une fourrure noire lustrée, chaque poil se serait dressé comme sur une brosse à récurer, pointu et menaçant.

Cette fois-ci, Xanthe n'était pas avec Matt, ou alors, ce qui était plus probable, elle avait trouvé une opportunité de selfie dans le parking, se dit impitoyablement Olivia.

— Partez maintenant ! cria Jean-Pierre. Nous sommes trop occupés pour vous recevoir aujourd'hui. Vous devrez revenir une autre fois. Peut-être l'année prochaine !

Matt contemplait nerveusement Jean-Pierre.

— S'il vous plaît, demanda-t-il avec un sourire apaisant. Je voulais juste dire rapidement quelques mots à Olivia. Je partirai après. Je promets de ne pas faire de dégustation.

Jean-Pierre hésita et jeta un coup d'œil à Olivia.

Avec un soupir, elle approcha. Elle ne s'était pas attendue à ce que Matt soit poli. En fait, elle ne comprenait pas ce qui se passait et, visiblement, Jean-Pierre non plus. Matt avait l'air sincère. Son ton n'exprimait plus la suffisance retentissante qui avait caractérisé la moitié des mots qu'elle l'avait entendu prononcer jusque-là.

— Que veux-tu ? Nous sommes très occupés ce matin, dit-elle en désignant d'un grand geste la salle qui se remplissait rapidement.

— Je vois ça. Pourrions-nous — pourrions-nous parler un moment dans le hall ?

Olivia décida d'accorder ce moment à Matt mais pas plus.

— Je n'en aurai pas pour longtemps, promit-elle à Jean-Pierre.

Elle suivit Matt dans le hall d'entrée, où ils s'aplatirent contre le mur pendant qu'un autre groupe de touristes entrait en file indienne. Olivia entendit passer des voix familières.

— Eh bien, Barry, je n'arrive pas à croire que tu aies mis aussi longtemps à nous parler de cette exploitation viticole. Elle a l'air incroyable.

— Avant la veille au soir, elle n'était pas du tout sur le site web.

On entendit des rires tapageurs.

— On va te croire. Tu n'as pas bien regardé, c'est tout. Elle devait y être. Tu as dû boire trop de ce Metodo Classico au déjeuner.

— Je dois dire que j'ai très envie de goûter leur rosé. C'est un cru tout nouveau et il va sûrement remporter des récompenses. Ça fera des dîners somptueux quand nos caisses auront été livrées à Deans Bottom.

Olivia se retourna vers Matt, impatiente. Elle voulait vite retrouver ses connaissances britanniques et leur présenter personnellement son rosé.

— Je vois que tu es occupée, dit vite Matt. Je ne veux pas te faire perdre de temps. Cela dit, je — je me suis enfui de notre hôtel ce matin — nous venons de prendre une chambre à l'hôtel Gardens of Florence. Je ne sais pas si tu en as entendu parler. Il est de première classe.

Olivia plissa les yeux, sentant revenir le vieux Matt. Il se vantait d'avoir pris une chambre dans le meilleur hôtel. Elle aurait dû se douter que ses excuses superficielles ne dureraient pas longtemps.

— Jamais entendu parler, dit-elle sèchement.

— Oh.

Matt eut l'air interloqué.

— Oh. Bon, de toute façon, c'est un très bel établissement. Nous sommes dans leur suite présidentielle et ils ont dit que nous étions les premiers clients depuis qu'ils avaient changé les meubles. J'avais décidé que je voulais un hôtel avec salle de gym. Récemment, je me suis beaucoup mis à m'occuper de ma forme, Olivia. Je veux utiliser ces vacances pour me remettre en forme.

Il se passa une main sur la tête.

— Je pensais aussi ajouter quelques mèches violettes à ma coiffure. Qu'en penses-tu ?

Olivia sentait sa patience s'évaporer.

— Je n'en ai aucune idée. Es-tu venu ici pour me demander ça ? dit-elle.

— Non, non. Je suis venu parler avec toi tout seul parce que Xanthe est en train de prendre le petit déjeuner avec un ami à Florence. Les choses — les choses ne vont pas très bien entre nous. Même avant nos vacances, ce n'était pas idéal. Tu sais, je crois que Xanthe est très narcissique. Elle ne semble jamais faire assez attention à moi.

Olivia écarquilla les yeux. Si seulement Matt poursuivait ce raisonnement, il pourrait aussi découvrir des choses importantes sur lui-même.

Matt poursuivit sans attendre qu'Olivia réponde.

— Je me suis rendu compte de ce que j'avais perdu quand tu es partie. Je m'en suis même rendu compte avant de venir en Italie. C'est pour ça que j'ai choisi la Toscane. J'espérais en quelque sorte que, si j'arrivais mystérieusement et si je t'étonnais en réapparaissant dans ta vie, tu pourrais aussi comprendre ce que tu avais perdu quand nous nous sommes séparés.

Olivia le contempla avec incrédulité.

— Matt, nous ne nous sommes pas séparés. Tu m'as jetée parce que tu as dit que ça ne marchait pas entre nous et parce que tu me trompais en même temps. En fait, c'est surtout à cause de ça que j'ai fini ici, en Toscane. Cette rupture a été le commencement de ma nouvelle vie.

Matt remua sur ses pieds.

— Je crois me souvenir que cela a plutôt été une décision mutuelle. Je veux dire, il faut bien que tu admettes que la passion s'était refroidie des deux côtés. De toute façon, je pensais que, si je venais ici, nous pourrions peut-être reprendre là où nous nous étions arrêtés.

— Matt, tu n'as rien dit ni fait qui me donne envie d'envisager de reprendre une relation avec toi. Tout ce que tu as fait, c'est te mêler de ma vie, me harceler et te vanter de tout l'argent que tu gagnais. Pour moi, l'argent n'a jamais été une grande priorité !

— Ah, oui, tu vois, c'est ce que j'apprécie vraiment chez toi, Olivia. Tu n'es pas du tout matérialiste. Cela dit, mon dernier bonus était phénoménal, donc, je me disais que ça valait la peine de le préciser.

Olivia secoua la tête. Cette conversation était absolument surréaliste.

— Tu dépenses des millions pour ta petite amie, tu viens déballer tout ça sous mon nez et il faudrait que je retombe amoureuse de toi ? Je ne crois pas que ce soit possible. Je suis désolée, Matt, mais je suis passée à autre chose. Nous ne nous sommes pas quittés en bons termes et, pour moi, tu n'es même plus un ami. Tu es un ex. C'est tout. Juste un ex. Une des erreurs d'apprentissage de ma vie !

Invoquant son italienne intérieure, Olivia agita les bras et fit presque tomber le béret d'un touriste français qui passait.

— Oh, dit Matt, apparemment découragé. Donc, il n'y a aucune chance que tu changes d'avis ?

Olivia leva les yeux au ciel.

— Il n'y a pas la moindre chance. Matt, je ne crois même pas que ce soit moi, le problème. C'est toi. Tu ne seras heureux avec une femme que quand tu t'accepteras et, visiblement, ce n'est pas le cas. Xanthe ne semble pas être une mauvaise personne et tu devrais comprendre que tes pages Instagram seront très bien remplies. Tu t'es comporté de façon horrible en te servant d'elle pour essayer de me rendre jalouse et, en fait, elle ne te mérite pas. Si j'étais toi, je réfléchirais sérieusement à mon attitude et j'irais m'excuser auprès d'elle.

Matt avait les yeux grands comme des soucoupes. Visiblement, la perspective d'Olivia dépassait ce qu'il avait attendu.

— Ne me recontacte pas, s'il te plaît, et essaie d'être une meilleure personne pendant le reste de tes vacances et de ta vie, dit Olivia en ressentant un soupçon de joie rancunière parce que Matt allait finalement être obligé de confronter le véritable problème qui minait ses relations.

Comme elle n'avait plus rien à dire, elle se détourna, rentra dans l'exploitation viticole et se dirigea vers le groupe de touristes britanniques avec un sourire. Elle était sûre qu'ils seraient ravis de découvrir qu'elle travaillait ici.

*

Quand le dernier des touristes s'en alla, il était plus de dix-sept heures. Olivia avait été tellement stimulée par cette journée intense et par l'afflux constant de visiteurs qu'elle n'avait pas eu le temps de rendre compte à quel point elle avait faim ou mal aux pieds. Quand elle ferma la porte de la salle de dégustation, ces deux réalités s'imposèrent à elle en un éclair. Elle avait très faim.

Quand elle regarda son téléphone, elle vit que Danilo avait laissé un message.

— J'ai entendu dire que tu avais été très occupée à l'exploitation viticole, aujourd'hui. Puis-je venir inspecter ta vigne à dix-neuf heures ? Je peux apporter une pizza.

— D'accord.

Olivia avait failli taper « Avec grand plaisir ». Elle s'était retenue de le faire juste à temps et avait mis « D'accord » à la place avec une rangée de smileys. Maintenant qu'elle savait qu'une pizza et des conseils viticoles l'attendaient à la ferme, elle se sentait motivée à nouveau. Il était temps de rentrer à la maison.

Dans son sac à main, elle prit ses chaussures de marche confortables et rangea ses chaussures élégantes à talons hauts dans son sac en plastique.

Alors qu'elle se mettait ses chaussures plates, Marcello sortit de l'exploitation viticole.

Il se dirigea directement vers elle en souriant.

— Je n'ai pas eu la possibilité de te féliciter aujourd'hui. J'ai été prisonnier de mon bureau toute la journée, avec toutes ces commandes qui arrivaient en masse. Le téléphone vient juste de s'arrêter de sonner, dit-il.

— C'est formidable, dit Olivia.

Elle sourit à Marcello et vit le reflet de sa propre joie dans son expression. Elle y vit aussi autre chose, une chose qui fit battre son cœur comme un fou.

Marcello inspira profondément.

— J'attendais le bon moment pour te parler, Olivia, pas du travail, mais de sujets personnels. De mes sentiments.

Alors, le cœur d'Olivia s'emballa. Elle n'arrivait pas à croire que cela arrive enfin. Il allait dire ce qu'il pensait et donner corps à ce qui, jusqu'à maintenant, n'avait été qu'une vérité inexprimée entre eux.

Le souffle coupé, elle attendit que Marcello lui dévoile son cœur.

CHAPITRE TRENTE-ET-UN

Après un silence qui sembla durer une éternité à Olivia, Marcello reprit la parole. Il ne la quittait pas des yeux. Leur bleu l'hypnotisait.

— Olivia, depuis que tu es arrivée à La Leggenda, j'avoue que j'ai eu des sentiments pour toi.

Il écarta les bras.

— En même temps, j'ai été déchiré. Ma dernière relation s'est mal terminée et je m'étais promis de ne plus jamais en avoir avec une employée. Alors, je me suis dit que je pourrais trahir cette promesse pour toi, mais le moment ne me semblait jamais être le bon. Je trouvais toujours qu'il était trop important de conserver le statu quo.

Olivia déglutit.

— Je comprends, dit-elle.

Elle n'était pas sûre de vraiment comprendre. Marcello avait l'air de regretter d'avoir attendu aussi longtemps. Cette conversation ne prenait pas la tournure qu'elle avait espérée, et pourtant, en son for intérieur, elle pensait que si, peut-être, et qu'elle s'y était attendue d'une certaine façon.

— Cela fait plusieurs semaines que je m'interroge à ce sujet et j'ai décidé que je ne pouvais pas continuer sans prendre de décision et sans te fournir d'explication. En vérité, Olivia, tu m'es trop précieuse comme tu es maintenant. Tu es notre sommelière en chef, notre gourou du marketing et une de nos cartes maîtresses. Tu as sauvé notre exploitation viticole et toute la Toscane d'une catastrophe.

Il sourit et Olivia sourit à nouveau, elle aussi.

— Je ne peux pas me permettre de te perdre. Donc, je ne peux permettre à mon cœur de prendre le dessus dans cette affaire. Je dois me forcer à écouter ma logique. Donc, au lieu de t'inviter à mon cottage pour y boire du vin et y manger des pâtes comme j'en rêvais, je dois te dire à contrecœur que, pour l'instant, je pense que nous devrions rester amis.

Olivia se sentit bousculée par une avalanche d'émotions contradictoires. L'espoir qu'elle avait ressenti quand Marcello avait commencé à parler se retrouvait plus bas que terre. Ses paroles l'avaient profondément choquée, mais elle était également fière d'apprendre qu'il avait une opinion aussi élevée d'elle. Alors, elle ressentit une déception qui, dévalant la pente de ses émotions et oblitérant tout le reste, lui donna envie d'éclater en sanglots.

Seulement, juste à la fin, dans les derniers frissons de l'éboulement, elle ressentit quelque chose de totalement inattendu.

Du soulagement.

À sa grande surprise, Olivia se rendit compte que, suite au passage du maelstrom, c'était l'émotion qui restait. Elle se sentit soulagée que les choses ne changent pas, de ne pas avoir à supporter les complications que pourrait apporter une relation amoureuse, que son travail soit sécurisé et que la relation professionnelle qu'elle avait avec Marcello, qu'elle chérissait et qui comptait beaucoup pour elle, conserve sa stabilité.

Elle se rendit compte qu'elle hochait la tête.

— C'est bizarre et déroutant, mais je ressens exactement la même chose, avoua-t-elle. Ce que j'ai actuellement — avec toi, avec La Leggenda — est trop précieux pour que j'aie envie de le changer.

Quand elle parla, elle ne fut pas sûre que ses paroles soient entièrement vraies mais ne douta pas qu'elles le soient en partie.

— Je suis content que tu sois du même avis et que nous ayons eu la possibilité d'en parler. Je suis triste, mais content.

— Pareil pour moi. Triste, mais contente, répondit Olivia en lui adressant courageusement un hochement de tête.

Marcello l'embrassa sur la joue.

— Passe une bonne soirée, dit-il avant de se détourner et de partir rapidement vers sa maison comme s'il avait voulu mettre de la distance entre eux pour ne pas céder à la tentation de dire autre chose ou peut-être de changer d'avis.

— Viens, Erba, appela Olivia.

Sa petite chèvre vint fidèlement la retrouver en gambadant et ce ne fut qu'à ce moment qu'Olivia sentit des larmes lui piquer les yeux parce qu'elle regrettait ce qui aurait pu exister.

Ou alors, c'était peut-être juste que ses yeux s'humidifiaient sous l'effet de la brise très fraîche.

— C'est l'heure de rentrer, dit-elle à la chèvre.

Le retour à la ferme fut très rapide. Seulement quelques minutes plus tard, lui sembla-t-il, elle remonta l'allée de sable.

Olivia alla directement à la grange. Il ne restait qu'une demi-heure avant que le soleil ne se couche et elle se dit qu'elle allait l'utiliser pour continuer à déblayer le tas de gravats. Elle espérait qu'un peu de travail dur et honnête l'empêcherait de trop souffrir de ce qui venait de se passer entre elle et Marcello.

À sa grande surprise, quand elle entra dans la grange, elle se rendit compte que, pour la première fois, le tas avait l'air plus petit !

Il ne ressemblait plus à une montagne inamovible, mais plutôt à un tas de taille gérable qu'elle pourrait facilement dégager en fournissant un peu plus d'efforts. Son travail acharné et l'aide soutenue de Danilo l'avaient tellement réduit qu'elle pouvait maintenant évaluer combien de brouettes il lui restait à retirer. Quinze trajets, vingt au maximum, et le tas aurait disparu !

L'excitation se réveilla en elle quand elle se souvint de la réserve verrouillée qui se trouvait sur la colline. Une petite clé en métal n'aurait-elle pas pu tomber au fond d'un tas comme celui-là, en supposant qu'elle soit ici ? La découverte de cette clé serait peut-être sa récompense finale.

Alors qu'Olivia remplissait la brouette pour la troisième fois, elle entendit quelqu'un crier « Salut » de l'entrée presque noire.

Danilo était arrivé.

Olivia alla vite à la porte pour le saluer et sourit avec ravissement en s'époussetant les mains.

— Tu veux un salut italien ou américain ? lui demanda-t-il en écartant les mains.

— Les deux, dit Olivia.

Il la serra chaleureusement dans ses bras et, quand elle passa les bras autour de lui, Olivia ressentit un frisson de plaisir. Un dernier caillou de son avalanche émotionnelle dévala la pente et la frappa brutalement à la tête.

À son grand étonnement, elle se rendit compte qu'elle s'était mise à aimer cet homme charmant et généreux au-delà de la relation détendue et platonique qu'elle avait cru repérer entre eux.

Quelque part entre les moments où ils avaient déblayé la grange, l'excursion à Florence et le soir qu'ils avaient passé à discuter de l'affaire, Danilo avait pris de l'importance à ses yeux.

En fait, c'est compliqué, se dit Olivia, ou peut-être pas tant que ça. Elle ne savait pas. Elle ne comprenait vraiment pas ce qui se jouait entre eux. Alors qu'elle avait cru avoir le cœur brisé par le rejet charmant et honnête de Marcello, elle venait de découvrir que son cœur n'avait pas subi de dommages graves et que, en fait, il avait déjà exploré une nouvelle possibilité sentimentale de son côté.

De toute façon, ce n'était pas le moment de penser à cette découverte surprenante et elle ne se sentait pas prête à communiquer ses sentiments à Danilo, qui se dirigeait déjà vers les vignes pour évaluer l'état de ses grappes gelées.

Il avait garé son pick-up de façon à ce que les phares éclairent les vignes les plus proches et il fit un détour par sa voiture pour y prendre une lampe de poche résistante. Il braqua le rayon de lumière sur les branches foncées et sur les feuilles marron et flétries, qui étaient maintenant enrobées dans des couches protectrices de paille dorée.

Olivia se dit que les feuilles n'étaient peut-être pas aussi flétries qu'elles le semblaient. Elles avaient l'air plus élastiques et elles ne semblaient pas toutes être complètement mortes. En fait, Olivia se dit qu'une pousse ou deux avaient peut-être fait leur apparition depuis la veille.

— Je crois que ces pousses survivront au gel, dit Danilo. Elles semblent bien se porter. Le Sangiovese est très coriace et il résiste au froid. Il en faut plus pour le détruire. Je crois que nous devrons travailler plus dur, dit-il d'un ton badin.

Il passa un bras autour de l'épaule d'Olivia de manière amicale. Était-ce une simple amitié ? se demanda-t-elle en sentant son cœur bondir à nouveau.

— J'espère que ces vignes produiront des raisins très spéciaux, puisqu'ils sont assez résilients pour survivre au gel, dit-elle en souriant.

Alors qu'elle prononçait ces mots, ils lui rappelèrent quelque chose.

Plusieurs années auparavant, quand elle avait mangé avec Charlotte dans un restaurant chic de Chicago, au menu, il y avait eu un seul vin de dessert dont elle n'avait jamais entendu parler. Elles avaient été intriguées par ce vin, elle et sa meilleure amie, et l'avaient commandé pour le boire avec leur café et leur gâteau, même s'il avait été plus cher que ce qu'elles payaient d'habitude. Olivia se souvenait encore de la description et du goût agréablement sucré mais acide que le vin avait eu.

Vin de Glace Californien fabriqué à base de grappes gelées sur les vignes.

Les vignes sauvages qui parsemaient sa propriété étaient pleines de raisins et le gel ne les avait pas détruites. En fait, ses raisins gelés lui donneraient une opportunité unique de proposer un produit entièrement nouveau sur le marché.

Elle allait fabriquer ce qui, espérait-elle, serait le premier vin de glace de la Toscane.

MAINTENANT DISPONIBLE !

MÛR POUR LA SÉDUCTION
(Roman à Suspense en Vignoble Toscan – Tome 4)

« Très distrayant. Je recommande vivement l'achat de ce livre à tous les lecteurs qui aiment les romans à suspense très bien écrits avec des coups de théâtre et une intrigue intelligente. Vous ne serez pas déçus. C'est un excellent moyen de passer un week-end pluvieux ! »
--Books and Movie Reviews, Roberto Mattos (concernant *Meurtre au Manoir*)

MÛR POUR LA SÉDUCTION (Roman à Suspense en Vignoble Toscan) est le tome 4 d'une nouvelle série à suspense charmante écrite par l'auteure à succès n°1 Fiona Grace, qui a écrit *Meurtre au Manoir* (Tome 1), roman à succès n°1 qui, en plus d'avoir plus de 100 évaluations à cinq étoiles, est disponible en téléchargement gratuit !

Olivia Glass, 34 ans, met fin à sa vie de cadre supérieur à Chicago et s'installe en Toscane, résolue à commencer une nouvelle vie plus simple et à créer son propre vignoble.

Quand un enterrement de vie de jeune fille vient à l'exploitation vinicole, Olivia a beaucoup de travail pour accueillir les invités. Soudain, un meurtre scandaleux sème le chaos dans la fête et Olivia se retrouve sous le feu des projecteurs. Trouvera-t-elle l'assassin et arrivera-t-elle à prouver son innocence ?

Désopilante, riche en exotisme, nourriture, vin, coups de théâtre et amour, sans oublier la nouvelle amie d'Olivia, la chèvre Erba, et centrée sur un meurtre déroutant commis dans une petite ville et qu'Olivia doit résoudre, LE VIGNOBLE TOSCAN est une série de romans à suspense captivants que vous lirez en riant jusque tard dans la nuit.

Le tome 5 de la série sera bientôt disponible.

MÛR POUR LA SÉDUCTION
(Roman à Suspense en Vignoble Toscan – Tome 4)

Fiona Grace

L'auteure débutante Fiona Grace est l'auteure de la série LES HISTOIRES À SUSPENSE DE LACEY DOYLE, qui comporte neuf tomes (pour l'instant), de la série des ROMANS À SUSPENSE EN VIGNOBLE TOSCAN, qui comporte quatre tomes (pour l'instant), de la série des ROMANS À SUSPENSE DE LA SORCIÈRE SUSPECTE, qui comporte trois tomes (pour l'instant) et de la série des ROMANS À SUSPENSE DE LA BOULANGERIE DE LA PLAGE, qui comporte trois tomes (pour l'instant).

Comme Fiona aimerait communiquer avec vous, allez sur www.fionagraceauthor.com et vous aurez droit à des livres électroniques gratuits, vous apprendrez les dernières nouvelles et vous resterez en contact avec elle.

PAR FIONA GRACE

LES ROMANS POLICIERS DE LACEY DOYLE
MEURTRE AU MANOIR (Tome 1)
LA MORT ET LE CHIEN (Tome 2)
CRIME AU CAFÉ (Tome 3)
UNE VISITE CONTRARIANTE (Tome 4)
TUÉ PAR UN BAISER (Tome 5)

ROMAN À SUSPENSE EN VIGNOBLE TOSCAN
MÛR POUR LE MEURTRE (Tome 1)
MÛR POUR LA MORT (Tome 2)
MÛR POUR LA PAGAILLE (Tome 3)